dtv

Reihe Hanser

Das Klima hat sich massiv verändert. Stürme haben Landstriche verwüstet, und ein feiner Sand färbt alles blutrot. Die meisten Menschen sind dem Befehl der Regierung gefolgt und in die Städte gezogen. Die wenigen Familien auf dem Land leben in ständiger Angst vor Gewalt. So auch die Familie der 16-jährigen Elin. Als Elin und ihr Bruder Vagn auf freiem Feld in einen Hinterhalt geraten und angegriffen werden, geht alles blitzschnell. Elin verteidigt sich mit ihrer Armbrust, aber Vagn wird entführt. Eine lebensgefährliche Suche nach dem Bruder beginnt.

Mats Wahl, 1945 geboren, zählt zu den großen skandinavischen Jugendbuchautoren. Er hat über 40 Bücher veröffentlicht, darunter Romane für Kinder und Jugendliche, Theaterstücke und Drehbücher für Fernsehfilme und TV-Serien. Für sein Werk erhielt er neben zahlreichen anderen Preisen auch den Deutschen Jugendliteraturpreis.

Mats Wahl

Sturmland
Die Reiter

Aus dem Schwedischen von
Gesa Kunter

dtv

Ausführliche Informationen über unsere Autoren und Bücher
www.dtv.de

Gedichtzeilen auf Seite 152:
Philip Larkin: This Be The Verse aus Collected Poems,
Farrar, Straus & Giroux, 2001

Gedichtzeilen auf Seite 173 und 177:
Gustaf Fröding: Det var dans bort i vägen,
aus Gustaf Fröding: Schilf, Schilf, rausche.
Ausgewählte Gedichte: Aus dem Schwedischen von
Klaus-Rüdiger Utschick. München 1999 (Anacreon Verlag)

FSC
www.fsc.org
MIX
Papier aus verantwortungsvollen Quellen
FSC® C019821

2017 dtv Verlagsgesellschaft mbH & Co. KG, München

Titel der Originalausgabe: ›Blodregn: Ryttarna‹
(Natur & Kultur, Stockholm 2014)

Umschlaggestaltung: dtv nach einem Entwurf von Sara Acedo
Gesetzt aus der Berling 11/14,5˙
Gesamtherstellung: Druckerei C.H.Beck, Nördlingen
Gedruckt auf säurefreiem, chlorfrei gebleichtem Papier
Printed in Germany · ISBN 978-3-423-62654-5

1

Der Wind pfeift und etwas knallt gegen die Scheibe. Das Mädchen dreht den Kopf, während es sich das Nachthemd überstreift und bis zu den Waden fallen lässt. Es zittert vor Kälte, klappert mit den Zähnen und wirft der Mutter einen fragenden Blick zu.

»Was war das da am Fenster?«

Die Mutter ist klein und dünn und hat schulterlanges blauschwarzes Haar.

»Ein Vogel vielleicht. Frierst du?«

Das Mädchen kriecht ins Bett und zieht die Decke hoch und die Frau, deren Name Anna ist, setzt sich zu seinen Füßen. Die Lampe flackert. Es wird nie ganz dunkel, aber der zitternde Schein erhellt den kleinen Raum nur unzureichend. Eine Weile bleibt das Licht beständig, bevor es wieder flackert, um anschließend mit voller Kraft wiederzukommen.

»Kann es nicht kaputtgehen?«

»Das ist Panzerglas. Das hält.«

Das Mädchen beißt sich auf die Unterlippe.

»Erzähl vom Schnee.«

»Das hast du doch schon hundertmal gehört.«

»Erzähl es noch einmal.«

Die Frau hält einen Augenblick inne, bevor sie beginnt.

»Ich war in deinem Alter und wir wohnten in dem alten Haus. Der Schnee fiel direkt nach Weihnachten. Es kam nicht viel herunter, aber es war Schnee.«

Das Mädchen reißt die Augen auf, so als hätte es die Frage nie zuvor gestellt.

»Und was habt ihr damit gemacht?«

»Ihn zu Kugeln gerollt und aufeinandergestapelt. Ein Stock als Nase, Zapfen als Augen.«

»Das wurde ein Schneemann!«, jubelt das Mädchen. Die Frau lächelt.

»Du und Karin?«, wundert sich das Kind.

»Ja.«

»Ich möchte auch einen Schneemann bauen. Glaubst du, dass ich das irgendwann tun werde?«

»Vielleicht«, lügt die Frau und streichelt mit der Hand sanft über die Decke. Das Mädchen streicht sich den Pony aus der Stirn, während es die Mutter beobachtet.

»Denkst du oft an deine Schwester?«

»Ja.«

»Weißt du, wo sie ist?«

»Nein.«

»Was passiert, wenn die Polizei sie findet?«

Die Frau zieht die Decke hoch bis zum Kinn des Mädchens.

»Schlaf jetzt.«

Das Mädchen legt den Kopf auf das Kissen und flüstert.

»Erzähl weiter vom Schnee.«

Die Mutter sieht abwesend aus, so als ob sie an etwas anderes denkt, als denke sie an die Schwester.

»Er war feucht und blieb drei Tage lang liegen.«

»Hat es da schon gestürmt?«

»Es hat die ganze Zeit gestürmt. Der Wald war schon von hier bis Forsa verwüstet.«

Das Mädchen ist einen Moment still, und die Mutter glaubt, dass es eingeschlafen ist.

Aber es ist wach.

»Gab es da noch Autos, die hierher fuhren?«

»Das letzte Auto, das hier herauffuhr, kam am letzten Schneetag. Es hinterließ Reifenspuren im Schnee. Am Tag drauf waren noch Spuren in der Erde. Dann wurde es warm, fast wie im Sommer, obwohl es mitten im Winter war.«

»Und die ganze Zeit stürmte es«, ergänzt das Mädchen.

»Ja, es stürmte die ganze Zeit.«

»Und das Auto hatte Zement dabei.«

»Es hatte Stahltüren und Fenster und Fensterläden und das Gestänge des Windrads und vieles andere dabei.«

»Und dann hat Großvater das alte Haus abgerissen«, sagt das Mädchen. »War das nicht traurig?«

»Es war ein Jammer, aber das Haus konnte nicht stehen bleiben. Der Sturm hatte das Dach abgedeckt. Einer der Hunde wurde erschlagen, als die Dachbalken auf den Kartoffelacker stürzten. Außerdem gab es vieles, das man verkaufen konnte. Das ganze Holz, die Heizung und den Heizkessel.«

Die Zimmertür wird geöffnet und ein Mann tritt ein. Er ist so groß, dass er den Kopf einziehen muss, als er durch die Tür geht, und er ist breitschultrig und hat große Hände. Das Bett quietscht, als er sich setzt und vorbeugt und dem Mädchen über die Wange streichelt. Die Hand ist so groß wie das ganze Gesicht des Mannes.

»Schlaf gut«, flüstert er.

Das Mädchen schließt die Augen.

»Schaf gut«, sagt die Frau.

Der Mann und die Frau erheben sich. Als sie das Zimmer verlassen, löscht die Frau das Licht.

»Wie sehr stürmt es?«, fragt sie und zieht die Tür so weit zu, dass sie nur noch einen Spaltbreit offen steht.

2

Das siebenjährige Mädchen erwacht, lauscht den Geräuschen aus der Küche und sieht sich um. Es ist immer noch dunkel. Es steht auf und schleicht über den kalten Fußboden, hebt die Decke an, kriecht neben seine Schwester und schmiegt sich an deren Rücken. Es streicht mit der Hand über den Flanellstoff.

Die Katze, die zu Füßen des älteren Mädchens schläft, streckt die Vorderpfoten aus, wetzt ihre Krallen an der Decke und springt vom Bett.

»Wach auf«, flüstert das kleine Mädchen und streichelt dem älteren Mädchen über den Rücken.

Aber die Ältere scheint nicht aufwachen zu wollen.

»Wach auf«, wiederholt die Jüngere, »wach auf, Elin!«

Elin wendet den Kopf. Die Stimme ist vom Schlaf noch heiser und rau.

»Was ist denn?«

»Sie kommen gleich, um dir zu gratulieren.«

Elin rollt sich auf der Seite zusammen und zieht die Knie zur Brust hoch.

»Lass mich in Ruhe. Es ist zu früh.«

»Sie kommen aber bald.«

»Geh und leg dich wieder hin, Lisa.«

»Kann ich nicht hier liegen bleiben, bis sie kommen?«

»Nur, wenn du leise bist.«

Das kleine Mädchen ist für einen Moment still, bevor es flüstert:

»Wenn ich sechzehn werde, bekomme ich Großmutters Halskette. Das hat Vagn versprochen.«

»Ruhe jetzt. Lass mich schlafen.«

»Warst du traurig, als du deine Kette verloren hast?«

»Was glaubst du wohl?«

»Sie kommen gleich. Ich höre sie in der Küche.«

Da wird die Tür geöffnet und der Mann und die Frau, die am Abend zuvor am Bett des kleinen Mädchens gesessen haben, treten ins Zimmer. Die Frau geht voran und der Mann trägt eine Torte mit sechzehn Kerzen.

»Hoch soll sie leben!«, singen sie.

Hinter dem Mann und der Frau kommt ein junger Mann. Er ist genauso groß wie der Mann und hat fast ebenso große Hände. Er ist rothaarig und sommersprossig, trägt eine Jeans, die ausgebessert und geflickt wurde, und ein graues T-Shirt, aus dem er längst herausgewachsen ist. An seinem linken Fuß sieht man das Ende einer tätowierten Schlange, die sich unter dem Hosenbein hinauf in Richtung Knie schlängelt. Er sieht verschlafen aus.

Hinter dem Jungen kommt der Alte, dünn, klein und weißhaarig. Er trägt einen kleinen Tisch, auf dem eine Teekanne, eine Teetasse und ein Teller mit einem Löffel stehen. Das kleine Mädchen ist aufgestanden und hält die Mutter an der Hand.

Der Alte platziert den Tisch vor das Bett und der Mann mit den großen Händen stellt die Torte auf den Tisch. Elin setzt sich auf, beugt sich vor zu den Kerzen, holt Luft und pustet.

Als die sechzehn Kerzen alle ausgeblasen sind und es im Zimmer dunkel wird, schlüpfen die beiden Hunde durch die Tür. Ein Dackel und ein Jämthund. Beide Tiere nähern sich dem Tisch mit vor Erwartung triefenden Mäulern. Der Schwanz des Dackels peitscht gegen das Bein des Alten.

3

Das Wohnhaus ist aus Beton gebaut und keine drei Meter hoch. Das Stahldach ist leicht gen Süden geneigt und mit flachen Solarzellen belegt.

Hinter dem Wohnhaus befindet sich das Tierhaus,

auch das ist mit Stahldach und Solarzellen ausgestattet.

Es sind zehn Meter zwischen den Häusern und man kommt vom einen zum anderen über einen Gang, der von einem Stacheldrahtzaun eingefasst ist. Der Gang ist mit einem pappegedeckten Dach aus Halbzollbrettern überbaut.

Auf dem Tierhaus ist das Windrad an einem fünfzehn Meter hohen Fachwerkmast montiert. Das Dach des Tierhauses ist mit Stacheldrahtrollen eingefasst. Wer sich einen Weg zum Windrad bahnen will und nicht den Weg durch die Luke im Dach des Tierhauses nimmt, ist gezwungen, sich durch den Stacheldraht zu schneiden. Um das Haus herum ist der Wald verwüstet und in sich zusammengefallen.

Die einzigen Bäume, die nicht umgestürzt sind, wachsen am Nordabhang auf dem Hügel einen Kilometer südlich. Da, wo der Sturm den Wald entwurzelt hat, hat man Fichten gepflanzt. Zwischen den gefällten Bäumen wurde nur teilweise gerodet und die halbmeterhohen Bäume leuchten wie grüne Lichter auf das graubraune Gehölz. Doch die Waldtiere spielen den kleinen Fichten übel mit.

Mithilfe von lichtempfindlichen Kameras sieht man vom Haus aus gut fünfhundert Meter in alle Richtungen, auch wenn es dunkel ist. Vögel, Hasen und Füchse lösen den Alarm nicht aus, aber Rehe und Hirsche, Elche und Wildschweine schon. Und Menschen.

Mitten am Tag sitzt die Familie am Küchentisch und isst. Das hochaufgelöste Bild, das eine ganze Wand bedeckt, zeigt, was die Kameras aufzeichnen. In der oberen rechten Ecke ist die Entfernung angegeben: 492 Meter, darunter die Richtung mit 187 Grad und die Geschwindigkeit mit 8 Kilometern pro Stunde.

Die Kamera wechselt zwischen drei Auflösungen. Vollbild, Nahaufnahme und extreme Nahaufnahme. Jede wird vier Sekunden lang gezeigt.

Die ganze Familie wendet sich zur Wand, die Hunde wittern etwas und knurren. Der Alte sucht seine Brille.

»Erkennst du, wer da kommt, Gunnar?«

Der großgewachsene Mann legt die Gabel hin.

»Torsons«, murmelt er.

Der Alte fischt die Brille aus der Brusttasche seines Hemds.

»Was wollen sie? Ist das die Folge des Streits im Gemeinderat?«

»Immer Ärger mit Björn Torson«, seufzt Gunnar und erhebt sich, geht zur Wand neben der Eingangstür und fängt den Blick des Alten auf.

»Nicht unwahrscheinlich, dass es etwas damit zu tun hat. Sie sehen streitlustig aus. Du, geh raus zu ihnen.«

Gunnar zieht einen halbmeterhohen Schemel hervor, stellt ihn neben die Tür und klettert hoch. Unter dem Dach öffnet er eine Luke, die einen halben Meter lang und zwanzig Zentimeter hoch ist. Sie befindet sich längs der Traufe innerhalb der Tür und bildet den nach Süden gerichteten Ausguck.

»Soll ich die Fensterläden schließen?«, überlegt der

Junge, der auch aufgestanden und zum Fenster gegangen ist.

»Das ist nicht nötig«, meint Gunnar, spannt die Armbrust und legt einen Bolzen vor die Sehne.

Auf dem Bildschirm sieht man, wie sich die Reiter nähern. Die Richtung ist immer noch 187 Grad. Der Abstand 260 Meter.

Der Alte nimmt sich eine mit Lammfell gefütterte Jacke, knöpft sie zu, öffnet die schwere Tür und geht hinaus auf den Hof und wartet, die Arme vor der Brust verschränkt.

Hinter ihm ist die mit Rostschutzfarbe gestrichene Tür geschlossen worden. Es stürmt so, dass seine weißen Haare aufrecht stehen.

Drinnen bellen die Hunde.

Der Junge mit dem tätowierten Bein ist auch zur Tür gegangen und hat sich einen Gürtel mit Bolzen umgelegt. Er nimmt eine Armbrust von der Wandhalterung und spannt die Sehne mit dem Zughaken ebenso wie Elin.

Die vier Reiter kommen vor dem Alten zum Stehen.

»He, du, Frans!«, grüßt der erste und das Pferd schüttelt den Kopf. Es stürmt heftig und das Pferd hat etwas ins rechte Auge bekommen. Es zittert, schüttelt den großen Kopf und scharrt mit einem Huf. Es ist ein Wallach mit einem Fleck wie ein Stückchen Kreide zwischen den Augen. Ansonsten ist das Tier kakaobraun.

Der Weißhaarige hebt eine Hand.

»Friede, Björn. Die Familie macht einen Ausflug, wie ich sehe.« Der Alte streift mit einem Blick die anderen Reiter und Björn Torson entblößt seine schlechten Zähne. Die Lippen sind dunkel, als hätte er Blaubeeren gegessen.

»Man geht nicht gerne alleine raus in diesen Zeiten. Die Borlänge-Gang wurde an der Älvsbrücke gesichtet und in den Bussen gibt es mittlerweile bewaffnete Wachen.«

»Das stimmt, man muss aufpassen. Geht es euch gut auf Torp?«

»Wir kommen schon zurecht.«

Björn Torsons Ida reitet heran und zügelt das Pferd neben dem des Vaters. Sie ist groß und schlank und sitzt gerade im Sattel, während sie mit dem Kolben der Armbrust über den Rücken des Pferds streicht. Die Lederjacke hat Fransen an den Ärmeln und im Gürtel trägt Ida ein langes Messer. Wie ihr Vater hat sie schiefe Zähne, die Lippen sind schmal und die Augen wachsam. Das Fell ihres Pferds ist hell.

Frans streicht sich mit der Hand durchs Haar und der Wind zerrt pfeifend daran. Derjenige, der Björn heißt, beißt sich auf die Lippen. Sein Lächeln ist nicht freundlich, als er auf Frans zeigt.

»Sieht aus, als ob der Wind dir das Haar vom Kopf reißt. In deinem Alter sollte man eine Mütze tragen.«

Frans streicht sich über den Nacken und schnaubt.

»Wenn du gekommen bist, um mir Ratschläge bezüglich meiner Kleidung zu erteilen, hast du dich umsonst auf den Weg gemacht. Da gibt es andere Menschen, die sich um meine Garderobe kümmern.«

Björn Torson sieht am Alten vorbei zum Haus und mustert die verschlossene Tür.

»Ich sehe, dass Gunnar aus dem Guckloch späht. Lauert er Wildschweinen auf oder ist er plötzlich schüchtern geworden? Oder schämt er sich dafür, wie er sich vor den Leuten aufgeführt hat?« Der Alte presst die Lippen zusammen und kneift die Augen zu, als eine Staubwolke tanzend vom Wind herangetragen wird.

»Wie gesagt, man geht in diesen Zeiten nicht gerne hinaus, und wenn ich so mit bewaffneten Menschen vor mir dastehe, bin ich froh, dass ich nicht auf mich alleine gestellt bin. Was hast du für ein Anliegen?«

Ida beugt sich über den Pferdehals, streichelt das Tier zwischen den Ohren und fährt Frans an.

»Willst du uns nicht hereinbitten? Es ist stürmisch auf deinem Hof und wir sind trotz allem fast Nachbarn.«

»Soviel ich weiß, stürmt es bei euch nicht minder, und wenn ihr schon bis hierher geritten seid, so könnt ihr wohl noch einen Moment den Sturm aushalten.«

Der hinterste Reiter ruft. Es ist Björns Ältester, ebenso groß wie die Schwester, sein Kinnbart ist zu einem wippenden Zopf geflochten.

»Du bist nicht gastfreundlich, Frans!«

»Da hast du recht, Norman!«, ruft Frans zurück.

»Gastfreundschaft steht heutzutage unter anderen Vorzeichen als früher.«

»Es fängt bald an zu regnen!«, ruft Norman. Sein Reittier, ein Fuchs mit fülligem Schweif, wirft den Kopf zur Seite.

Frans fängt Björn Torsons Blick auf.

»Wirst du mir jetzt verraten,was du willst,bevor der Regen kommt?« Björn sieht zu seiner Tochter. Dann räuspert er sich.

»Bullen-Olson war im letzten Herbst hier.« Frans nickt.

»Er hat dir seine letzten Rollenlager verkauft.« Frans nickt wieder.

»Wir brauchen ein neues«, führt Björn weiter aus. »Wir dachten, dass du eins verkaufen willst. Ich zahle gut.«

Frans streckt seine leeren Handflächen aus, als wolle er zeigen, dass er nichts besitzt.

»Die Qualität der Lager ist schlecht dieser Tage und sie fressen sich schnell fest. Wir haben eins, das im Windrad sitzt, und eins in Reserve. Das ist das, was wir haben und was Bullen-Olson uns verkauft hat. Zwei Lager. Das ist alles und wir haben keins abzugeben.«

»Bullen-Olson hat uns etwas anderes erzählt«, brummt Björn und seine Miene verfinstert sich. »Er hat behauptet, dass er alle Lager, die er hatte, an dich verkauft hat.«

Björns Pferd wirft den Kopf zur Seite und scharrt mit dem rechten Huf. Es wittert die Gefahr, die zwischen den Männern heraufzieht. Als es wiehert, klingt es wie ein Schrei.

»Das stimmt«, sagt Frans. »Er hat uns die Lager verkauft, die er besaß. Es waren genau zwei. Darum kann ich dir nicht helfen. Du musst bei Wong bestellen.«

Es beginnt zu regnen.

Die Tropfen werden schnell größer und die Reiter ziehen ihre Regenumhänge und Ponchos über, die sie hinter den Sätteln festgebunden haben. Der jüngste von ihnen hat sich die Regensachen am schnellsten angelegt. Er ist so hochgewachsen wie die Geschwister, die Wangen graubleich und dunkel unter den Augen. Er sieht nicht gesund aus, heißt Harald und ist unbedeutend älter als Elin.

»Du willst also nicht an uns verkaufen?«, schnaubt Björn verärgert aus seinem Plastikumhang heraus.

»Wie gesagt, wir haben nichts zu verkaufen.«

»Du taugst nicht viel als Nachbar«, urteilt die Frau auf dem beigefarbenen Pferd, das das Maul vorreckt und nach Frans' Haaren schnappt. Frans tätschelt seine Stirn und das Pferd zieht die Oberlippe zurück und zeigt die gelben Zähne. Es sieht aus, als ob es lachen würde.

»Wie heißt das Pferd?«

Die Antwort kommt wie ein Kläffen.

»Calyps.«

»Das werde ich mir merken!«, ruft Björn. »Ich komme zu dir und bitte dich, deinen Überfluss mit mir zu teilen. Du hast mir nichts gegeben, obwohl ich gut zu bezahlen gedachte. Aber ich wusste immer schon, dass ihr ein Drecksgesindel seid in diesem Haus. Wenn nicht schon vorher, so hat man es spätestens letzte Weihnachten im Gemeinderat gemerkt, als Gunnar sich aufgeblasen hat und schlecht über mich vor den anderen gesprochen hat. Das Einzige, was ich dieses Mal wollte, ist nur das Beste für die Gegend.«

Er spuckt auf die Erde.

Dann lenkt er das Pferd zur Seite und die drei Männer reiten eingehüllt in ihre Plastikumhänge davon, während Ida noch stehen bleibt. Der feindliche und wachsame Blick wandert zwischen dem Haus und dem zerfurchten Gesicht des Alten hin und her.

Erst als ihr Vater und ihre Brüder schon ein Stück entfernt sind, verzieht sie die Lippen zu einem spöttischen Lächeln, drückt die Fersen in die Flanken des Tieres und folgt ihnen.

Der Regen wird beständig stärker, aber der Wind nimmt ab, sodass der Regen gerade herunterfällt, statt von der Seite zu peitschen. Der Alte macht auf dem Absatz kehrt und wendet sich zur Tür. Das Haar hängt ihm strähnig ins Gesicht.

4

Die Familie sitzt zur Bildwand gerichtet, alle außer Lisa, die sich in ihrem Zimmer mittels einer eigenen Bildwand mit gleichaltrigen Mädchen in anderen

Erdteilen unterhält. Sie haben Unterricht. Das Fach ist Spanisch.

»Hola!«, sagt der Mann, der die Stunde leitet.

»Hola!«, antworten Siebenjährige aus fünf Ländern.

Frans und Gunnar sitzen nebeneinander am Küchentisch und Gunnar hat einen Arm um Frans' Schultern gelegt. Anna und Elin gehen eine Einkaufsliste durch.

»Ich darf eine Apfelsine bekommen«, erinnert Elin. »Alle dürfen zu meinem Geburtstag eine Apfelsine bekommen. Kann ich die morgen kaufen?«

»Pass auf, dass sie gut sind. Die trockenen kosten genauso viel wie die saftigen.«

Elin lehnt sich zurück.

»Ich brauche keine Apfelsinen.«

»Du sollst dein Obst haben. Auch Äpfel. Einen für jeden.«

Dann setzt Vagn den Film in Gang. Er hat ihn im Schnelldurchlauf bearbeitet, sodass die Bilder von der östlichen und der westlichen Kamera gleichzeitig zu sehen sind.

Abgesehen vom ersten Übersichtsbild sind die meisten herangezoomte Aufnahmen.

Alle gucken zur Bildwand, wo die Torsons herangeritten kommen. Man sieht Frans von der Seite, er geht auf die Reiter zu, die die Pferde im Zaum halten.

Vagn zoomt die Armbrust heran, die der Junge hinter Björn zwischen sich und den Rücken des Pferdes hält. Die Sehne ist gespannt. Der Junge spielt in der linken Hand mit einem Bolzen. Er hat dunkle Ringe unter den Augen und scheint jede Minute, die vergeht, noch bleicher zu werden. Björn Torsons Ida reitet heran und stellt sich neben den Vater. Spott umspielt ihre Lippen. Vagn zoomt das Messer in Idas Gürtel heran. Auf der Seite befindet sich eine Schnalle. Die Schnalle soll um den Messergriff liegen, damit das Messer nicht aus der Scheide herausfällt. Die Schnalle ist offen, sodass Ida das Messer rasch herausziehen kann.

Norman ruft mit kräftiger und gleichzeitig heiserer Stimme. Es klingt höhnisch, die Mundwinkel sind nach unten gezogen: »Du bist nicht gastfreundlich, Frans!«

Vagn zoomt Norman heran, erst von der einen Seite, dann von der anderen. Als er das, was mit der Kamera an der Westseite gefilmt wurde, heranholt, kann man die Axt erkennen, die Norman in der linken Hand hält. Sie ist langstielig, hat eine schmale Klinge und einen großen Hammerkopf. Vagn hält den Film an und lässt das Bild von Norman mit der schweren Axt in der Hand stillstehen. Er vergrößert es so, dass es die ganze Wand ausfüllt.

Gunnar lehnt sich zurück und Frans nimmt seine Brille ab, stopft sie in die Hemdtasche und betrachtet die anderen am Tisch, einen nach dem anderen.

»Norman hatte die Spaltaxt dabei.«

Er begegnet Annas Blick und sie streicht sich den Pony aus der Stirn.

»Sie haben wohl gehofft, dass wir alle herauskommen würden. Dann wäre vielleicht in einen von uns ein Bolzen gejagt worden und ein anderer hätte Normans Axt zu spüren bekommen. Ida hätte sich wohl mit dem Messer über Vagn hergemacht. Sie zögert nicht lange und ist äußerst angriffslustig, und das Messer, das sie im Gürtel trägt, ist vermutlich nicht das einzige, das sie bei sich hat.«

»Wenn sie dicht ans Haus gekommen wären, dann hätten wir sie mit unseren Armbrüsten nicht aufhalten können«, sagt Frans. »Sie hätten bis zur Tür vordringen können. Dafür hatten sie wohl die Spaltaxt dabei, um das Schloss zu zerschlagen. Wir sollten Stacheldraht um das ganze Haus ziehen, um sie auf Schussentfernung zu halten.«

Gunnar schüttelt den Kopf.

»Der Stacheldraht schützt nur, wenn wir ihn ausreichend hoch ziehen, und so viel werden wir niemals zur Verfügung haben.«

Er hält einen Moment inne, dann spricht er weiter:

»Was Torsons Absichten waren, ist schwer zu sagen. Ich glaube nicht, dass wir den Teufel an die Wand malen sollten.«

Anna schüttelt den Kopf.

»Sie sind hergekommen, um uns zu erpressen. Vielleicht haben sie gehofft, dass wir sie auf dem Hof treffen würden, und dann wäre es aus gewesen. Wahrscheinlich hätten sie hinterher behauptet, wir hätten sie mit Pfeilen beschossen.«

Frans nickt.

»Sie kommen zurück und dann sollten wir sie nicht

einfach wieder heimreiten lassen. Es ist offensichtlich, dass sie uns feindlich gesinnt sind.«

Gunnar seufzt.

»Sie werden denselben Fehler nicht zweimal machen, also ist es unwahrscheinlich, dass sie es beim nächsten Mal genauso angehen werden.«

»Angriff ist die beste Verteidigung«, meint Frans. »Warum reiten wir nicht hinunter nach Torp und nehmen sie gleich auseinander?« Der Alte hat Farbe auf den Wangen bekommen, aber Gunnar schüttelt den Kopf.

»Wenn durch diese Sache hier größerer Ärger entstehen sollte, sind es nicht wir, die ihn vom Zaun brechen. Ich verteidige mich gern, aber ich beginne keine Fehde, bei der niemand wissen kann, wie sie endet. Das Geschlecht der Torsons ist überall im Land verteilt. Sollten die alle herkommen und Station auf unserem Hof beziehen, dann können wir uns auf etwas gefasst machen.«

Anna dreht eine Locke ihres langen Haars um den Finger. Ihr Blick wandert zur Sechzehnjährigen, die das stillstehende Bild von Normans Hand mit der Axt betrachtet.

»Das sieht nicht gut aus«, meint Elin. »Ida saß mit dem Messer einsatzbereit da. Der Armbrust in Haralds Hand fehlte nur ein Bolzen. Norman war drauf und dran, die Axt zu benutzen. Sie wollten uns Böses, aber ich bin nicht Großvaters Meinung. Wir sollten nicht nach Torp gehen.«

Gunnar lässt den Blick einen Moment auf seiner

Tochter ruhen und richtet ihn dann auf seinen Sohn.

»Was meinst du?«

Vagn wartet einen Moment, bevor er antwortet. Während er wartet, klickt er die Nahaufnahmen von den Waffen der Besucher an. Das Messer mit der offenen Schnalle, die Spaltaxt und die gespannte Armbrust. Er klickt sich mehrere Male durch die Bilder und legt dann die Fernbedienung weg. Sein Blick trifft den des Vaters, dann guckt er der Reihe nach die Mutter, die Schwester und den Großvater an.

»Ich bin der gleichen Meinung wie Vater und Elin. Wir haben keine Ahnung, was wir lostreten, wenn wir nach Torp reiten. Wir wissen nicht, ob sie allein sind, ob sie Verwandte oder Freunde dahaben, und wir wissen nicht, ob sie nicht ein Haus haben, das es ihnen leicht macht, sich zu verteidigen. Erinnert euch daran, dass Bullen-Olson zu dem wurde, der er ist, weil er sich weigerte, einen Kindheitsfreund zu verraten, der eine Mauser im Wald versteckt hatte. Wer weiß, was Björn Torson hinter dem Stall vergraben hat? Er arbeitet schließlich mit den Wegausbesserern und kommt bestimmt an Dynamit heran.«

Der Alte schüttelt den Kopf und Elin beugt sich über den Tisch zu Gunnar.

»Was war das da mit Bullen-Olson?«

Gunnar und Frans tauschen Blicke aus und Frans ergreift das Wort:

»Olson war bei der Ortspolizei. Es ging das Gerücht um, dass es ein Waffenversteck bei Matsson in Bäckfall gibt. Die Polizei glaubte, dass es ein Versteck war, das den Waldleuten gehörte. Am Abend vor der Razzia ritt Olson nach Bäckfall und warnte die Matssons. Matsson nahm seine Mauser hervor und sagte, das sei alles, was er habe, ein größeres Waffenversteck gebe es nicht auf seinem Grund. Olson sagte, dass er die Waffe mitnehmen wolle, damit Matsson keine Schwierigkeiten bekomme. Doch die Razzia ging los, noch während Olson bei Matsson war, viel früher, als man angekündigt hatte. Olson kam mit einem Jahr davon und kehrte lebend wieder nach Hause zurück. Aber er durfte nicht länger Polizist sein, also wurde er Händler, spezialisiert auf Rollenlager, Elektromotoren, Turbinen, Bildwände und anderes Zeug, das die Leute so brauchen. Er nennt sich Bullen-Olson, damit wir uns daran erinnern, dass er einst eine andere Stellung hatte.«

»Was ist eine Mauser?«, will Elin wissen.

»Eine Waffe aus dem zwanzigsten Jahrhundert, aber ganz und gar keine Erbsenkanone. Ein guter Schuss mit diesem Gewehr erlegt Wild aus einer Distanz von fünfhundert Metern. Matsson hat fünf Jahre bekommen und war nach dreien in der Grube tot. Der Besitz von Feuerwaffen wird als Vorbereitung zu terroristischen Gewaltakten gesehen und verurteilt. Kein Anwalt kann einem aus dieser Klemme heraushelfen.«

Die Männer und Frauen am Tisch sehen sich schweigend an. Gunnar guckt verstohlen auf die Uhr.

»Die Nachrichten fangen an.«

Vagn greift nach der Fernbedienung.

»Wir können das später ansehen.« Gunnar widerspricht.

»Ich will sie jetzt sehen. Wer weiß, ob sie nicht etwas sagen, das uns auch angeht?«

Elin seufzt lautstark.

»Papa, glaubst du wirklich, dass sie etwas anderes erzählen werden als das, wovon sie wollen, dass du es glaubst? Du hast das selbst gesagt. Propaganda, nichts anderes. Der Sinn dieser Nachrichten ist einzig, uns hinters Licht zu führen.«

Gunnar nickt.

»Auch in Propaganda steckt Information. Dadurch, dass wir sie anhören, erfahren wir, was sie uns glauben lassen wollen.«

5

Die Frau, die die Nachrichten vorliest, ist sehr jung. Sie hat pechschwarzes Haar, die Stimme ist weich, und sie klingt, als würde sie mit kleinen Kindern sprechen.

»Der Regierungskomplex in Grövelsjö wird übermorgen eingeweiht. Gäste aus zwölf Nationen sind eingeladen. Die ersten ziehen schon in die Stadt, die mit ihren Hochhäusern dreißigtausend Menschen Platz bietet.«

Ein Film wird eingespielt, der den grauen Komplex

aus Betongebäuden längs der Berge des nördlichen Dalsland zeigt. Vor mehreren Häusern befindet sich eine Fahnenstange mit schwedischer Flagge. Die Flaggen wehen ganz gerade im Wind, als ob sie aus Blech wären.

Die Frau mit der sanften Stimme kommentiert: »Die Häuser sind so gebaut worden, dass sie extrem harte Winter aushalten, auch Wirbelstürme können keinen Schaden anrichten.

Um das administrative Zentrum des Landes zu schützen, hat man ein Gebiet im Radius von zwölf Kilometern um den Komplex abgesperrt. Die Regierung Norwegens hat sich dazu verpflichtet, die Absperrungen auf der norwegischen Seite bewachen zu lassen. Es wurde eine Flugverbotszone eingerichtet, die bis nach Norwegen reicht.«

Die Ministerin für Infrastruktur ist eine schmale Frau, die früher Schauspielerin war. Sie steht neben einem Eingangsportal, über das »Regierungskanzlei« in den Granit eingelassen ist. Ihr Haar fliegt im Wind und sie streicht es sich aus dem Gesicht und öffnet den Mund.

»Hier konzentriert sich das ganze Know-how, das gebraucht wird, um eine moderne Gesellschaft zu verwalten, die vor großen Veränderungen steht. Gleichzeitig mit der Eröffnung unseres neuen Regierungszentrums werden die letzten Schritte bei den landesweiten Umstrukturierungen des Stromnetzes ausgeführt. Orte mit mehr als fünfhundert Einwohnern werden mit Strom über Kabel versorgt, die fünf

Meter tief liegen. Das bedeutet ein Ende der Unterbrechungen in der Stromversorgung und vor der Gefahr, dass Terroristen eine der Grundfunktionen der Gesellschaft aushebeln.«

Die Ministerin streicht sich das Haar aus dem Gesicht und lächelt in die Kamera.

Da verschwindet das Bild.

Um den Tisch herrscht erwartungsvolle Stille. Es dauert nur ein paar Sekunden, bis man Lisa aus dem Schlafzimmer hört.

»Mama, das Bild ist weg!«

Im gleichen Augenblick erscheint die Nachrichtensprecherin wieder und das Bild ist stabil.

»Wir bitten um Entschuldigung für diesen Ausfall. Jetzt zu den internationalen Nachrichten. In Pakistan wurde heute eine große Anzahl Menschen isoliert ...«

Elin erhebt sich und verlässt die Küche.

»Ich halte das nicht aus, über etwas informiert zu werden, gegen das ich nichts tun kann!«

Lisa ruft aus dem Schlafzimmer:

»Das Bild ist wieder da. Hola!«

6

Der Himmel ist so kurz nach der Dämmerung blau, das Stürmen ist gemäßigt und die Windböen der Rotorblätter surren leise durch den Morgen. Der Wind kommt von Süden, der seit Langem vorherrschenden Windrichtung.

Elin ist an der Reihe, den Morgendienst zu verrichten. Sie zieht sich den Overall an und geht zum Tierhaus. Dort gibt es zwei Pferde, eine Kuh, ein Schwein, sechs Schafe, ein paar Hühner und einen Hahn.

Sie versorgt die Tiere, was eine Weile dauert.

Zurück im Wohnhaus hängt sie den Overall auf und stellt sich unter die Dusche, bindet dann das helle Haar zu einem Pferdeschwanz, zieht sich eine Jeans und das Flanellhemd mit dem ausgefransten Kragen an und geht in die Küche, wo sie Brot auf den Tisch stellt und Haferbrei für die ganze Familie kocht.

Sie legt ein paar Eier in einen Topf, und während sie kochen, geht sie zum Großvater. Seine Tür steht offen und sie klopft sachte an, bevor sie eintritt.

Er liegt auf dem ungemachten Bett, in ein graues Nachthemd gekleidet. Der Nagel des linken großen Zehs ist dunkelblau.

Auf der Bildwand an der Fußseite sieht man einen Mann an einem Flügel. Frans trägt Kopfhörer, und als Elin sich auf das Fußende des Bettes setzt und zur Bildwand sieht, nimmt er sie ab und dreht die Lautstärke auf, sodass sie beide die Klaviermusik hören können.

Elin betrachtet das Gesicht des Klavierspielers.

»Was ist das?«

»Barenboim spielt Beethoven. Ist sonst noch jemand wach?«

Die Katze kommt mit erhobenem Schwanz durch die Tür. Sie hüpft auf das Bett des Alten und streicht um Elins Hüfte. Dann geht sie zu dem Alten und drückt sich an seine Schulter.

»Lisa schläft, Mama ist wohl wach. Papa war auf, als ich einschlief, also ist er vielleicht noch im Bett.«

»Stell dir vor, wenn immer nur Sonntag wäre«, seufzt der Alte. Elin lacht.

»Du hast doch an meinem Geburtstag Kaffee bekommen. Den Geschmack hast du wohl immer noch auf der Zunge, oder?«

Der Alte lächelt, aber nicht sehr, so als würde ihn seine Müdigkeit daran hindern.

»Soll ich dir etwas verraten?«

»Nur zu«, bittet Elin. Die Katze springt vom Bett und verschwindet durch die Tür.

»Wenn ich Kaffee bekommen habe, putze ich mir bis zum Tag darauf nicht die Zähne. In meiner Jugend habe ich manchmal fünf Tassen am Tag getrunken. Wenn ich gewusst hätte, wie es kommen würde, hätte ich einen Vorrat angelegt.«

Elin legt die Hand auf den Fuß des Alten.

»Willst du mit uns essen oder soll ich mit einem Tablett kommen?« Der Alte schaltet die Bildwand aus.

»Ich stehe auf. Es gibt eine Sache, die getan werden sollte, bevor ihr zu Wong aufbrecht.«

Die Familie frühstückt. Frans liest *Robinson Crusoe,* eine kommentierte Ausgabe des Originals, in der sogar noch Druckfehler sind. Elin hört Lisa mit den Vokabeln ab, während Anna und Gunnar sich miteinander über die Lage des Marktes in Hongkong und Shanghai unterhalten. Als die anderen fertig gegessen haben, kommt Vagn aus seinem Zimmer, und Frans sieht vom Tablet auf.

»Du siehst noch ganz verschlafen aus.«

Vagn nickt und Frans aktiviert die Bildwand. Er richtet die Kameras auf die Abhänge im Süden und zoomt eine umgestürzte Fichte heran.

»Der Sturm hat sie letzte Woche herausgerissen. Das ist eine richtige Brennholzfichte, die geholt werden sollte, bevor wir aufbrechen. Wir haben gutes Wetter für Waldarbeit.«

»Gibt's noch Brei?«, fragt Vagn mit klagendem Tonfall. Anna und Elin tauschen Blicke aus.

»Du willst aber nicht zufällig bedient werden?«, fragt Anna leicht säuerlich.

»Natürlich möchte er bedient werden«, sagt Frans. »Das möchten alle Jungen in seinem Alter.«

Vagn geht zum Herd, wo er einen kleinen Topf heranzieht. Er späht im Schrank nach dem Roggenmehlpaket.

»Es gibt ein Ei für dich«, sagt Elin. »Hart gekocht.«

Sie holen die Pferde heraus und spannen jedes an seine Seite der Deichsel. Die Deichsel ist an einem Sulky befestigt mit zwei gleichartigen Gummireifen. Zwischen ihnen befindet sich oberhalb der Radachse eine Stahlplatte, so groß, dass zwei Personen darauf sitzen können.

Es ist Elin, die die Pferde heraushölt und einspannt.

Vagn platziert die beiden Motorsägen, die schweren Akkus und die Seile auf der Platte zwischen dem Rad und befestigt alles mit Spannriemen. Dann holt er Ketten und den Kettenzug.

Als sie fertig sind, kommt Gunnar heraus und blinzelt in die Sonne. Er trägt ein kurzärmliges Hemd und über dem Arm eine Jacke.

Elin treibt die Pferde an und sie ziehen los.

Sie brauchen nicht lange, um zu der Fichte zu gelangen.

Elin schlingt die Zügel um die kleine Birke, während Vagn die Sägen löst, an die Akkus anschließt und die Seile herauszieht.

Elin nimmt eine Säge, und sie fangen an abzuästen. Der Duft des weißen Fichtenholzes und der harzigen Zweige spielt in ihren Nasen und beide sehen zufrieden aus, während sie arbeiten.

Als sie fertig sind, misst Gunnar zwei Stammlängen ab und einige kleine Teile von der Spitze.

Elin sägt an der dicksten Stelle. Die Fichte hat einen dicken unteren Stamm, und es dauert eine gute Weile, bis sie fertig ist. Als die Holzteile zurechtgesägt sind, wischt sie sich den Schweiß aus der Stirn und sieht zum Himmel. Ihre Jeans und das Hemd sind weiß von Sägespänen. Sie atmet tief ein, zeigt zum Himmel und blinzelt.

»Ein Bussard.«

Alle halten die Hände vor das Gesicht, um die Augen vor der Sonne zu schützen. Sie sehen den Vogel mit den fransigen Flügeln hoch über dem Bergrücken.

Gunnar holt ein kleines Fernglas aus der Tasche und beobachtet ihn, streicht eine Haarsträhne aus der Stirn und setzt sich dann auf einen Stein. Mit dem Fernglas lässt er den Blick über die Umgebung schweifen.

Vagn beginnt wieder zu sägen, und bald ist er durch den Stamm, Elin sägt das nächste Stück ab.

Gunnar steckt das Fernglas wieder ein und guckt die beiden an. »Das habt ihr sehr gut gemacht«, sagt er, als sie die Sägen abstellen.

»Es ist schön, euch beim Arbeiten zuzusehen.«

Sie befestigen die Winde an einer noch stehen gebliebenen Kiefer. Danach helfen sie einander, mit ihren Holzzangen das größte Stück Stamm zu drehen und die Ketten darumzulegen.

Sie ziehen das Holz mit der Winde hoch, und Elin lenkt die Pferde so, dass sie den kleinen Karren mit der Stahlplatte an die richtige Position bekommt. Der untere Teil des größten Stücks wird abgesenkt und auf der Platte zwischen Rad und Ketten festgemacht.

Nach einer Weile liegen noch zwei weitere Stücke auf dem Karren, zwei kleine ragen heraus. Elin treibt die Pferde an.

Die Tiere legen sich ins Zeug, und bald sind sie zu Hause. Das Holz wird auf den Scheiten abgeladen, die Zugtiere losgemacht und die kleineren Äste zum Schredder gebracht.

»Also machen wir uns auf den Weg zu Wong«, sagt Vagn und holt den Sattel für das Pferd, das er reiten wird. Das Tier trägt den Namen Ronja. Elin reitet auf Black. Beide sind Nordschwedische Kaltblüter.

Die Pferde sind wild. Sie werfen ihre großen Köpfe auf die Seite, sodass die Mähnen fliegen.

Elin und Vagn stehen einen Moment draußen in der Sonne, essen ihre Brote und trinken jeder eine Tasse Milchsuppe. Sie legen sich die Gürtel mit den Messerscheiden und den Bolzen im Köcher um, nehmen die Armbrüste von der Wand und steigen auf. Gunnar kommt heraus, er gibt Elin das Fernglas.

»Meldet euch, wenn ihr etwas Merkwürdiges seht.«

Als sie vom Hof reiten, steht die Sonne im Süden und sie haben eine knappe Stunde Ritt vor sich bis zum Sicherheitsweg zwölf.

Hoch über ihnen erkennt man einen Punkt. Vagn zeigt nach oben.

»Der Bussard.«

Elin nimmt das Fernglas aus der Tasche, zügelt das Pferd und richtet das Fernglas auf den Punkt da oben. Dann reicht sie es dem Bruder.

»Ich glaube nicht. Sieh selbst.«

Vagn beobachtet den Punkt. Er bewegt sich langsam in einem großen Kreis.

»Kein Bussard«, sagt er und gibt das Fernglas Elin zurück. »Ein Beobachter.«

»Was wollen die denn hier sehen?«, wundert sich Elin.

»Die Schnellstraße nach Grövelsjö. Es ist wohl viel

Verkehr dort, wenn dreißigtausend da oben wohnen sollen.«

Kurz bevor sie den Weg erreicht haben, kommen zwei Hubschrauber von Süden.

Sie fliegen dicht über den Baumwipfeln und verschwinden mit lautem Getöse Richtung Norden.

Ein bisschen abseits vom Weg halten sie die Pferde an, und Elin fischt das Mobil unter ihrem Hemd hervor, groß wie eine Spielkarte und genauso flach. Sie drückt einen Daumen in die eine Ecke der Karte. Das Display geht an und die Karte spricht.

»Was möchtest du?«, fragt das Gerät mit Elins Stimme.

»Kontakt mit dem Verkehrsamt.«

»Ich kontaktiere das Verkehrsamt«, hört sie sich selbst aus der flachen Karte.

Nach ein paar Sekunden sieht sie ein Gesicht auf dem Display.

Es ist eine Fotografie, der eine sechsstellige Nummer und der Name Amanda zugeordnet ist.

»Womit kann ich helfen?«, klingt es aus dem Mobil.

»Wir sind zwei Leute, die den Sicherheitsweg zwölf überqueren wollen«, antwortet Elin. »Geht das?«

»Einen Augenblick«, klingt es aus dem Mobil. Und nach einer Weile: »Was ist euer Ziel?«

»Wongs Supermarkt 63.«

»Einen Augenblick«, tönt es erneut aus dem Mobil. Und dann: »Ihr habt fünfzehn Minuten, um den Sicherheitsweg zwölf zu überqueren. Bitte schön!«

Sie reiten einen asphaltierten Weg hinunter und über den Kieshang hinauf und kommen auf den Weg.

Die Hufe klappern auf dem Asphalt, also reiten sie am Straßenrand und sehen bald die Scheinwerfertürme um das eingezäunte Gebiet bei Wongs. Hinter dem Turm bewegen sich weiße Wolken über den Himmel und Wolkenschatten ziehen über die Bergrücken nach Norden.

7

Vier Meter hohe, engmaschige Zäune stehen zweireihig um das Gelände herum. Sie sind mit Stacheldraht eingefasst. In der Dämmerung lässt man zwischen ihnen die Hunde frei laufen.

Es gibt je einen Eingang auf beiden Seiten des riesigen Quadrats. Vor jedem der Eingänge im Zaun befindet sich ein Waffenhaus. Als sie sich dem südlichen Eingang nähern, vernehmen sie den immer stärker werdenden Geruch Hunderter Pferde.

Sie steigen ab und gehen in das Waffenhaus. Darin ist es eng, Männer und Frauen stehen vor den Schränken, in die sie ihre Armbrüste und Äxte legen, und unterhalten sich. Elin und Vagn schließen ihre Waffen in einen Metallschrank ein und kehren zu den Pferden zurück. Beide kontaktieren mithilfe ihrer Mobile Wongs Security und beide bekommen ein Signal, das sie informiert, dass sie sich von jetzt ab sechs Stunden auf dem Gelände aufhalten können.

Sie reiten durch das Kontrolltor. Auf den Bildschirmen kann man sehen, dass sie keine Waffen mit aufs Gelände führen. Kleine Hunde rennen zwischen ihren Beinen herum. Wongs Bombenhunde.

In dem Moment, als sie die Kontrolltore passieren, klingelt Elins Mobil.

»Willkommen in Wongs 63, Elin. Dein Kredit ist 26 412 Kronen. Wenn du 50 Kronen an die Überschwemmungsgeschädigten in Pakistan spenden möchtest, sag ›Pakistan‹.«

»Pakistan«, sagt Elin.

»Danke, Elin«, antwortet das Mobil und spricht weiter. »Wir haben heute Sonderpreise auf Milch, Zucker, Reis und Kartoffeln. In deiner Größe haben wir Jeans in acht Farben, Jeansjacken in vier Farben samt Stiefel mit kurzem und langem Schaft. Und wenn du Hunger hast, bieten wir chinesische Küche, Thai und Japanisch an. Das Tagesangebot sind braune Bohnen mit Schweinefleisch. Im Himmelreich bieten wir heute Rabatt auf Thaimassage und Akupunktur sowie Einführungskurse in Yoga. Im Spabereich unseres Hotels gibt es heute Sonderpreise, wenn du zwei Nächte bleiben willst. Ich bin Li Nummer 2431. Du kannst mich durch meinen Namen und meine Nummer kontaktieren. Ich helfe dir, wenn du Fragen zu unseren Waren hast. Herzlich willkommen, Elin!«

Sie reiten zum Stall, und Elin benutzt das Mobil,

um einen Stellplatz zu erfragen. Sie bringen die Tiere in eine Box, satteln ab und gehen hinaus.

Vagn nickt einem Mann zu, der Trainer in seiner Bezirkshockeymannschaft war. Der Trainer ist groß und dünn und trägt eine Jacke mit schwarzen Rauten und hochgeklapptem Kragen. Er hat einen Dreitagebart und ein sonnengebräuntes Gesicht. Er führt ein Pferd und ein kleines Pony. Auf dem kleinen Pferd sitzt ein etwa fünfjähriges Kind und Elin fragt Vagn nach der Mutter.

»Er hat eine hübsche Frau«, sagt Vagn und lacht. »Sie ist Zahnärztin, und er ist The Marlboro Man.«

Elin wird rot und Vagn legt einen Arm um die Schulter seiner Schwester und drückt sie an sich.

Nach einer Weile erreichen sie das Warenhaus, das sieben Stockwerke hat. Ganz oben befindet sich ein Hotel. Die Lebensmittelabteilung ist ganz unten.

»Sollen wir uns nicht einen Smoothie holen?«, fragt Vagn. »Es ist schließlich das erste Mal, dass du hier bist, seit du sechzehn geworden bist. Ich lade dich ein.«

Elin strahlt.

»Ich bekomme einen Lippenstift von Mama. Du kannst mir helfen auszuwählen.«

Sie gehen auf die Rolltreppe zu.

»Ich begreife nicht, wie sie das machen, dass der Boden immer so sauber bleibt«, sagt Vagn. »Guck doch mal.«

Er zeigt zwischen zwei hohe Regale, wo vor den Konsolen mit Reis zum Sonderpreis ein dichtes Gedränge von Menschen herrscht.

»Alle, die hier sind, sind mit dem Pferd gekommen. Es müsste alles voller Pferdemist und Matsch sein.«

»Jemand putzt hier Tag und Nacht«, sagt Elin und deutet auf eine blinkende und blitzende lautlose Maschine, doppelt so groß wie ein Basketball, die sich über den Boden bewegt. Sie hinterlässt eine feuchte Spur.

Als sie in die siebte Etage kommen, landen sie mitten im Lokal. Die Kellnerinnen tragen hellblaue Kleider aus seidenähnlichem Material. Sie werden über einem Reifrock getragen. Hier und da prangen faustgroße Löcher im Stoff, durch die man die Stahlbänder des Reifrockgeflechts erkennt.

Unter den Bändern blitzen Haut und Spitzenunterwäsche durch.

Unter dem linken Schlüsselbein haben sie Schilder, auf denen »Wongs Paradise – alles, was du haben willst« steht sowie der Name der Trägerin.

Die Kellnerinnen sehen aus, als wären sie nur wegen ihrer puppengleichen Gesichter angestellt.

Vagn und Elin setzen sich so, dass sie die Rolltreppen im Blick haben. Man kann bis zur ersten Etage hinuntersehen.

Ihre Kellnerin ist klein, dünn und hat lange schwarze Haare, die zu einem festen Knoten hochgesteckt sind. Sie spricht perfekt Schwedisch. Auf dem Schild an ihrem linken Schlüsselbein steht, dass sie auch Mandarin, Arabisch und Englisch spricht und außerdem Massagen anbietet.

Vagn und Elin bestellen jeder einen Smoothie mit Lakritzgeschmack.

Beide sehen zur Rolltreppe im Schacht und Vagn deutet nach unten und sagt: »Siehst du den mit der gelben Jacke? Der hat mich tätowiert. Er hat die eine Gesichtshälfte komplett tätowiert, die andere Hälfte ist komplett frei. So ist es bei ihm am ganzen Körper. Linke Seite blaugrün, rechte Seite nichts. Warum macht man das bloß? Warum möchte man sich in zwei Hälften teilen?«

Elin legt eine Hand auf die ihres Bruders und er begegnet ihrem Blick.

»Findest du, dass sie hübsch ist?«

»Wer?«

»Die Kellnerin.«

»Ja.«

»Würdest du von ihr massiert werden wollen?« Vagn antwortet nicht gleich.

»Das ist teuer.«

»Ich glaube, sie ist ein Robo.«

»Es ist ihr Blick. Weißt du, was Lisa neulich gesagt hat?«

»Erzähl.«

»Sie hat gesagt, dass ich eine Sache bedenken muss.«

»Okay.«

»Ich müsse dran denken, dass ich einen Jungen kennenlernen muss, falls ich eigene Kinder bekommen will.«

Vagn lacht.

»Sie wollte wissen, wie ich das anstellen würde.

Wie soll ich einen Jungen finden, wenn ich meistens zu Hause bin und selten Leute treffe, die nicht zur Familie gehören.«

»Was hast du geantwortet?«

»Dass sich das mit der Zeit schon noch ergeben wird.«

Vagn lacht. Er hat ein Lachen, das die Gedanken in Wellen auf einem kleinen See verwandelt.

»Der Marlboro Man.«

Elin haut ihm leicht auf die Hand.

»Weißt du, was sie sagt?«

»Keine Ahnung.«

»Sie hat gesagt, dass sie mal ihren Lehrer frage. Er wohnt auf Mallorca und ist Surfer, Masseur und Barkeeper und bestimmt alt, aber trotzdem. Sie würde ihn für mich fragen, wenn ich wollte.«

Vagn macht ein Auge zu.

»Wie alt ist er?«

»Fünfundzwanzig.« Vagn lacht wieder.

»Hat Lisa das alles herausgefunden, indem sie mit ihm Spanisch gesprochen hat?«

»Ja.«

»Sie ist erst sieben.« Elin nickt.

»Als ich sie neulich dreißig Vokabeln abgefragt habe, konnte sie jede einzelne. Sie hat nur einen kurzen Moment draufgeguckt.« Vagn gluckst sein weiches Lachen.

»Sie ist wunderbar.«

Die Kellnerin kommt mit ihrer Bestellung, und während sie trinken, benutzt Elin das Mobil, um herauszufinden, welche unterschiedlichen Sorten Lippenstift es in der Kosmetikabteilung gibt. Sie hält das Bild mit einem in Himbeere hoch.

»Was hältst du von dem?«

»Du kannst dich auf die Farbwiedergabe nicht verlassen. Ich glaube nicht, dass die Kellnerin ein Robo ist.«

»Nein?«

»Ich glaube, dass sie eine Brille braucht.«

Elin hält ihm das Bild mit dem Lippenstift hin.

»Ist der hier hübsch?«

»Ich denke, du brauchst einen dunkleren. Vor allem, wenn du dein Netz in Richtung Marlboro Man auswerfen solltest. Oder eben in Richtung Masseur, wie auch immer. Wie soll er übrigens hierherkommen? Mit dem Surfbrett? Es ist lange her, dass Leute für eine Woche Ferien nach Spanien geflogen sind.«

»Großvater ist auf Mallorca gewesen, aber das war, als er noch jung war.«

»Wie geht es ihm eigentlich?«, fragt Vagn. »Er sagt immer, dass es ihm gut geht.«

Elin knibbelt an einem eingerissenen Nagel herum.

»Viel müder, als er es sich anmerken lassen möchte.«

Zwei Männer mittleren Alters setzen sich an den Tisch neben ihnen. Sie sprechen aufgeregt miteinander und sind offensichtlich aufgebracht. Der Dialekt des älteren verrät, dass er in Südschweden aufgewachsen ist.

»Drei Monate Lieferzeit. Letztes Mal war es ein Monat. Wir können nicht bleiben, wenn das Windrad nicht funktioniert.«

»Das ist Absicht«, behauptet der jüngere. »Das liegt

nicht an Wong. Es ist der Staat, der keine Leute außerhalb der Ortschaften will. Um ungeliebte Verbote zu umgehen, kappt man den Zugang zu Rollenlagern. Wenn die Windräder nicht mehr funktionieren, geben die meisten auf und ziehen in die Stadt.«

»Was willst du trinken?«

Beide Männer studieren die Karte.

»Guck mal da«, sagt Vagn und zeigt zur Rolltreppe.

8

Auf der Rolltreppe nach unten steht Björn Torson. In der Hand trägt er eine Tüte. Hinter ihm steht Norman.

»Haben sie uns gesehen?«, flüstert Elin.

»Wir haben sie jedenfalls gesehen, also können sie uns auch gesehen haben.«

»Wir müssen es Mama und Papa erzählen.«

»Schreib ihnen.«

Elin nimmt das Mobil hervor, zieht die Schnur über den Kopf und legt es auf den Tisch. Sie flüstert »Tastatur« und die Finger laufen über die Buchstaben, die unmittelbar erscheinen.

Wir sitzen ganz oben bei Wong und haben gerade Björn Torson und Norman gesehen. Sie könnten uns auch entdeckt haben.

Vagn beugt sich vor und sieht hinunter.

»Sie gehen zum Ausgang.«

Der Mann am Tisch neben ihnen wird von seiner Kellnerin umgarnt.

Der jüngere Mann fragt: »Was heißt ›Ich liebe dich‹ auf Mandarin?« Sie hören die Antwort des Mädchens nicht, aber aus Elins Mobil kommt Gunnars Antwort.

Bleibt eine Stunde. Nehmt den Rückweg über Norrås.

Sie lesen die Mitteilung, lehnen sich dann beide vor und sehen hinunter ins Erdgeschoss. Zwischen den Regalen rollt ein halbes Dutzend blitzender Putzmaschinen umher. Die beiden Männer am Nebentisch bestellen jeweils ein Bier, und der eine ist so aufgebracht, dass er die Stimme hebt.

»Es ist der Zugang zu Nickel, um den es sich dreht! Nickel ist die Hauptsache!«

Elin beugt sich über den Tisch.

»Ist der Weg über Norrås wirklich so gut?«

Vagn umschließt mit den Lippen den Strohhalm, und im Pappbecher blubbert es, während er überlegt.

»Ich frage mich, ob es wirklich eine so große Rolle spielt, welchen Weg wir nehmen.«

Elin reißt ein bisschen von der Serviette ab und knüllt es zu einem erbsengroßen Kügelchen zusammen. Sie rollt es zwischen den Fingern, bis es grau und hart wird.

»Björn wiegt doppelt so viel wie einer von uns. Norman ist ungefähr genauso schwer. Wir nehmen einen Weg, wo es unser Vorteil ist, dass wir nicht so schwer sind, und ihnen davonreiten können.«

»Dann sollten wir den gleichen Weg nehmen, auf dem wir hergekommen sind. Wenn wir den Weg über

Norrås wählen, landen wir in den sturmverwüsteten Gebieten. Da ist es uns kaum von Vorteil, dass wir schneller sind. Gibt es noch etwas, das wir kaufen sollten, außer Lebensmitteln?«

Sie sehen einander an und merken, wie die Angst im jeweils anderen wächst, eine Angst, die sich wie eine Tsunamiwelle über einen flachen Strand erhebt.

»Wir brauchen noch etwas, um uns zu verteidigen«, sagt Vagn. »Es ist schwer, von einem Pferderücken aus zu schießen. Man braucht Glück, um zu treffen.«

»Wir können Messer kaufen und eine Rolle Klebeband. Wenn jeder sich einen langen Stock schnitzt, an dem wir die Messer vorne befestigen, haben wir eine gute Verteidigungswaffe.«

Vagn nickt.

»Wir können auch jeder eine kleine Axt kaufen. Falls sie näher kommen.«

»Wie viel Zeit haben wir noch?«, fragt Elin und klickt eine Uhr auf dem Display an.

Vagn lehnt sich vor und sieht auf die Zeitangabe.

»Sollen wir nach dem Lippenstift gucken?« Elin schüttelt den Kopf.

»Das ist mir jetzt egal. Wir gehen nach unten zu den Eisenwaren. Und warum sollen wir noch eine Stunde hierbleiben? Das macht doch keinen Unterschied.«

»Am besten wäre es vielleicht, wenn wir warten, bis es dunkel wird«, meint Vagn.

»Im Dunkeln können sie näher kommen, ohne dass wir sie sehen. Björn hat wahrscheinlich Lichtverstärker. In dem Fall sehen sie uns, aber wir sie nicht. Bei Tageslicht sind wir eher ebenbürtig.«

9

Die Geschwister kaufen zwei Moramesser, eine Rolle Gewebeband und jeder eine kleine Axt. Die Messer und die Äxte sehen sie auf den Bildschirmen. In den Regalen gibt es keine Gegenstände, die als Waffen benutzt werden können.

Sie tippen ihre Codes ein und erfahren, wo sie die Waren im Waffenhaus abholen können, danach kaufen sie das ein, was auf der Liste steht, und verlassen den Supermarkt. Als sie nach draußen kommen, spüren sie den Wind. Er hat gedreht und kommt jetzt von Westen.

Sie nehmen die Armbrüste und Köcher mit den Bolzen und die Messer entgegen, lassen sich die Waren quittieren und gehen zum Stall. Beide untersuchen die Pferde.

»Sie können irgendwo einen Chip versteckt haben«, sagt Elin.

Sie fahren durch den Schweif und untersuchen Halfter und Sattel.

»Sie vermuten vielleicht, dass wir wirklich abwarten wollen, bis es dunkel ist, so wie ich es vorgeschlagen hatte. Aber dann sind sie im Vorteil, weil sie

Lichtverstärker haben, genau wie du gesagt hast.« Sie satteln auf und stecken die Waren in die Taschen aus Segeltuch. Die Taschen befestigen sie hinter den Sätteln und machen sich auf den Weg.

Auf halber Strecke zum Sicherheitsweg halten sie in einem Eschenwäldchen. Mit der Axt hackt jeder einen vier Meter langen Ast ab. An der Spitze des Asts schneiden sie ein Stück für den Griff des Messers heraus und danach befestigen sie das Messer mit dem Klebeband.

Sie steigen wieder auf die Pferde und testen das Gleichgewicht mit den neuen Waffen. Elin pickt mit der Spitze ihrer Lanze etwas Laub vom Boden auf. Vagn macht es ihr nach und lacht über sein Geschick.

Sie nähern sich dem Weg und Elins Mobil geht an.

»Der Sicherheitsweg zwölf kann gerade nicht passiert werden. Bitte halten Sie einen Sicherheitsabstand zum Weg. Der empfohlene Sicherheitsabstand beträgt einhundert Meter. Ihr Abstand zum Weg beträgt im Augenblick 162 Meter. Bestätigen Sie den Erhalt dieser Nachricht.«

Elin kontaktiert das Verkehrsamt und teilt mit, dass sie so schnell wie möglich passieren möchte. Sie erhält die Antwort, dass sie und ihre Begleitung in fünfunddreißig Minuten den Weg überqueren dürfen.

Sie steigen ab und setzen sich auf den Stamm einer gefällten Kiefer. Unter ihnen führt der breite Weg entlang. Der Asphalt ist neu verlegt und schwarz wie Lakritz. Sie halten die langen Lanzen wie Stangen, an denen unsichtbare Fahnen flattern. Der Wind ist jetzt so stark, dass er an den Lanzen zerrt. Sie müssen sie sorgfältig festhalten, damit er sie ihnen nicht entreißt.

Elin zeichnet mit dem Griff ihrer Lanze ein Quadrat in die Erde.

»Großvater müsste die Medizin haben, die er vorher hatte.« Vagn zeichnet ein Rechteck mit dem Lanzengriff.

»Glaubst du, dass er sterben könnte?«

»Er wird in ein paar Monaten siebzig.«

»Letzten Sommer hat er in Lurtjärn gefischt.«

Elin zeichnet ein größeres Quadrat um das erste herum.

»Ich frage mich, ob er jemals noch mal dorthin kommen wird.« Von Süden her sind Geräusche zu hören, die sie sofort aufmerksam werden lassen. Schnell wird das erste Fahrzeug sichtbar.

Es ist ein gepanzertes Militärfahrzeug. Hinter dem Panzerwagen kommt ein Bus, gefolgt von einem großen Lieferwagen. Dahinter noch ein Militärfahrzeug und danach eine lange Kolonne von Bussen und Lieferwagen. Die Fahrzeuge fahren nicht besonders schnell, vielleicht siebzig Kilometer in der Stunde. Der Abstand zwischen ihnen scheint immer exakt derselbe zu sein. Fahrzeug reiht sich an Fahrzeug und die ersten sind bereits in der nordwärts führenden Kurve verschwunden, doch es kommen immer neue. Die Scheiben der Busse sind blickdicht.

»Sind sie alle fahrerlos?«, fragt Elin.

»Ich gehe davon aus. Mit solchen exakten Abständen fährt man nur fahrerlos.«

»Sind sie unterwegs nach Grövelsjö?«

»Anzunehmen.«

Es dauert fünfzehn Minuten, bis die Kolonne vorübergezogen ist. Das letzte Fahrzeug ist ein Panzerwagen.

Elin blickt der verschwindenden Kolonne hinterher. Sie wendet sich ihrem Bruder zu.

»Wovor haben sie Angst?«

»Ihrem eigenen Schatten.«

»Nein, mal im Ernst. Warum haben sie solche Angst?«

»Es soll letzte Woche angeblich ein Angriff auf den Weg stattgefunden haben. Der Straßendamm wurde gesprengt, genau, bevor eine Kolonne passieren sollte.«

»Woher weißt du das?«

Vagn schweigt und Elin fragt nicht weiter.

Unten am Weg nähert sich noch ein Panzerwagen. Hinter dem gepanzerten Fahrzeug kommen fünf schwarze Limousinen, drei davon schwedisch, mit der Flagge auf dem Kotflügel.

»Das Königshaus«, stellt Vagn fest und folgt den Fahrzeugen mit dem Blick.

Elin rümpft die Nase.

»Werden die in Grövelsjö wohnen?«

»Bestimmt, in Stockholm ist es jetzt zu gefährlich.«
Elin sieht den Autos hinterher.

»Haben die da oben etwa auch ein Schloss gebaut?«

»Keine Ahnung«, antwortet Vagn, »aber sie werden selbst im Gebirge kaum in einem Zelt schlafen.«

10

Sie passieren den Weg und halten die Lanzen quer vor sich. Als sie auf der anderen Seite wieder herabreiten, bleibt Vagn stehen. Er hebt die Lanze.

»Ich glaube, einer von uns sollte die Armbrust in Bereitschaft haben.«

Elin nickt.

»Ich schieße besser als du.«

Sie reicht ihrem Bruder die Lanze, der sein Messer vom Gürtel nimmt. Er schneidet das Klebeband durch und entfernt das neu gekaufte Messer vom Ast und steckt es in seine Hosentasche. Den Ast wirft er weg.

Elin versucht zu telefonieren.

»Hebt niemand ab.«

Vagn späht zum Bergrücken.

»Entweder es liegt am Sturm, oder sie haben einen Server ausgeschaltet.«

Elin nimmt die Armbrust vom Rücken, spannt die Sehne, zieht einen Bolzen aus dem Köcher und hält ihn bereit.

Sie reiten eine Anhöhe hinauf, und der Anstieg ist anfangs steil. Vagn reitet vorneweg. Als die Steigung geringer wird, wartet er auf seine Schwester. Vor ihnen erheben sich zwei gigantische Felsen. Am Fuß der Felsen steht ein niedriger, dichter Fichtenwald. Der Pfad führt zwischen den Felsen hindurch. Nach fünfzig weiteren Metern wird der erste Bolzen abgefeuert. Er trifft Ronja am Hals, und das Pferd bäumt sich auf. Vagn versucht, das Pferd zu zügeln, das mit den Vorderhufen austritt. Kurz darauf wird es von einem weiteren Bolzen getroffen. In dem Moment, wo die Vorderbeine des Pferds nachgeben und es zu Boden geht und Vagn aus dem Sattel fällt, galoppieren Björn und Norman über die Rücken ihrer Pferde gebeugt heran. Sie reiten so dicht nebeneinander, dass Björns Steigbügel gegen Normans Stiefelschaft schlägt, und sie schießen so schnell aus dem Gebüsch am Felsen, als ob die Hand eines Riesen sie mitsamt der Pferde gepackt und nach vorne geschleudert hätte.

Björn schwenkt einen Knüppel, und Norman hat eine kurze Keule, die Armbrüste in ihren Halterungen wippen auf ihren Rücken.

Elin legt den Bolzen in die Kerbe vor die Sehne und hebt die Waffe. Als sie den Bolzen loslässt, hat sie Björn fast genau vor sich. Sein Mund ist geöffnet und er brüllt wortlos und schwingt den Knüppel. Sie sieht in seine weit aufgerissenen Augen und weiß, dass das, was sie sieht, der Blick eines Sterbenden ist.

Der Bolzen durchbohrt seine Brust, und Björn wirft seinen Knüppel in Elins Richtung, während er den Blick auf den Bolzen gerichtet hat. Elin wehrt den fliegenden Knüppel mit der Armbrust ab. Der Knüppel prallt gegen den Stahlbogen, so hart, dass Elin die Waffe beinahe fallen lässt.

Getroffen rutscht Björn aus dem Sattel und bleibt im rechten Steigbügel hängen. Der Fuß im Steigbügel ist seltsam verdreht und die Spitze des Bolzens ragt zwischen den Schulterblättern heraus.

Er liegt mit dem Gesicht zur Erde und er bewegt sich nicht.

Björns Pferd schnaubt und der Kreidefleck auf der Stirn leuchtet wie der Vollmond in einem dunklen Nachthimmel.

Ein Stück weiter unten ist Norman aus dem Sattel gesprungen und hält Vagn in Schach. In diesem Moment kommt Ida angeritten, die Armbrust im Anschlag. Elin versucht, ihre Waffe bereit zu machen, aber die Sehne ist durch Björns Knüppel beschädigt und reißt, als sie sie zu spannen versucht. Sie springt auf das Pferd und treibt es an. Hundert Meter hinter ihr kommt Ida herangeritten. Sie hat die Zügel losgelassen, einen Bolzen vor die Sehne gelegt und abgefeuert. Der Bolzen jagt über Elin hinweg wie ein Falke, der eine Schwalbe dicht über der Erde jagt, die im Flug immer wieder steigt und sinkt, um dem Jäger auszuweichen.

Elin legt sich über Blacks Widerrist und versucht, eins mit dem Pferd zu werden. Sie drückt die Fersen in die Flanken des Pferdes, als ein weiterer Bolzen über sie hinwegsaust. In der rechten Hand hält sie die unbrauchbare Armbrust.

Als sie auf der Spitze des Hügels ist, hat sie die Verfolgerin abgeschüttelt und der Abstand zwischen den Reitern beträgt mehr als zweihundert Meter. Wieder schießt Ida, und dieses Mal trifft sie, aber nicht das, worauf sie gezielt hat.

Elin prescht den Hang entlang und nach einer Weile sieht sie einen Kilometer entfernt das Haus.

11

Gunnar ist bei den Tieren gewesen und steht in der Dusche, als die Bildwand aktiviert wird. Oben in der rechten Ecke stehen drei Ziffern. Eine Ziffer zeigt an, dass der Abstand zum vorderen Reiter 507 Meter beträgt, und die zweite Ziffer gibt an, dass die Richtung 240 Grad beträgt. Die Geschwindigkeitsanzeige funktioniert nicht und ist lückenhaft.

»Elin!«, ruft Lisa und sie steht mit geöffnetem Mund vor der Bildwand und sieht die Schwester im Galopp über Blacks Rücken gebeugt.

»Jemand ist hinter ihr her!«

Anna eilt aus ihrem Zimmer, Frans aus seinem und Gunnar kommt aus dem Badezimmer und schlingt sich ein Handtuch um die Hüften.

»Lasst sie zur Tür herein!«, ruft Frans und Lisas Unterlippe beginnt zu zittern. Anna nimmt eine Armbrust von der Wand und legt sich einen Köcher mit Bolzen um die Taille, zieht den Hocker hervor und klettert zur Schießscharte hoch. Sie schiebt das Stahltürchen zur Seite, schiebt die Armbrust hindurch und schickt einen Bolzen dem hinteren Reiter entgegen, der sein Pferd zügelt. Gunnar öffnet die Tür, und auch er schießt einen Bolzen ab, und Anna schickt Ida noch einen zweiten entgegen. Es stürmt jetzt so sehr, dass die Bolzen deutlich ostwärts abdriften.

Elin springt vor der Tür vom Pferd und rennt auf

den Eingang zu. Das Pferd macht einen Schritt zur Seite, und als Elin zur Tür hereineilt, stolpert sie an der Tür und Gunnar wird von Idas Bolzen getroffen. Der Bolzen streift Gunnars rechte Hand und saust weiter in die Küche, wo er gegen die Spüle prallt und vor dem bellenden Dackel zu Boden fällt. Gunnar knallt die Tür zu und legt den Riegel vor.

Draußen reitet Ida im Schritt über den Bergrücken davon.

Lisa schluchzt lautstark. Elin liegt ausgestreckt auf dem Boden und Anna beugt sich über sie.

»Bist du verletzt?«

Elin hebt den Kopf. Die Armbrust mit dem gerissenen Bogen hält sie noch immer in der Hand.

»Wo ist Vagn?«

Von Gunnars rechter Hand tropft das Blut. Lisa zeigt darauf und schreit: »Papa blutet! Papa blutet!«

Dann verstummt sie, plötzlich unfähig, weitere Worte hervorzubringen. Elin spricht abgehackt, als ob sie jeden Satz einzeln in den Raum schmettern müsste, um ihn loswerden zu können.

»Ronja wurde von Pfeilen getroffen, und Vagn ist heruntergefallen. Ich habe Björn getötet.«

Frans wirft einen Blick auf den Bildschirm, wo kein Reiter mehr zu sehen ist. Jetzt wendet er sich Anna zu. Mit der rechten Hand streicht er ihr über das Gesicht, von oben nach unten und wieder hoch, als wollte er einen Ausdruck wegstreichen, der vom Haaransatz bis zum Kinn reicht.

Er stößt hervor: »Ich suche nach Vagn.«

Anna schaut auf die blutende Hand ihres Ehemanns und verschwindet im Badezimmer.

»Das tust du nicht!«

Frans wimmert: »Aber wer soll es denn sonst tun?«

Frans reicht Elin eine Hand, sie ergreift sie, richtet sich auf und gibt Frans die unbrauchbare Armbrust. Dann geht sie die wenigen Schritte zur schluchzenden Schwester, zieht sie auf einen Stuhl und setzt sich mit dem Mädchen auf den Knien hin. Sie nimmt die Schwester in den Arm, ihr Atem geht schwer.

»Ich gehe los«, wiederholt Frans mit düsterem Blick. Er holt eine Jacke von einem Haken an der Haustür.

Gunnar steht da, die linke Hand umfasst die blutende rechte. Mit dem Daumen drückt er auf die Wunde, damit die Blutung abnimmt. Er beobachtet Elin.

»Ist Björn tot?«

»Ja.«

»Wie ist das passiert?«

»Wir waren auf dem Weg zu Stora Sten. Nachdem Ronja getroffen war, tauchten Björn und Norman plötzlich aus dem Fichtenwald auf.«

»Ronja darf nicht tot sein!«

Elin drückt ihre Schwester an sich.

»Ronja darf nicht tot sein!«, ruft das kleine Mädchen.

Anna kommt aus dem Badezimmer, in der Hand eine Plastiktasche mit einem roten Kreuz darauf. Sie öffnet die Tasche und holt eine Mullbinde heraus. Gunnar streckt die Hand aus und Anna wickelt die Binde fest um die Handwurzel. Sie angelt eine Kompresse heraus und gibt sie Frans. Die Kompresse liegt in einem kleinen Umschlag.

»Öffne das!«

Frans öffnet ihn und Anna nimmt die Kompresse heraus und drückt sie gegen die Wunde. Sie wickelt die Binde fest um den Handrücken. Lisa schreit wieder und wieder, dass Ronja nicht tot sein darf. Frans öffnet die Haustür und Gunnar ruft ihm hinterher.

»Was hast du vor?«

»Black in den Stall bringen.«

Frans verschwindet nach draußen, und Gunnar streicht Elin mit der linken Hand über das Haar.

»Erzähle.«

Elin lässt die Schwester auf den Boden gleiten und steht auf.

»Ich muss etwas trinken.«

Anna lässt das Ende der Mullbinde los und hebt Lisa auf ihren Schoß. Gunnar nimmt die Binde mit der linken Hand und zieht fest daran. Anna hält Lisa fest an sich gedrückt, während Elin zur Spüle wankt. Gunnar folgt ihr. Blut tropft aus dem Verband. Die Tropfen sind groß wie Preiselbeeren und werden zu flachen Flecken, da, wo sie auf dem Boden landen. Lisa starrt sie an, schnieft und wischt sich die Wangen mit der Rückseite der rechten Hand ab.

Anna drückt Lisas Kopf an ihre Brust.

»Schhh«, flüstert sie. »Schhh, schhh.«

»Was ist dann passiert?«, fragt Gunnar mit Blick auf den sich dunkel färbenden Verband.

»Vagn ist aus dem Sattel gefallen. Björn kam mir entgegen, und ich habe ihm einen Pfeil in die Brust gejagt.«

Elin wischt sich mit dem Handrücken über die Mundwinkel.

»Und du glaubst, dass er tot ist?«

»Die Spitze ragte zwischen seinen Schulterblättern hervor. Er wollte mich mit einem Knüppel erschlagen. Ich musste etwas tun.« Gunnar legt den rechten Arm um sie, während sie über die Spüle gebeugt dasteht. Der Verband kann die Blutung nicht aufhalten und Elins Jacke bekommt Flecken.

»Und Vagn?«

Elin hat ein Glas gefüllt, trinkt und verschüttet Wasser auf ihre Brust.

»Als Letztes habe ich ihn auf dem Boden vor Normans Füßen gesehen. Björns Knüppel hatte meine Sehne zerstört, als ich mich mit der Armbrust verteidigen wollte. Das war das Letzte, was er tat. Ich war ohne Waffe, wenn man die Axt nicht mitzählt, die wir bei Wong gekauft haben. Ida hat geschossen, und ich bin geflohen.«

Sie dreht sich zum Vater um, umarmt ihn und weint.

»Ich habe ihn allein gelassen.«

»Ohne Waffe konntest du nichts tun.«

»Ich hatte die Axt.«

Gunnar streicht ihr übers Haar und drückt ihren Kopf an sich.

»Ida hätte dich mit einem Pfeil getroffen, bevor du überhaupt in ihre Nähe gekommen wärest.«

»Ich habe ihn allein gelassen«, schluchzt Elin. »Ich habe ihn Norman überlassen.«

Gunnar streicht ihr mit der linken Hand übers Haar.

»Wir sorgen dafür, dass er nach Hause kommt.« Sie schnieft.

»Es ist meine Schuld, dass er weg ist.«

»Du konntest nichts machen.« Elin weicht einen Schritt zurück.

»Ich werde ihn nach Hause holen.« Gunnar schüttelt den Kopf.

»Das geht nicht.«

»Wer soll es denn sonst tun?«

Elin macht noch einen Schritt zurück. Sie hat Gunnars Blut an der Wange.

»Ich gehe los.«

Gunnar schüttelt den Kopf.

»Das hier ist meine Aufgabe.«

Elin zeigt auf die bandagierte Hand.

»Du musst Åke anrufen.«

Gunnar hebt die blutende Hand vor sein Gesicht und betrachtet sie. Er spricht wie in Trance.

»Da hast du recht. Ich muss Åke anrufen.« Frans kehrt aus dem Stall zurück.

»Ich gehe los. Du bist verletzt, Gunnar, Anna wird hier gebraucht, Elin hat das ihre getan. Ich gehe.«

Gunnar schüttelt den Kopf.

»Das schaffst du nicht.«

Der Dackel streicht um seine Beine und Frans hebt die Stimme:

»Manche Dinge schaffe ich.«

»Das hier nicht. Ich mach mich auf den Weg, sobald Åke meine Hand behandelt hat.«

»Wir haben nur ein Pferd«, erinnert ihn Anna. Lisa beginnt wieder zu schluchzen.

Gunnar geht ins Badezimmer. Er nimmt die Jeans und das Hemd vom Haken an der Tür, zieht sich an und angelt das Mobil aus der Jeanstasche und hängt es sich um den Hals. Barfuß geht er zum Tisch und setzt sich neben Anna und Lisa. Elin hat eine Schublade aufgezogen. Als sie gefunden hat, was sie sucht, fängt sie an, der Armbrust eine neue Sehne aufzuziehen.

Gunnar probiert, das Mobil zu benutzen, aber Elin schüttelt den Kopf.

»Als ich es vor einer Stunde versucht habe, war alles tot.«

»Vielleicht wurde es seitdem in Ordnung gebracht«, hofft Gunnar. Er hält das Mobil an den Mund.

»Hallo, Åke, ich bin an der Hand verletzt und muss genäht werden. Kannst du herkommen?«

Die Bildwand schaltet sich ein, Åkes Gesicht erscheint.

»Tag, Gunnar. Ich bin im Moment mit einer Entbindung in Böle beschäftigt. Du kannst nicht vielleicht zu mir nach Hause kommen?«

»Vagn und Elin sind überfallen worden. Ich würde

es vorziehen, wenn du hierherkommst. Wir haben nur ein Pferd.« Gunnar dreht sich zu Anna und Lisa drückt ihr Gesicht an Annas Brust.

»Wir müssen eine Weile warten«, sagt er.

Als die Armbrust eine neue Sehne hat, holt Elin noch einen Köcher mit Bolzen und legt ihn sich um.

»Ich breche jetzt auf.«

Gunnar und Anna tauschen Blicke aus.

»Warte, bis Åke hier war.«

Elin stöhnt ungeduldig.

Etwas später ruft Åke an.

»Jetzt bin ich so weit. Ich kann in zwei Stunden bei euch sein.«

»Du bekommst Abendessen«, verspricht Anna.

12

Es ist dunkel und es stürmt heftig, als Åke angeritten kommt. Elin kümmert sich um Åkes Pferd, bekommt eine Umarmung, und Åke tritt zur Tür herein.

Es ist, als würde man Gunnar vor sich haben. Genauso groß und breitschultrig, genauso große Hände. Åke stellt die zwei Arzttaschen ab und lässt sich von Lisa umarmen, die angerannt kommt und an ihm hochspringt. Sie zeigt in Richtung Küche. Die beiden Hunde springen dem Gast hechelnd entgegen. Der Dackel jault.

»Du hättest das Blut sehen müssen!«, ruft Lisa. »Überall war es rot, aber Großvater hat alles aufgewischt.«

»Oha, eine Menge Blut«, sagt Åke und runzelt die Stirn. »Hast du Papa etwa gebissen?«

Lisa lacht erst, dann hält sie inne. Der Dackel bellt.

»Er hat einen Pfeil in die Hand bekommen.« Und zum Dackel: »Sei still jetzt!«

Der Dackel trollt sich zu seinem Platz auf der Decke, und Åke setzt das Mädchen ab und umarmt jetzt Anna. Er zeigt auf Gunnars blutigen Verband:

»Sollen wir uns das mal ansehen?«

Gunnar setzt sich an den Küchentisch und stützt den Ellenbogen auf die Tischplatte. Åke greift eine der Taschen, stellt sie auf den Tisch und öffnet sie.

Frans kommt aus seinem Zimmer und schüttelt Åke die Hand.

»Gut, dass du gleich kommen konntest.«

»Es war eine rasche Entbindung. Margit aus Böle hat ein Mädchen bekommen.«

Während sie reden, hat Åke mit einer abgerundeten Schere den Verband aufgeschnitten und betrachtet die Wunde.

»Ich geb dir was Schmerzstillendes«, sagt er und holt eine Injektionsspritze hervor, reißt die Verpackung auf, nimmt die Spritze heraus und füllt sie. Dann setzt er die Injektion in den Unterarm, greift eine Flasche Desinfektionsmittel und beginnt, die Wunde zu säubern. Es blutet noch immer, aber nicht mehr so wie vorher.

»Also, was ist passiert?«

»Elin soll erzählen«, sagt Gunnar.

Elin kommt aus dem Stall. Sie trägt die Segeltuchtasche, die sie hinter dem Sattel befestigt hatte, und legt sie auf den Tisch. Der Bolzen, der sie in den Schenkel getroffen hätte, wenn die Tasche nicht hinter ihr befestigt gewesen wäre, sitzt in den Lebensmitteln. Etwas Zucker rieselt auf den Tisch. Es ist ein Aluminiumpfeil mit Stahlspitze.

»Was ist passiert?«, fragt Åke.

»Vagn und ich sind überfallen worden, als wir auf dem Heimweg von Wongs waren. Ich habe Björn Torson erschossen.«

Åke erstarrt.

»Du hast Björn Torson erschossen?«

Elin nickt und lässt sich auf einen Stuhl fallen. Ihr Mund ist geöffnet, die sonst so hellen Augen glänzen trübschwarz.

Åke sieht sich um. Anna kommt und schließt die Tochter von hinten in die Arme.

»Sie haben Vagn mitgenommen«, fährt Elin fort. »Jemand muss ihn nach Hause holen. Und ich denke, das übernehme ich.«

»Ich werde reiten«, bestimmt Frans. »Ich breche jetzt auf und hole ihn.«

»Papa«, stöhnt Anna. »Das geht nicht.« Gunnar pflichtet ihr bei.

»Das geht nicht, Frans.«

Frans sieht sich um und begegnet all ihren Blicken. Einem nach dem anderen.

»Warum nicht?« Anna spricht es aus.

»Vor ein paar Jahren hättest du es besser als jeder andere erledigt, aber jetzt geht das nicht mehr. Du bist zu schwach.«

Frans sieht Gunnar an, aber er bekommt keinen Beistand von ihm. Gunnar hält dem Blick des Alten stand.

»Anna hat recht. Ich reite los, sobald meine Hand genäht ist.«

Åke sammelt die Instrumente zusammen, die er zum Nähen braucht. »Mit dieser Hand solltest du dich nicht auf die Jagd nach den Leuten begeben, die deinen Sohn gekidnappt haben. Du wirst eine Weile nicht viel Freude an deiner rechten Hand haben. Brei wirst du mit der Rechten noch essen können, aber eine Armbrust spannen wird dir schwerfallen. Ganz zu schweigen davon, eine Axt zu benutzen.«

Dann wendet er sich Elin zu.

»Wer hat dich gesehen?«

»Was meinst du?«

»Wer hat gesehen, dass du ihn getötet hast?«

»Ida, vielleicht Norman, vielleicht Vagn.«

»Wo ist seine Leiche jetzt?«

»Wir waren bei Stora Sten. Sie werden ihn kaum an der Stelle, wo er vom Pferd fiel, liegen gelassen haben.«

Åke schüttelt den Kopf und seufzt.

»Vielleicht solltet ihr die Ortspolizei verständigen?«

Frans fährt ihn an, als ob Åke etwas Beleidigendes gesagt hätte.

»Du weißt, dass wir das nicht tun werden. Niemand hier draußen würde das.«

Åke seufzt wieder und Lisa wird ungeduldig, wimmert und schlingt die Arme um die Mutter.

»Mama muss zu Hause bleiben.«

»Ja«, versichert Frans. »Mama bleibt zu Hause.«

»Also mache ich es«, stellt Elin fest. »Ich reite gleich los.«

»So eine Eile muss nicht sein«, sagt Frans. »Warte bis morgen früh, dann ist es wenigstens hell.«

Åke zeigt mit der Spitze der Kanüle auf Gunnars Hand.

»Spürst du etwas?«

Gunnar schüttelt den Kopf. »Nichts.«

»Gut, dann sollten wir aufpassen, dass alles richtig sauber ist, und dann kann ich nähen. Wie ist das passiert?«

Gunnar begegnet Elins Blick.

»Ich stand an der Haustür, als Elin vom Pferd sprang, Ida Torson war hundert Meter weiter weg. Sie feuerte auf gut Glück einen Bolzen ab. Er hat nicht Elin getroffen, wie es beabsichtigt war. Er flog durch die Tür und ich wurde an der Hand getroffen.«

»Trotzdem nicht das Schlimmste«, murmelt Åke und fängt an, die Wunde zu nähen. »Es hätte schlimmer ausgehen können. Er hätte auch direkt ins Familienglück treffen können.«

Lisa dreht sich zur Mutter und flüstert: »Was meint er?«

»Nichts Bestimmtes, wie Ärzte eben reden. Die haben einen seltsamen Humor.«

»Haben sie?«

»Ja«, sagt Åke, ohne den Blick von der verletzten Hand abzuwenden. »Ärzte haben einen ganz besonderen Humor. Chirurgen sind am schlimmsten.« Dann wendet er sich Gunnar zu: »Du und Björn, ihr wart euch uneinig?«

Gunnar gluckst.

»Uneinig ist milde ausgedrückt. Nach der Gemeinderatssitzung vor Weihnachten hat Björn mich gegen die Wand gedrückt und gesagt, dass er sich rächen würde, wenn ich mich ihm noch einmal widersetzen würde. Es ging um den Rastplatz bei der Brücke. Er wollte etwas davon als Garage für seine Maschinen.«

»Und du hast ihm widersprochen?«

»Es ist ein schöner Rastplatz und die Gemeinde sollte Boden nicht für solche Zwecke zur Verfügung stellen. Dieser Schuft interessiert sich doch für nichts anderes als seinen eigenen Vorteil. Wie er seit zehn Jahren im Gemeinderat sitzen kann, ist mir ein Rätsel, aber er hat ja auch höchst erfolgreich immer den richtigen Personen nach dem Mund geredet, also ist es vielleicht kein Wunder, dass er sich aufführen kann, wie es ihm gefällt.«

13

Anschließend sitzen sie am Küchentisch und trinken Milchsuppe. Åke betrachtet den Becher mit dem dampfenden Getränk.

»In Böle habe ich Kaffee bekommen, aber man bekommt ja auch nicht jeden Tag Zuwachs, also war das nur angemessen.«

»Bekommst du oft Kaffee?«, fragt Frans. »Wenn du so von Hof zu Hof reitest und entbindest und zusammenflickst?«

»Früher habe ich immer Kaffee bekommen. In den letzten Jahren sind die Tassen rarer geworden.« Er wendet sich Anna zu: »Habt ihr etwas von Karin gehört?«

Anna schüttelt den Kopf, fast unmerklich, und Åke lehnt sich zurück und spielt an der Suppentasse herum. *Love me or leave me* steht darauf.

»Habt ihr die Wildschweinjäger gesehen?«

»Nein«, antwortet Gunnar. »Haben sie jetzt schon hier oben mit dem Jagen begonnen?«

Åke nickt.

»Dadurch sollen die Schweine ausgerottet werden. Der Cäsiumgehalt in den Tieren ist irrsinnig. Man lässt die Körper nicht liegen, wenn man sie geschossen hat, sondern man holt sie mit Hubschraubern ab.«

»Schön, die Schweine los zu sein«, sagt Anna. »Sie ruinieren die Kartoffeln.«

Sie runzelt die Stirn.

»Also, wie sollen wir Vagn nach Hause kriegen?«

»Tauschgeschäft«, antwortet Gunnar. »Sie haben Vagn mitgenommen, damit sie etwas zum Handeln haben. Als Tausch gegen Vagn wollen sie ein Rollenlager kaufen. Komisch, dass sie noch nichts von sich haben hören lassen.«

»Vielleicht haben sie es versucht, als die Leitung tot war?«, überlegt Elin.

»Wie steht ihr zu der Impfung?«, fragt Åke. »Ich habe ein halbes Dutzend Dosen, für den Fall, dass ihr interessiert seid.«

»Sollten wir interessiert sein?«, fragt Anna. Åke pustet in seine Suppe.

»Ich denke schon. Yalun kann mit plötzlichem hohem Fieber einhergehen, oft über vierzig Grad. Die Fieberspitze dauert zwar nicht sehr lange an, aber es kann zu einer Lungenentzündung kommen. Kleine Kinder und Ältere sollten sich auf jeden Fall impfen lassen.«

»Wie macht ihr es bei euch zu Hause?«

»Wir haben uns vorgestern geimpft. Die ganze Bande.«

»Dann machen wir es auch«, bestimmt Gunnar.

»Ich weiß nicht, ob ich will«, sagt Elin. Åke mustert sie.

»Du kannst entscheiden, Elin. Aber du sollst wissen, dass mit Yalun nicht zu spaßen ist.«

»Ich kann Lungenentzündung buchstabieren«, sagt Lisa. »L-U-N-G…«

»Wir machen sie morgen«, unterbricht Anna sie.

Und dann richtet sie sich an Elin: »Es geht hier nicht nur um dich, Elin. Papa ist verletzt, Großvater ist nicht richtig gesund. Nur du und ich …«

Elin wird rot.

»Okay, verstehe. Bekommt man sie in den Arm?«

»Du bist Rechtshänderin«, antwortet Åke. »Es ist am besten, wenn wir sie in den linken geben.«

Er nimmt eine neue Spritze hervor und reißt die Verpackung auf. Während er den Impfstoff aufzieht, blickt er in das Licht der Deckenlampe.

»Ihr werdet also die Polizei nicht informieren?« Anna schnaubt.

»Als wir das letzte Mal Hilfe brauchten, kamen sie mit einem Hubschrauber nach nur einer Stunde. Ein unangenehmer Typ wollte wissen, wo Karin ist. Als wir nichts wussten, hat er bedauert, dass es auf diese Weise schwer würde, uns zu helfen. Dienste erfordern Gegendienste. Ich glaube, er war Däne. Er hieß Mårten irgendwas.«

»Skalle«, sagt Gunnar. »Er hieß Mårten Skalle. War aus Odense und konnte *Des Kaisers neue Kleider* auswendig.«

Er wendet sich Lisa zu.

»Erinnerst du dich an den, der dir das ganze *Des Kaisers neue Kleider* auf Dänisch vorgelesen hat?«

Lisa sah empört aus. »Man konnte gar nicht verstehen, was er gesagt hat.«

»Dänisch ist schwer«, sagt Åke und injiziert die Flüssigkeit in Elins Oberarm. »Wer ist jetzt an der Reihe?«

Als Lisa ihre Spritze bekommen hat, geht sie ins Bett. Anna sitzt an ihrem Fußende und Lisa nimmt die Hand der Mutter.

»Erzähl vom Schnee.«

»Das habe ich doch gestern erst erzählt.«

»Erzähl es noch einmal.«

Anna hält einen Moment inne, bevor sie beginnt.

»Wir haben in dem alten Haus gewohnt. Der Schnee fiel direkt nach Weihnachten. Es kam nicht viel herunter, aber es war Schnee.« Lisa unterbricht sie.

»Du hast nicht gesagt, dass du so alt warst wie ich jetzt.« Anna nickt.

»Ich war so alt wie du jetzt.«

»Habt ihr einen Schneemann gebaut?«

»Ja.«

»Du und Karin?«

»Ja.«

In der Küche packt Åke seine Taschen und stellt sie auf den Boden.

»Dann mache ich mich mal auf den Weg.« Gunnar steht auf.

»Danke.«

»Sei vorsichtig mit der Hand. Die Wunde darf nicht aufgehen, sonst wird es richtig bluten.«

Elin steht auf.

»Ich helfe dir.«

Åke verabschiedet sich von Frans.

»Übernimm dich jetzt nicht. Ich kann versuchen aufzutreiben, was du brauchst, aber Herzmedikamente sind nicht so leicht zu bekommen wie früher.«

Dann geht Åke zusammen mit Elin hinaus zum Stall. Sie satteln das Pferd und befestigen die Taschen hinter dem Sattel. Dann öffnet Elin die Tür und Åke führt das Tier hinaus. Sobald er draußen im Sturm steht, rüttelt der Wind an seinen Kleidern und Åke zittert. Über ihnen ist der Himmel dunkel und doch voller Sterne. Sie stehen eine Weile da und schauen nach oben.

Åke räuspert sich.

»Weißt du, was Kant gesagt hat?«

»Nein?«

»Zwei Dinge erfüllen mich mit Glück. Ein Sternenhimmel über mir und das moralische Recht in mir. Der Autor Stig Dagermann hat das umgedreht und da ist etwas anderes daraus geworden.«

»Was?«

»Zwei Dinge erfüllen mich mit Schrecken. Der Scharfrichter in mir und das Auto über mir.«

Sie schweigen zusammen und ein Satellit fliegt vorüber.

»Wie lange dauert es, bis der Impfstoff wirkt?« Åke setzt einen Fuß in den Steigbügel.

»Eine typische Yalun-Erkrankung verläuft schnell. Der Impfstoff wirkt auch schnell, er wirkt schon nach einem Tag. Der Schutz wird auf achtzig Prozent geschätzt. Du wirst in der Nacht Fieber bekommen. Morgen dürfte dann alles wieder wie immer sein.«

Åke sitzt jetzt im Sattel. Er beugt sich vor und streicht Elin über die verwehten Haare. Sein Gesicht sieht man in der Dunkelheit nicht.

»Pass auf dich auf. Und denk nicht an Björn. Er war immer schon ein Schwein.«

Dann verschwindet er, und der Sturm ist so stark, dass nichts vom Hufgetrappel zu hören ist, als die Schwärze ihn verschluckt.

Elin geht hinein und zittert, als wäre der kalte Wind in sie eingedrungen und hätte sich in ihrem Herz festgebissen.

14

Elin kehrt zurück in die Küche, auf der Bildwand läuft der Wetterbericht. Orkanstärke landabwärts. Kommunikationsausrüstung zerstört und Server zusammengebrochen. Ein Tornado hat über dem Vättersee gewütet, Boote an Land geschleudert und Autos auf einem Parkplatz in Jönköping erfasst. Ein Wohnwagen, der auf eine Wiese geworfen wurde, hat zwei Schafe getötet. Warnungen, die Häuser zu verlassen. Gewaltige Schäden an bewaldeten und bebauten Flächen in Mittelschweden. Es wird Blutregen erwartet.

»Deswegen hören wir nichts von ihnen«, sagt Frans. »Ich dachte zuerst, dass sie Vagns Mobil an sich genommen haben und er deswegen nicht rangeht. Aber ich habe es auch auf anderen versucht. Auch keine Verbindung mehr zu Åke.«

»Morgen früh werden wir die Rotorblätter herunterholen müssen«, sagt Gunnar. »Ich werde das Rad jetzt verriegeln, aber das genügt nicht. Wir müssen die Blätter abnehmen.«

Er nickt Anna zu.

»Kannst du mir helfen?«

Sie stehen auf und gehen hinaus zum Stall, um das Rad zu verriegeln.

Elin beobachtet Frans. Sein Gesicht hat dieselbe Farbe wie der Beton.

»Was soll ich machen, wenn ich bei den Torsons ankomme?«

Frans überlegt eine Weile, bevor er antwortet. Eine Windböe peitscht gegen die Haustür, sodass sie erzittert. Der Dackel winselt im Traum auf seiner Decke, der Jämthund liegt vor dem Herd und hechelt mit heraushängender Zunge.

»Du solltest eine weiße Flagge schwenken. Wenn du mit ihnen reden kannst, sagst du, dass sie ein Lager kaufen können. Die Bedingung ist, dass sie Vagn freilassen.«

»Und wenn sie uns reinlegen?«

»Wie meinst du das?«

»Sie sagen, dass sie Vagn freilassen, ich verspreche ihnen die Lager, und sie lassen ihn eben nicht laufen. Vielleicht denken sie, dass die Lage jetzt eine andere ist. Ich habe Björn getötet. Vielleicht geben sie sich nicht einfach mit einem neuen Lager zufrieden, sondern wollen Rache.«

»Das ist möglich«, stimmt Frans ein. »So kann es laufen. Björn war immer nachtragend und Norman ist wohl genauso. Wie Ida tickt, weiß ich nicht. Harald ist der Schwächste von ihnen. Es ist natürlich heikel, dass du es warst, die den Bolzen in Björn gejagt hat, und dass ausgerechnet du zum Verhandeln kommst, aber es gibt keine Alternative. Du musst einfach sagen, dass sie Vagn zuerst freilassen müssen. Erst wenn er nach Hause gekommen ist, dürfen sie ein Lager kaufen. Du und Vagn könnt damit hinunterreiten, wenn er wieder da ist und wir uns davon überzeugt haben, dass er unversehrt ist. Damit müssen sie sich zufriedengeben. Ein Lager hat für sie einen höheren Wert als Vagn. Sie lassen ihn laufen, gerade jetzt, wo Björn tot ist. Harald taugt nicht viel als Kämpfer. Du und Vagn, Gunnar und Anna, ihr zusammen seid überlegen.«

»Was für sie wohl ein guter Grund wäre, Vagn nicht freizulassen.« Frans rümpft die Nase.

»Wenn sie ihn festhalten, werden sie nie ein neues Lager von uns bekommen. Sie werden gezwungen sein, eins bei Wong zu bestellen, und wir wissen, wie lange so eins hält.«

Elin betrachtet den Großvater.

»Du solltest dich jetzt hinlegen. Du siehst müde aus.« Der Alte nickt.

»Ich frage mich, ob ich nicht schon anfange, die Spritze zu merken.«

Er fühlt mit der rechten Hand die Stirn. Dann geht er in sein Zimmer und gleich darauf kommen Anna und Gunnar zurück.

»Das Rad ist jetzt verriegelt.« Elin steht auf.

»Ich lege mich hin.«

Anna wirft ihr einen Blick zu.

»Wie geht es Vater?« Elin flüstert.

»Er ist gerade in sein Zimmer gegangen, blass im Gesicht. Wenn Vagn nicht zurückkommt, wird es schwer für Großvater.«

Anna seufzt.

»Wir gehen auch ins Bett, ich werde nur die Hunde kurz rauslassen.«

Bevor Elin einschläft, sieht sie Björn vor sich, wie er auf sie zugerast kommt. Der geöffnete Mund und der erhobene Knüppel. Der Bolzen, der in seine Brust eingedrungen ist. Immer und immer wieder sieht sie das Bild vor sich. Wenig später fallen ihr die Augen zu.

Die Fichten beugen sich so, dass die Spitzen über den Boden peitschen, ohne dass die Äste brechen. Ronja erhebt sich und dreht sich zu ihr. Im Hals des Tieres sitzen Bolzen wie Nadeln in einem Nadelkissen. Trotzdem kommt das Pferd auf sie zu und sie streicht ihm über das Maul, während sie sich selbst fragen hört, als ob das Tier die Antwort kennt: »Was haben sie mit dir gemacht?«

Sie setzt den Fuß in den Steigbügel, schafft es aber nicht, sich hinaufzuschwingen. Sie probiert es mehrere Male ohne Erfolg. Als sie endlich im Sattel sitzt, erblickt sie Vagn, der ohne Kopf auf dem Boden liegt. Sie erkennt ihn an der zerfetzten Jeans und der tätowierten Wade.

Schweißgebadet wird sie von ihrem eigenen Schluchzen wach. Die Tür öffnet sich und Anna kommt ins Zimmer.

»Wie geht es dir?«

»Ich habe geträumt.«

Anna setzt sich an ihre Bettkante und legt eine Hand auf Elins Stirn.

»Du hast Fieber.«

Elin befühlt ihren Pullover.

»Ich bin ganz nass.«

Sie steht auf, streift den Pullover ab, wirft ihn auf den Boden und zieht einen trockenen an. Sie wechselt auch das feuchte Laken. Anna beobachtet sie im Licht, das durch die Tür fällt.

»Kannst du jetzt schlafen?«

»Ja.«

Anna küsst die Tochter auf die Wange, geht in den Flur hinaus und lässt einen schmalen Spalt zwischen Tür und Rahmen offen. Elin kriecht ins Bett, das Bild von Björn, der auf sie zukommt, taucht sofort wieder auf, sobald sie die Augen schließt. Sie steht auf und tastet sich die wenigen Schritte auf dem Boden zum Bett der Schwester vor, hebt die Decke und schlüpft hinter Lisa ins Bett, die zur Wand gedreht auf der Seite liegt. Elin legt einen Arm um die Schulter der Schwester und schmiegt sich dicht an ihren Rücken.

Lisa ist sehr warm, und Elin macht es sich bequemer und lauscht dem Atem der Schwester.

Nach einer Weile schläft sie ein.

In der Dämmerung steigt Elin aus dem Bett, den Körper voller Träume, an die sie sich nicht erinnern kann. Sie schleicht barfuß in den Flur und stellt sich unter die Dusche. Sie schwitzt nicht mehr, aber der Körper ist heiß, vielleicht hat sie noch etwas Fieber. Sie wäscht sich die Haare, bürstet sie mit einer groben Bürste und bindet sie zu einem Pferdeschwanz. Sie zieht sich an und geht in die Küche. Die Hunde kommen ihr entgegen, sie öffnet die Tür und lässt sie hinaus. Sie bleiben dicht an der Hauswand und Elin zieht sich ein paar Wollsocken an. Sie kocht Haferbrei, als Gunnar hereinkommt und sie umarmt.

»Wie hast du geschlafen?«

»Ich war nassgeschwitzt durch das Fieber, aber jetzt geht's mir besser. Und du?«

»Genauso.«

»Wie geht es deiner Hand?« Gunnar zieht eine Grimasse.

»Hätte bitten sollen, dass er mir etwas Schmerzstillendes dalässt. Ich hab gerade den Wetterbericht gesehen. Sie sagen, dass es sich den Tag über beruhigen wird, aber zum Abend wieder schlimmer wird. Wir müssen die Rotorblätter herunternehmen. Mama muss hochklettern, und du musst dich um Block und Taljen kümmern. Haben wir Eier?«

Elin holt fünf Eier und legt sie in einen Topf.

»Kommen wir ohne Rad aus?«

»Die Batterien sind voll aufgeladen.«

»Großvater sagt, dass ich ihnen ein Lager anbieten soll, damit sie mich mit Vagn nach Hause reiten lassen.«

»Das ist richtig. Sie bekommen nichts, bis Vagn wieder zu Hause ist und wir sehen, dass er unverletzt ist.«

»Never pay for damaged goods.«

»Genau. Aber sie haben auch keinen Grund, ihm zu schaden. Er ist Handelsgut, und sie wissen, dass sie ihn in unversehrtem Zustand zurückgeben müssen.«

Gunnar geht zum Fenster und blickt über den Berghang, als würde er nach jemandem Ausschau halten, den er da draußen vermutet. Vielleicht denkt er an Vagn.

Er räuspert sich.

»Es ist seltsam, dass sie sich nicht melden. Ich hatte heute früh Kontakt mit Wongs. Wenn ich sie erreiche, dann müssten Torsons auch zu uns durchkommen können. Ich habe auch mit Åke gesprochen.«

Elin nimmt das Mobil hervor und tippt eine Weile darauf herum. Dann lässt sie es wieder in das Hemd gleiten.

»Tot.«

Gunnar gelingt es nicht,eine Verbindung zustande zu bringen.

»Scheint, als würde es nur willkürlich funktionieren.«

Anna kommt aus dem Schlafzimmer. Sie küsst Elin auf die Wange und umarmt ihren Mann.

»Ich habe heute früh meine Aktien von Shanghai Resort Hotels verkauft. Wir sollten jetzt genug haben, um jeden Morgen Kaffee zu trinken, wenigstens eine Weile lang.«

Während sie frühstücken, kommt Lisa dazu. Sie sieht in ihrem weißen Schlafanzug mit den hellblauen Blümchen ebenso frisch aus wie immer.

Sie runzelt die Stirn und ihre Stimme klingt verärgert.

»Du sollst dich nicht zu mir legen, wenn du Fieber hast. Ich wäre fast verbrannt.«

»Entschuldige, ich hatte einen Albtraum.«

Später klettert Anna auf den Mast, hakt sich mit den Karabinern fest und löst die Muttern der Rotorblätter. Sie lassen eins nach dem anderen herunter. Elin hält das Seil, und Gunnar hilft ihr, so gut es geht, mit der linken Hand dagegenzuhalten. Sie schnüren die Rotorblätter auf dem Dach des Stalls fest und gehen ins Haus. Gunnar und Elin sitzen sich gegenüber, und Gunnar mustert die Tochter.

»Wenn du dich jetzt auf den Weg machst, bist du in zwei Stunden in Torp. Du solltest eine Thermoskanne und ein paar Brote mitnehmen. Sieh zu, dass du wieder zu Hause bist, bevor es dunkel wird.«

»Wie geht es mit dem Fieber?«, will Anna wissen.

»Gut«, lügt Elin. »Ich merke gar nichts mehr.«

15

Elin packt eine Thermoskanne, ein paar Brote und einen Regenmantel in eine der Satteltaschen, legt die Armbrust um und steigt auf ihr Pferd. Die Hunde folgen ihr ein bisschen bergaufwärts, bevor sie nach Liden zurückkehren, wo Gunnar, Anna und Frans in der Tür stehen. Frans hebt seine Hand und Elin winkt.

Dann ist sie schon im Unterholz verschwunden.

Sie reitet nach Osten, über sich die Wolken. Sie jagen über den Himmel, als wäre der Tod hinter ihnen her. Elin glaubt fast schon, dass sie sie hören kann, aber es ist nur der Wind, der durch das Gras fährt. Der Boden ist bereits getrocknet nach dem kurzen Regen am Vormittag.

Bald schon kann sie das Haus nicht mehr erkennen. Zwei Stunden ist sie geritten. Fast.

Sie reitet zwischen den Bergrücken entlang, biegt nach einer Weile ab und steuert auf den hinteren Bergkamm zu. Sie erreicht die Spitze und sieht sich um. Da ist kein Wald mehr. Auch kleinere Bäume sind aus der Erde gerissen oder einfach abgeknickt worden. Sie reitet weiter am Bergrücken entlang und sieht in das nächste Tal hinunter, wo eine Reihe Kiefern, Fichten und kleiner Birken steht. Sie reitet vornübergebeugt und die ganze Zeit schwirren ihr die Bilder der Nacht im Kopf umher, und der Traum lenkt die Gedanken weiter zu Björn und das Bild von ihm, wie er auf dem Boden liegt, mit der Pfeilspitze zwischen den Schulterblättern.

Als sie im nächsten Tal ist, folgt sie dem Bergrücken, von dem sie gerade heruntergekommen ist.

Den Mann, der sich ihr mit erhobener Hand in den Weg stellt, sieht sie erst, als sie direkt vor ihm ist. Er ist in eine grün-braune Camouflage-Uniform gekleidet und ein Funkgerät baumelt vor seiner Brust. Die Antenne ist meterhoch und über der Schulter trägt er ein Gewehr mit langem Lauf. Er hat eine grüne gestrickte Mütze und das Gesicht ist geschwärzt.

»Jagdwache.«

Sie wirft einen Blick auf seine linke Brusttasche. »Revier 12. Fredrikson« steht da. Auf den Schulterklappen hat er zwei goldfarbene Stoffsterne.

»Wir schießen Wildschweine. Ich bitte dich, hier zu warten.« Er deutet mit der Hand in die Ferne.

»Die Schweine sind auf der anderen Seite des Waldes. Wohin bist du unterwegs?«

»Nach Torp.«

»Du reitest also nicht zur Brücke?« Sie schüttelt den Kopf.

»Glück gehabt. Sie wurde heute früh gesprengt.«

»Warum das denn?«

»Angeblich die Waldleute. Sie sind aktiver, wenn es stürmt. Das Überwachungsflugzeug kann dann nicht starten.«

»Ist jemand verletzt worden?«

»Soviel ich weiß, nein. Was willst du in Torp?«

»Meinen Bruder treffen.«

Fredrikson streicht dem Pferd über die Stirn, und Black schüttelt den Kopf.

Einige dumpfe Schläge sind aus dem Gebüsch etwas entfernt von ihnen zu vernehmen. Da erhebt sich ein junger Mann aus dem Gras, noch einer und ein weiterer. Sie halten alle lange Gewehre in den Händen. Die Waffen sind mit Halterung und Sucher versehen. Alle haben vor der Waffenmündung kleine Zylinder befestigt.

Derjenige, der als Erster aufgestanden ist, klappt die Halterung hinter der Mündung weg, nimmt das Magazin aus dem Gewehr und zieht eine Patrone aus dem Patronenlauf. Er bückt sich, sammelt die Patronen aus dem Heidekraut auf und steckt sie in die Tasche. Dann kommt er mit der Waffe über der Schulter auf sie zu. Er ist groß und dunkelhaarig und hat ein breites Lächeln. Er berührt mit der Hand Black am Maul.

»Wir haben sie erledigt, alle sieben.«

Fredrikson nickt und spricht in ein Mikrofon, das am Funkgerät befestigt ist.

»Wir sind fertig jetzt. Sieben Schweine.«

»Erschießt ihr so viele an einem Tag?«, fragt Elin. Fredrikson schnaubt.

»Es gibt eine Million Wildschweine nördlich des Mälarsees. Ein Drittel von ihnen hat so viel Cäsium in sich, dass man eine größere Ortschaft damit vergiften könnte, wenn man das wollte. Wir schießen ein paar am Vormittag und ein paar am Abend. Wir halten noch nicht einmal mit dem Zuwachs Schritt. Wir können nur hoffen, dass die Radioaktivität sich bei der Fortpflanzung langsam verringert.«

Er zeigt nach Süden.

»Wenn das da hierherkommt, solltest du dich nicht draußen aufhalten. Dieses Wetter misst Orkanstärke.«

Elin betrachtet den Horizont, wo ein dunkler Streifen sichtbar geworden ist, wie ein Fingernagel, mit dem in der Erde gegraben wurde.

Black stellt die Ohren auf, und Elin streichelt ihn am Hals.

»Ich sollte mich auf den Weg machen.«

»Das ist wohl das Beste«, sagt Fredrikson.

»Und Sie?«, fragt Elin. »Wie kommen Sie nach Hause?«

»Der Hubschrauber holt sowohl uns als auch die Schweine ab.« Dann geht er einen Schritt zur Seite, der andere Jäger tritt zur anderen und Elin reitet auf das Tannengestrüpp zu, wo die anderen gute Sicht über die Täler haben. Die Männer im Gebüsch sind kaum älter als Vagn, und sobald sie sie passiert, sieht sie die Tiere, die nur ein paar Hundert Meter entfernt dicht nebeneinanderliegen.

Die Männer folgen ihr mit den Blicken und einer von ihnen ruft ihr etwas zu, aber sie hört nicht, was er ruft, und sie dreht sich im Sattel um und sieht, wie einer der Männer sie filmt.

Sie reitet an den Schweinen vorbei. Sie liegen auf der Seite und haben einen roten Fleck dicht hinter der Schulter. Es sieht aus, als ob sie mit offenen Augen schliefen.

Sobald Elin die nächste Erhebung erklommen hat, hört sie den Hubschrauber. Sie sieht ihn über den Schweinen kreisen. Ein Netz wird herabgelassen, die Jäger schleppen die toten Tiere heran und legen sie in das Netz.

Elin betrachtet den Horizont. Der dunkle Streifen ist jetzt breiter, und als sie weiterreitet, fliegt der Hubschrauber über ihr. Das Netz mit den Schweinen hängt unter ihm, und als der Hubschrauber ein Stück dreht und gen Westen steuert, wird das Transportnetz durch die Zentrifugalkraft nach Süden gedrückt. Black scheut, und Elin muss die Zügel straff ziehen.

Sie hört das Hubschrauberbrummen verschwinden, nimmt das Fernglas hervor. Sie kann die Spitze eines der stillstehenden Rotorblätter des Windrads von Torp erkennen. Der Mast ist fachwerkartig gebaut, wie bei ihnen zu Hause.

Elin reitet weiter und nimmt das Mobil heraus, aber als sie versucht, eine Verbindung aufzubauen, passiert nichts. Nicht einmal eine Fehlermeldung erscheint.

Nach einer Weile kann sie auch das Haus sehen. Die zwei Außenhäuser sind am höchsten, und bei einem Gebäude ist das Dach abgedeckt. Der offene Dachstuhl sieht aus, als würde das Gebäude mit weit geöffnetem Mund jemandem etwas zurufen.

Kurz darauf kann sie das Wohnhaus erkennen, ein flaches Gebäude, gebaut aus grobem Holz. Das Dach ist mit Stahlplatten gedeckt, auf denen Solarzellen montiert sind.

Elin betrachtet den Hof. Keine Menschenseele.

Als sie ungefähr sechshundert Meter vom Hof entfernt ist, rechnet sie damit, dass die Kameras sie erfassen. Sie nimmt das weiße Handtuch hervor, das Anna an einen kurzen Stab geknotet hat. Sie wickelt die Flagge aus und hält sie in der rechten Hand, während sie sich langsam dem Hof nähert. Die Haustür steht weit geöffnet und Elin begreift, dass niemand zu Hause ist. Alles deutet auf einen hastigen Aufbruch hin.

Sie reitet in den Hof hinein und bleibt ein Stück vor dem Haus stehen. Die Ecke des Dachs ist mit zentimeterdicken Drahtseilen an Betonsockeln befestigt, die zwei Meter von der Hausecke entfernt auf der Erde befestigt sind.

Sie ruft.

»Hallo!«

Niemand antwortet.

Black wirft den Kopf zur Seite, wiehert und tritt seitwärts. Er stellt die Ohren auf, und sie merkt, wie angespannt er ist. Sie zieht die Zügel an sich und flüstert ihm zu, dass alles gut ist, aber er trippelt weiter auf und ab. Sie tätschelt dem Tier den Rücken.

»Alles in Ordnung«, flüstert sie. Dann ruft sie wieder:

»Hallo!«

Im Süden hat sich die dunkle Horizontlinie ausgebreitet. Als sie die linke Hand vor sich hält, ist das

Dunkle breiter als ihre Hand. Gleichzeitig hat der Sturm fast aufgehört. Es gibt eine metallene Fahnenstange. An der Spitze sitzt eine Flagge mit den schwedischen Farben. Sie ist ausgefranst und hängt schlaff herunter.

16

Elin steigt vom Pferd und führt es an den Zügeln auf die gespannten Drahtseile links der Tür zu. Black ist widerspenstig und will nicht mitkommen. Sie dreht sich um und streichelt dem Pferd den Kopf und erklärt ihm, dass sich nichts Gefährliches im Haus befindet. Das rechte Auge des Pferds ist weit aufgerissen, und sein Blick verrät, dass es ihr nicht glaubt.

»Hallo!«, ruft sie wieder. Keine Antwort.

Als sie an der weit geöffneten blau gestrichenen Stahltür ankommt, versetzt sie ihr mit der Stiefelspitze einen Tritt, sodass sie erzittert. Sie tritt noch einmal und spürt den Schmerz in den Zehen.

»Hallo!«, ruft sie. »Ist jemand zu Hause?«

Als niemand antwortet, macht sie einen Schritt ins Haus und steht schon in einer großen Küche, in die einzig durch die Tür Licht hereinfällt. Vor den Fenstern sind Läden aus Stahl angebracht.

»Hallo!«, ruft Elin wieder. »Jemand zu Hause?«

Sie findet einen Lichtschalter und knipst ihn an. Zwei Deckenlampen gehen an und sie sieht sich um.

Eine längliche Küche, eine Bildwand von der gleichen Sorte wie bei ihnen zu Hause, ein Ecksofa mit Holztisch aus groben Brettern, ein elektrischer Ofen und ein Holzofen, Schrank, Kühlschrank, Gefrierschrank, Flickenteppich und eine zwei Meter lange Holzbank, deren Sitzfläche aus lackierter Birke, so dick wie ein halbes Gesetzbuch, ist. Drei Sprossenstühle, die mit mäßig sauberen roten Kissen bedeckt sind. Eine Fernbedienung für die Bildwand liegt auf dem Tisch, Lehm und Erde auf dem Fußboden, ein großer Topf auf dem Herd.

Sie nimmt die Fernbedienung und versucht, die Bildwand zum Laufen zu bringen, aber es gelingt ihr nicht. Sie testet verschiedene Zahlenkombinationen ohne Ergebnis.

»Hallo!«, ruft sie und legt die Fernbedienung weg. Die ganze Zeit über hält sie die weiße Flagge in der linken Hand und die Armbrust hängt über ihrem Rücken.

Sie geht weiter zu dem Zimmer, das neben der Küche liegt, und knipst die Lampe an. Es ist ein Schlafzimmer mit ungemachtem Doppelbett, das Laken mit roten Rosen darauf und einer Decke am Fußende. Eine vergrößerte Fotografie ist mit Stecknadeln an die Wand oberhalb des Kopfendes gepinnt.

Eine Frau und ein Mann.

Der Mann ist Björn. Das Bild muss mindestens zwanzig Jahre alt sein. Der Mann und die Frau sitzen dicht beieinander im Sattel. Björn trägt eine weit nach hinten geschobene weiße Baseballkappe. Die Frau hat lange kastanienbraune Haare, die zu einem Pferdeschwanz gebunden sind. Beide tragen blaue Jeans und rot karierte Hemden. Beide haben gelbe Handschuhe. Beide lachen.

Elin macht die Lampe aus und verlässt das Schlafzimmer.

Sie holt das Mobil hervor und versucht, eine Verbindung nach Hause aufzubauen, aber die Leitung ist tot.

Sie geht in das nächste Schlafzimmer und macht die Deckenlampe an. Der Schrank in dem Zimmer ist offen. Auf dem Boden liegen zwei Röcke und eine blaue Bluse auf einem Haufen. Eine Schublade ist auf den Boden geworfen. Sie ist leer, als hätte jemand ihren Inhalt mitgenommen.

Vor dem Fenster steht ein nierenförmiger Tisch mit rosafarbenen Fransen an der Tischkante und der Stuhl hat ein rosafarbenes Kissen. Auf dem Tisch steht eine Fotografie, auf der Ida den Arm um die Hüfte eines breitschultrigen Manns mit kräftigem Kinn gelegt hat. Sie gucken beide in die Kamera und lächeln. Das Foto wurde auf einem Tanzplatz aufgenommen, und Ida sieht im Großen und Ganzen so aus, als wäre sie gerade aus dem Gebüsch gesprungen, in der Absicht, jemanden zu töten.

Abgesehen von dem Lächeln.

Elin macht die Lampe aus und geht weiter zum nächsten Zimmer. Die Wände sind schwarz, und an der Decke ist ein großer Totenkopf aufgemalt, groß wie ein Kopfkissen. An den Wänden hängen drei Schwerter, die nur so aussehen sollen wie echte Samuraischwerter. Sie sind unterschiedlich groß, und jedes von ihnen schmückt eine schwarze Tsuba in Form einer Sonne mit vielen Strahlen.

Die Bettwäsche ist dunkelblau, und an der kürzeren Wand stehen drei Paar Lederstiefel mit hohem Absatz. Das eine Paar sieht neu und fast unbenutzt aus. Die anderen haben abgelaufene Absätze, aber alle drei Paar sind sorgfältig geputzt. Auf einem Regal liegen Bündel von etwas, das in weißen Stoff eingewickelt ist. Elin nimmt eines der Bündel herunter, es sind Comichefte aus dem zwanzigsten Jahrhundert, Donald Duck und Phantom. Sammlerexemplare, so gut wie nicht gelesen. Über dem Regal hängt ein weißer Hut mit breiter Krempe.

In einem Schrank hängen ein langer schwarzer Ledermantel und eine kurze haselnussbraune Lederjacke mit einer Nietenreihe über der Brust. In einer Schublade liegen ein Dutzend schwarze Hosen und ein Dutzend schwarze Strümpfe, halb Wolle, halb Baumwolle, und alle sind sorgfältig zusammengelegt und ordentlich nebeneinandergestapelt. Außerdem ein Schweizermesser mit vielen Klingen und kleiner Schere, zwei Päckchen Kondome und ein Foto einer Frau, die ihr Autogramm quer auf das Bild gesetzt hat. Der Name lässt sich nicht entziffern, und Elin kommt sie nicht bekannt vor. Ganz hinten im Schrank hängen ein Paar gelbe Kniebundhosen, ein weißes

Leinenhemd, eine rote Weste und ein Paar blaue Kniestrümpfe.

Elin schaltet die Lampe aus und geht in das nächste Zimmer.

Dort steht ein Arbeitstisch an der Längswand. Das Bett befindet sich unter dem Fenster, darauf fehlen die Bettdecken, die Matratze ist unbezogen. Vor dem Arbeitstisch steht ein Bürostuhl mit fünf Rollen.

Eine Menge kleine und große Modelle stehen dort. Es sind Raumschiffe, benzinbetriebene Autos aus früheren Zeiten, Flugzeuge, Motorräder, Unterwasserfahrzeuge und Reiter zu Pferd.

Es stehen gesäuberte Pinsel in einem Becher da, außerdem Paletten mit Tuben, die unterschiedliche Farben beinhalten, kleine scharfe Messer und Farbtöpfe, die nicht größer als Garnrollen sind.

Eines der Modelle stellt genau die Art Hubschrauber dar, wie sie Elin vorhin gesehen hat.

Sie öffnet die Schranktüren. Zwei Jeans hängen da an einem Bügel, eine zerschlissene Jeansjacke, ein Islandpullover, ein halbes Dutzend einfarbige Baumwollhemden und ein kurzes blaues Kleid mit weißem Kragen und vielen Rüschen. In einer Schublade befindet sich eine ganze Garnitur Unterwäsche aus seidigem Material. Sie hält eine Unterhose hoch. Die könnte ihr selbst passen.

Sie macht die Schranktür wieder zu. An der Wand über dem Fußende des Betts hängen zwei akustische Gitarren, eine gewöhnliche sechssaitige und eine zwölfsaitige.

Sie verlässt das Zimmer und geht in das nach Süden gerichtete Wohnzimmer, wo man große Fenster hat, die von außen mit Stahlläden verschlossen sind. Auf einem Kiefernast, der an die Wand beim Kamin genagelt ist, sitzt ein ausgestopftes Eichhörnchen.

Elin öffnet die Tür zur nach Süden gerichteten Veranda, geht hinaus und hält die Hand ausgestreckt vor sich. Das Schwarze am Horizont hat sich ausgeweitet und ist jetzt drei Handbreit groß.

Es ist fast still, kaum ein Windstoß. Sie geht hinein, zieht die Stahltür wieder zu, verschließt den Riegel und schließt die Glastür, schaltet eine Deckenlampe an und sieht sich um. Auf einem Tisch liegt ein Kartenspiel zwischen drei Gläsern.

Sie sind weggegangen und haben die Karten verdeckt liegen gelassen. Als würden sie irgendwann wiederkommen und weiterspielen. Elin dreht die Karten um. Einer der Spieler hatte beide Kreuz-Asse, die zwei Kreuz-Achten und den Pik-Buben.

Sie legt die Karten zurück, mit der Bildseite nach unten, als wollte sie die Partie nicht zerstören, falls die Spieler zurückkämen.

Dann macht sie das Licht aus und geht in die Küche zurück, legt die weiße Flagge auf die Arbeitsfläche, löscht die Lampen und geht hinaus zu Black. Er legt die Ohren an, als sie sich nähert.

Elin holt die Thermoskanne und das Päckchen mit den Broten aus der Satteltasche. Bevor sie zurück nach drinnen geht, streichelt sie dem Tier eine Weile über die Lende. Sie spricht mit dem Pferd und erzählt, was sie im Haus gefunden hat. Dann geht sie wieder hinein und lässt die Haustür offen. Ohne Licht zu machen, setzt sie sich an die Spüle, schraubt den Verschluss der Thermoskanne ab, gießt eine Tasse Milchsuppe ein, pustet hinein und fängt an, die Brote zu essen. Die Hälfte vom letzten Brot hebt sie für das Pferd auf.

17

Als Elin aufgegessen hat, geht sie zurück zur Spüle und spült den Becher aus und schraubt ihn fest auf die Thermoskanne. Dann setzt sie sich wieder an den Tisch. Ihr Blick wandert über den Fußboden. Überall liegen getrocknete Lehmklumpen, Sand und Erde.

Sie greift nach der Fernbedienung, die die Bildwand steuert, und drückt wieder darauf herum. Plötzlich hört sie ein Geräusch aus dem Raum, wo sie Normans Zimmer vermutet. Es klingt, als würde etwas über den Fußboden geschleift werden.

Ihr Herz beginnt zu rasen, ihr Mund ist ganz trocken, sie steht auf, nimmt die Armbrust, spannt die Sehne und schleicht sich dahin, wo der kurze Flur beginnt.

In der Wand hat sich eine Tür geöffnet. Sie ist knapp einen Meter breit und reicht vom Boden bis zur Decke. Es ist eine Schiebetür, so gut in die Wand eingelassen, dass nur derjenige, der weiß, wo man suchen muss, sie finden kann. Dahinter befindet sich eine Treppe, die nach unten führt. Die Wand an der Treppe entlang ist mit grauen Gasbetonsteinen ausgekleidet. Eine Lampe in der Decke wirft Licht auf die Treppe. Das Licht ist so schwach, dass man ungern auf der Treppe sitzen würde, um zu lesen. Aber um die weiß gestrichenen Treppenstufen zu erkennen, reicht es.

Da hört sie eine Stimme aus der Küche: »Elin!«

Die Stimme klingt hohl, als hätte derjenige, zu dem sie gehört, den Kopf in einem Blecheimer.

»Elin!«, ertönt es wieder.

Sie kehrt zur Küche zurück. Die Bildwand läuft, darauf ein Gesicht in Nahaufnahme. Zuletzt hat sie dieses Gesicht gesehen, als Björn mit seiner Familie zu ihnen auf den Hof gekommen war. Es ist Harald Torson.

»Elin«, wiederholt er und dreht den Kopf zur Kamera. »Ich bin krank. Kannst du mir Wasser und trockene Kleider geben?«

Er liegt in einem Bett und hat eine Daunen- und eine Wolldecke über sich. Das Gesicht ist farblos und die Lippen scheinen zusammenzukleben. Er klappert mit den Zähnen.

»Harald«, sagt sie. »Was ist mit dir los?«

»Fieber.«

»Bist du im Keller?«

»Ja.«

»Bist du allein?«

»Ja.«

Elin beißt am Nagel ihres kleinen Fingers.

»Woher soll ich wissen, dass das keine Falle ist?« Sie macht die Augen zu.

»Die anderen sind weggegangen.«

»Wo ist Vagn?«

»Sie haben ihn mitgenommen.«

»Wohin?«

»Zu Svante.«

»Wer ist das?«

»Papas Bruder.«

»Wo wohnt er?«

Harald antwortet nicht.

»Wo wohnt er?«, wiederholt Elin.

Er presst die Worte zwischen den Lippen hervor, ohne die Augen zu öffnen.

»Gib mir trockene Kleider und Wasser.« Sie beobachtet ihn.

»Weinst du?«

Er nickt.

»Warum wurde die Kellertür geöffnet?«

Er antwortet erst nach einer Weile.

»Ich habe dich die ganze Zeit gesehen.«

Sie hört seinen keuchenden Atem und sieht sich um.

»Bist du im Keller?«, fragt sie wieder. Auf der Bildwand sieht sie, dass er nickt.

»Warum bist du da unten?«

»Kannst du mir Wasser geben? Ich habe nichts zu trinken gehabt und habe es nicht geschafft, nach oben zu gehen.«

Elin denkt an das Fieber, das auf die Impfung gefolgt ist und von dem sie in der Nacht aufgewacht ist. Sie fasst sich an die Stirn und hat den Eindruck, dass ihre eigene Körpertemperatur erhöht ist.

»Wie lange bist du schon krank?«

»Seit wir bei euch waren.«

»Warst du krank, als du zu uns geritten bist?«

Er bewegt den Kopf als Bestätigung.

»Ich komme herunter, aber wenn das eine Falle ist, bringe ich dich um. Ich habe die Armbrust. Wenn du die Tür schließt, wenn ich auf der Treppe bin, bist du tot, hörst du? Ich töte dich, wenn du mich reinlegst.«

»Bring Wasser mit.«

Seine Stimme ist so schwach, dass sie fast nicht zu hören ist. Elin geht zur Spüle und nimmt eine Kanne aus einem der Schränke heraus. Sie füllt sie mit Wasser und steckt sich ein kleines Glas in die Tasche. Dann spannt sie die Sehne und legt einen Bolzen davor. Sie geht zur geöffneten Tür und bleibt einen Moment stehen. Sie legt die Armbrust auf den Küchentisch, und die Kanne stellt sie daneben. Sie zerrt die schwere Sitzbank über den Boden und stellt sie so, dass ein Spalt geöffnet bleibt, wenn die Tür geschlossen wird, gerade so breit, dass sie hindurchsteigen kann. Dann geht sie zurück in die Küche und betrachtet Harald auf der Bildwand. Es sieht aus, als ob er schlafen würde.

»Sag, wo die Kameras sitzen.«

Er öffnet die Augen, antwortet krächzend:

»An der schmalen Wand oben unter der Decke.

Auf beiden Seiten.« Er schließt die Augen wieder, und Elin geht zur schmalen Wand links von ihr, bei den Öfen. Die Kameralinse ist nicht größer als ein Stecknadelkopf. Die andere sitzt an der schmalen Wand rechts vom Küchentisch.

Sie zieht die Schubladen neben dem Herd auf. In der untersten findet sie zwischen Bindfäden, halb vollen Streichholzschachteln und Messern ohne Scheide ein Paket Pflaster. Sie platziert ein Pflaster über jeder Kamera und dreht sich zur Bildwand.

»Ich komme jetzt herunter. Wenn du versuchst, mich reinzulegen, bringe ich dich um.«

Auf dem Herd steht ein Topf, in dem Grütze gekocht wurde. Er ist ungespült. Elin betrachtet den Topf.

»Wer hat die Grütze gegessen?«

Er krächzt.

»Die Waldleute.«

»Waren sie es, die den Fußboden so versaut haben?«

Aber er antwortet nicht, und auf der Bildwand sieht es aus, als würde er schlafen.

18

Elin hält die Armbrust im Anschlag. In der linken Hand trägt sie die Kanne. Sie steigt über die Bank in der Türöffnung, betritt den Treppenabsatz und geht sieben Stufen nach unten. Bei der achten wendet sich die Treppe nach rechts, und es sind weitere zehn Stufen bis zum Kellergeschoss. Es riecht feucht, und die Luft ist verbraucht. Sie schleicht lautlos voran. Die ganze Zeit grübelt sie, ob es noch jemanden außer Harald da unten gibt.

Auf der untersten Stufe wartet sie einen Moment und meint zu hören, wie er atmet, dann folgt ein Husten, und sie macht zwei schnelle Schritte zur gegenüberliegenden Wand.

Es gibt drei Etagenbetten da unten, sechs Schlafplätze. Harald liegt im nächstgelegenen unter einer Daunendecke und einer Wolldecke. Das Licht kommt von einer Lampe mit beweglichem Arm hinter dem Kopfteil. In der Ecke ist ein Kamin und an der hinteren Wand liegt ein Stapel Birkenscheite.

Sie tritt näher, bis ans Bett. Auf dem Boden liegt eine Kanne der gleichen Art, wie Elin sie in der Hand hält.

Sie begegnet seinem Blick, Harald presst mühevoll zwei Worte hervor:

»Ich friere.«

Elin nimmt das Glas aus der Tasche, füllt es und reicht es ihm. Er streckt die Hand aus und nimmt es entgegen. Die Hand zittert, als er das Glas leert und zurück in das Kissen sinkt. Elin nimmt das Glas und füllt es wieder.

»Du bist wirklich krank.«

Harald bibbert. »Es ist kalt.«

Aber es ist gar nicht kalt im Kellerraum, eher stickig.

Elin steckt den Bolzen in den Köcher und entspannt die Bogensehne. Sie legt sich die Armbrust um und mustert ihn.

»Ich hole trockene Laken und etwas zum Anziehen.«

Elin geht in das Zimmer mit den Modellen. Als sie in den Keller zurückkehrt, hat sie ein Paar lange Hosen und eine Wolljacke im Arm. Sie legt die Kleider auf das Fußende des Bettes.

»Du musst dich umziehen.«

Sie geht zurück nach oben und holt aus dem Zimmer, das sie für Normans hält, Decke und Bettwäsche. Dann geht sie in das größere Zimmer, in dem Björn gewohnt hat. Sie nimmt die Decke mit dem Rosenmuster und schleppt alles hinunter zu Harald.

Harald liegt noch genauso da, wie sie ihn zurückgelassen hat. Sie legt die Sachen auf den Boden.

»Du musst die Kleider wechseln.«

Er murmelt etwas, das Elin nicht versteht.

»Was hast du gesagt?«

Er flüstert: »Ich friere so!«

Er klappert mit den Zähnen.

»Ich werde dir helfen.«

Sie reicht ihm eine Hand. Er nimmt sie und schlägt die Decke und Wolldecke zur Seite und setzt die Füße auf den Boden.

Sie zieht ihm das Oberteil über den Kopf. Er zittert so stark, dass es aussieht, als ob sein Körper in Einzelteile zerfallen würde. Sie hält ihm die Wolljacke hin und hilft ihm hinein.

»Hose.«

Er hat eine gestreifte Pyjamahose mit langen Beinen an. Als er zögert, packt sie die Hose beim Bund und zieht sie zu den Knien. Er setzt sich auf das Bett, zieht sie aus und sie gibt ihm die lange Hose. Er schafft es kaum, sie anzuziehen.

»Stell dich hin!«

Er richtet sich auf und stützt sich dabei am Oberteil des Etagenbetts ab. Elin zerrt die Decken und das Laken aus dem Bett. Dann breitet sie Normans Decke über die feuchte Matratze, darüber die Decke aus Björns Zimmer und über alles die Wolldecke. Sie schlägt Decke und Wolldecke zur Seite.

»Leg dich hin.«

Zitternd kriecht er ins Bett, und sie hilft ihm, die Decke bis unters Kinn zu ziehen, gießt Wasser ins Glas und reicht es ihm. Er nimmt einen Schluck.

»Trink aus. Du hast eine Menge Flüssigkeit verloren.«

Er leert das Glas und lässt sich zurück aufs Kissen fallen.

»Ich hole ein trockenes Kissen.«

Sie geht wieder nach oben, und als sie zurückkommt, hat sie zwei Kissen dabei. Sie wirft das feuchte Kissen auf den Boden und legt die trockenen unter seinen Kopf.

Er schließt die Augen.

»Ich mache Milchsuppe.«

Als sie wieder nach unten zu ihm kommt, ist er eingeschlafen und sie nimmt die Suppe wieder mit nach oben. Sie setzt sich mit der Tasse an den Küchentisch. Die Suppe ist so heiß, dass es eine Weile dauert, bevor sie die Tasse an die Lippen setzt. Als sie die Suppe im Mund hat, ist sie noch immer so heiß, dass sie sich verbrennt.

Als sie ausgetrunken hat, geht sie hinaus. Black hat die Ohren angelegt und tritt seitwärts. Elin geht um die Hausecke und betrachtet den südlichen Himmel. Der ist jetzt fast schwarz, aber es ist immer noch ganz still. Sie geht hoch zum Stall, öffnet die Doppeltür und sieht hinein. Der Geruch nach Tier und Urin schlägt ihr entgegen. Innen vor der Tür liegt eine eingeschweißte Ballensilage. Sie schneidet sie auf und nimmt einen Armvoll mit ins Wohnhaus.

Dann kommt der Regen, der voller Sand ist.

Black wiehert, als er vom Regen getroffen wird, und Elin nimmt ihm den Sattel ab und trägt ihn zusammen mit den Satteltaschen ins Haus. Dann führt sie das Pferd durch die Tür in die Küche. In der Küche fällt auf, wie groß das Pferd ist. Der Sand prasselt auf das Dach wie beim Sandstrahlen.

Sie bindet Blacks Zügel um eines der Küchentischbeine und dann stellt sie sich neben das Pferd und legt ihre Wange an seinen Kopf.

»Ist ja gut«, sagt sie und gibt dem Pferd die Brotstücke, die sie aufgehoben hat.

»Alles in Ordnung.«

Sie schließt die Haustür, als es zu stürmen beginnt. Der Wind drückt gegen das Haus, und es fühlt sich an, als ob es ein Stück zur Seite gedrückt würde. Die

Fensterläden und Türen beben. Black wirft den Kopf nach hinten und gibt ein schreckerfülltes Wiehern von sich. Etwas wird mit einem Knall gegen das Dach geschleudert, so als hätte jemand mit einem Hammer auf die Dachplatten eingeschlagen. Elin hält den Kopf des Pferds zwischen den Händen und der große Tierkörper zittert.

»Ist ja gut«, sagt sie wieder. »Ist ja gut, es ist alles in Ordnung.«

Wieder knallt etwas gegen das Dach. Der Schlag ist dieses Mal noch gewaltiger. Das Pferd zerrt an den Zügeln und will sich losreißen. Durch das Zerren verrückt es den schweren Küchentisch.

»Ist ja gut«, tröstet Elin. »Alles in Ordnung.«

Der Wind heult auf wie ein verletztes Tier und Black wiehert. Seine Augen sind weit aufgerissen. Der warme Tierkörper vibriert, und das Pferd äpfelt auf den Fußboden, wirft den Schweif und trampelt erregt mit den Hinterbeinen.

Elin versucht Black zu beruhigen. Da springt die Bildwand an.

Oben am rechten Rand wird der Abstand angezeigt, 518 Meter. Black wird noch unruhiger und wirft den Kopf zur Seite. Die Zügel, die um das Tischbein geknotet sind, lösen sich und das Pferd macht einige Schritte rückwärts. Als Elin sich ihm nähert, zeigt es die Zähne, dreht sich zur Seite und tritt aus. Er trifft die Wand unter einem der verrammelten Fenster.

»Liebster Black«, flüstert Elin, »beruhige dich!«

Sie greift das Pferd an den Zügeln und streichelt über seinen Kopf.

»Mein Lieber«, flüstert sie. »Es ist alles in Ordnung.«

Gleichzeitig versucht sie, ein Auge auf die Bildwand zu werfen. Sie sieht acht Personen. Alle in Tarnkleidung, alle mit Schusswaffen und Gepäck. Eine von ihnen richtet ein Fernglas zum Haus. Die acht sprechen miteinander und dann wenden sie sich ab und verschwinden. Beim Abstand von 522 Metern schaltet sich die Bildwand ab.

Elin führt Black zurück zum Tisch und knotet die Zügel erneut an das Tischbein. Die ganze Zeit spricht sie beruhigend mit dem Tier, das noch einmal äpfelt. Der Gestank breitet sich in der Küche aus.

Sie steht neben dem großen Tier, drückt sich gegen seinen Körper und fühlt die Wärme des Tieres. Der Tierkörper zittert, die Muskeln sind angespannt.

Die Bildwand schaltet sich wieder ein.

Jemand steht da in einem Abstand von 520 Metern. Es ist eine Frau mit honigfarbenen Haaren unter der tarnfarbenen Kappe. Die Frau hält ein Fernglas an die Augen. Elin nimmt die Fernbedienung und hält das Bild an.

Es ist Karin.

19

Nach ein paar Stunden, während deren Elin fast die ganze Zeit neben dem Pferd gestanden und zu ihm gesprochen hat, lässt die Gewalt des Sturms etwas nach und er scheint sich auf eine gleichbleibende Windstärke einzupendeln. Black hat sich beruhigt, und seine Ohren sind nicht mehr angelegt.

Aber es stürmt immer noch stark, nur die Heftigkeit der Böen hat nachgelassen.

Elin geht zur Kellertür, steigt die Treppenstufen hinab und nähert sich dem Bett, in dem Harald mit offenem Mund liegt. Er schläft, als hätte er den Lärm oben in der Küche und den Sturm nicht bemerkt.

Es riecht feucht und nach Beton. Als sie sich umdreht, sieht sie eine Ratte um die Ecke verschwinden und die Treppe hinauflaufen. Sie ist groß wie eine junge Katze.

Elin nimmt einen Arm Holz mit und geht wieder nach oben. Sie sieht sich um, doch die Ratte ist verschwunden. Sie legt das Holz neben den Reserveofen, einen Holzofen aus Emaille. Dann macht sie den Stromkasten ausfindig. Auf der Messanzeige kann sie sehen, dass mit dem Stromverbrauch, den das Haus aufweist, die Batterien in siebenundvierzig Stunden und achtundzwanzig Minuten leer sein werden.

Sie geht in das Zimmer, in dem die Spielkarten liegen, dreht die Heizung ab und schaltet das Licht aus.

Dann geht sie ins Schlafzimmer und macht dasselbe. Aus dem Zimmer, von dem sie glaubt, dass es Idas ist, holt sie die Matratze und legt sie auf den Küchentisch und danach holt sie Decken aus den übrigen Schlafzimmern. Sie schließt die Türen der Schlafzimmer und senkt die Küchentemperatur auf sechzehn Grad. Dann öffnet sie den einen der beiden Kühlschränke und räumt alles aus dem einen Schrank in den anderen. Als der erste leer ist und der andere voll, schaltet sie den leeren ab. Auch den Gefrierschrank schaltet sie ab. Als sie fertig ist, macht sie das Bett und legt eine ausgebreitete Decke auf die Matratze und zwei Decken, die sie über sich legen kann. Sie holt ein Kissen, legt es auf das Bett und geht zurück zum Keller, wirft einen Blick auf den schlafenden Harald und findet in einem Schrank einen Eimer. Sie trägt ihn nach oben, füllt ihn mit Wasser und stellt ihn vor Black. Dann holt sie eine Packung tiefgekühlte Karotten heraus, legt sie in warmes Wasser in der Spüle, öffnet den Kühlschrank erneut und findet ein Stück Käse. Sie schneidet ein Stück in der Größe eines kleinen Fingers ab und legt das Käsestück auf den Boden vor den Ofen. Sie setzt sich an das schmalere Ende des Küchentischs und wartet mit der gespannten Armbrust. Nach einer Weile sieht sie die Ratte dicht am Fuß der Arbeitsfläche vorbeihuschen. Sie sitzt reglos da, bis die Ratte schon den Großteil des Käsestücks aufgegessen hat. Dann hebt sie die Armbrust und gibt den Schuss ab.

Der Bolzen fährt der Ratte durch den Körper, sie kippt zur Seite, strampelt mit den Hinterbeinen und bleibt liegen. Elin steht auf und geht zu ihr hin. Sie liegt ganz still und Elin nimmt ein gezahntes Brotmesser aus einer Schublade, setzt einen Fuß auf den Rücken der Ratte und teilt den Tierkörper so, dass sie den Bolzen wieder an sich nehmen kann.

Sie spült den Bolzen unter fließendem Wasser ab und steckt ihn zurück in den Köcher. Dann geht sie wieder zu ihrem Stuhl zurück. Sie zieht sich die Stiefel aus, stellt sie neben sich, damit sie sie auch im Dunkeln schnell finden kann. Dann steigt sie auf den Tisch und kriecht unter die Decken. Nach einer Weile steht sie wieder auf, macht das Licht aus und kehrt zu ihrem Schlafplatz zurück.

Draußen tobt der Sturm, und sie meint zu hören, dass er jetzt wieder stärker ist. Er kommt in Stößen und drückt gegen die Hauswand, ergreift einen Fensterladen und lässt den Stahl erzittern.

Sie hört, wie das Pferd trinkt, spricht mit ihm und sagt, dass alles in Ordnung ist und dass sie morgen nach Hause zurückkehren.

Doch als sie es ausspricht, weiß sie, dass es nicht wahr ist. Sie hat keine Ahnung, wo sie nach Vagn suchen soll.

Im Traum sieht sie die Küche des Hauses, in dem sie ihr ganzes Leben lang gelebt hat. Lisa sitzt auf dem Fußboden vor dem Küchenherd und im Schoß hält sie den Dackel. Der Hund ist tot und Elin erwacht von ihrem Weinen. Nach einer Weile schläft sie wieder ein und träumt erneut, diesmal von einem Wald, wo die Fichten so hoch sind, dass sie bis zu den Wolken reichen.

Als sie davon wach wird, wie das Pferd zischend pinkelt, weiß sie nicht, ob es schon Morgen ist. Sie sucht die Toilette, danach kehrt sie in die Küche zurück, streicht Black über den Rücken und kriecht unter die Decken.

Ein wenig später steht sie auf und kocht Hafersuppe. Sie nimmt Karotten aus dem Päckchen und gibt sie dem Pferd zu fressen. Das weiche Maul streicht über ihre Handfläche, als würde das Pferd sie küssen und etwas sagen, was sie vielleicht verstehen kann, wenn sie sich nur anstrengt.

Die ganze Küche riecht nach Kot, Urin und Pferd. Sie trinkt die Suppe auf dem Tisch liegend, und das Pferd stupst mit dem Maul gegen ihren Fuß. Nach einer Weile schläft sie ein, und als sie aufwacht, hat sie Hunger.

20

Elin zieht sich die Stiefel an und geht hinunter zu Harald. Auf der letzten Stufe bleibt sie an die Wand gelehnt stehen und beobachtet ihn. Er schläft immer noch. Sie geht wieder nach oben und durchsucht den Schrank und findet einige Päckchen Trockenmilch.

Sie rührt das Milchpulver in einer Kanne an und trinkt die Hälfte. Dann kocht sie Grütze und taut Preiselbeeren in einem Topf auf. Sie isst im Stehen am Herd und redet währenddessen mit dem Pferd. Als sie die Grütze aufgegessen hat, ist sie immer noch hungrig und sie steht an der geöffneten Kühlschranktür und sucht nach einem Stück Speck oder ein paar Eiern, die sie beim Umpacken der Sachen aus dem Kühlschrank gesehen hat.

Sie fühlt sich beobachtet und dreht sich um.

Am Küchentisch steht Harald in eine Decke eingewickelt. Ein Stück Decke hat er über dem Kopf, wie eine Kapuze um sein bleiches Gesicht. Er zieht die Decke auf die Schultern herunter, sodass sein Kopf frei wird. Die Augen sind müde, aber der Mund lächelt. Das kurze Haar ist verstrubbelt.

»Hallo.«

Sie betrachtet ihn, die nackten Füße, die zu kurzen langen Unterhosen, das Gesicht mit dem leichten Bartwuchs und den intensiven Blick, der nur schwer auszuhalten ist.

Sie erinnert sich ans Björns Gesicht, als der Bolzen ihn durchbohrt hat. Jetzt steht hier sein Sohn mit demselben Blick. Will er sich rächen? Sie legt die Hand auf das Messer am Gürtel.

»Wie geht es dir?«

Er räuspert sich und zuckt mit den Achseln.

»Das Fieber ist runtergegangen.«

Sie sieht sich mit seinen Augen. Hier ist das Mädchen, das meinen Vater getötet hat, ist es das, was er denkt?

»Du solltest etwas an den Füßen haben.«

Er senkt den Blick und betrachtet die Füße.

»Stimmt.«

Er dreht sich um und verschwindet um die Ecke und Elin hört ihn eine Tür öffnen.

»Möchtest du Eier und Speck haben?«, ruft sie ihm hinterher, nimmt das Messer aus der Scheide und legt es vor sich auf den Küchentisch.

Aber er antwortet nicht.

Sie stellt eine Bratpfanne auf die elektrische Kochplatte, sucht eine Butterdose aus dem Kühlschrank heraus und sieht, wie der Butterklecks zerläuft und anfängt, in der Pfanne zu brutzeln.

Da steht er hinter ihr. Er hat sich lautlos bewegt, obwohl seine Füße nicht mehr nackt sind. Sie hätte ihn kommen hören sollen. Sie legt die Hand auf den Griff ihres Messers. Er hat sich an sie herangeschlichen. Mit Stiefeln an den Füßen hätte er nicht in ihre Nähe kommen können, ohne dass sie es bemerkt hätte. Es sei denn, er hat sich besonders bemüht, kein Geräusch zu machen.

»Du brauchst keine Butter, um Speck zu braten.«

Sie lacht, aber ohne die Hand vom Messergriff zu nehmen. Das Lachen ist kurz, mehr ein Ausdruck der Verwunderung als der Freude.

»Das Fieber ist fast weg, aber ich kann kaum auf den Beinen stehen.«

Dann betrachtet er das Pferd, wendet den Blick

dem gespaltenen Rattenkörper zu, dann den Pferdeäpfeln.

»Ein Glück, dass Ida nicht zu Hause ist. Sie hat den Fußboden im Sommer abgeschliffen und lasiert.«

»Du solltest dich vielleicht setzen«, schlägt sie vor.

Er hat die Decke abgelegt, trägt eine Jeans und einen blauen Wollpullover mit rundem Ausschnitt. Er hat ein Paar Lederstiefel mit hohem Absatz an. Mit den Stiefeln an den Füßen ist er zehn Zentimeter größer als sie, und sie ist immerhin eins achtzig groß.

»Das geht schon«, sagt er. »Ein Ei reicht.«

Harald zieht die Matratze und die Decken vom Tisch und lehnt die Matratze gegen die Wand. Es sieht fast aus, als wäre diese Anstrengung schon zu viel für ihn. Dann setzt er sich an den Tisch, und sie schneidet Speckscheiben ab, die sie in die heiße Pfanne legt. Sie wendet den Speck mit der Messerspitze und nach einer Weile schlägt sie drei Eier am Rand auf.

»Von beiden Seiten gebraten?«, fragt sie, zieht eine Schublade auf und findet einen Pfannenwender.

»Ist egal.«

Elin wendet die Eier, dreht die Platte aus, nimmt zwei Teller aus dem Schrank und legt die Eier und den Speck darauf, platziert ihr Messer auf ihrem Teller und trägt alles zusammen zum Tisch. Er sitzt an der Schmalseite des Tischs, die in den Raum ragt. Sie gibt ihm den Teller und nimmt an der anderen Seite Platz, neben dem Pferd.

Sie denkt, dass sie es ebenso gut gleich sagen kann.

»Ich war es, die Björn getötet hat.«

Er steht auf und sie legt eine Hand auf das Messer.

»Will nur Gabeln holen«, sagt er und gibt acht, ihr nicht zu nahe zu kommen.

»Ich habe Björn getötet«, wiederholt sie und dreht sich auf dem Stuhl, sodass sie sehen kann, was er aus der Schublade nimmt. Es sind zwei Gabeln.

Er zuckt mit den Schultern.

»Björn hat nur manchmal mit mir geredet. ›Reiß dich zusammen!‹, hat er gesagt. Sehr viel mehr war es nie. Nicht zu mir jedenfalls. Mit Ida war das anders. Sie hat er geliebt. Wenn Ida hier wäre, wärst du jetzt tot.«

Er legt eine Gabel neben sie, und dann setzt er sich wieder hin. Sie betrachtet ihn. Er ist wirklich schwach. Die Arme zittern.

»Warum liegst du im Keller?«

Er beugt sich über den Teller, teilt das Ei in vier Stücke und spießt das eine Stück mit der Gabelspitze auf. Als er geschluckt hat, antwortet er:

»Ich war krank. als wir bei euch waren, und habe zu Björn gesagt, dass ich Fieber habe und mich kaum aufrecht halten kann. Er hat mir gedroht, also musste ich mitkommen. Als wir fast wieder zu Hause waren, bin ich aus dem Sattel gefallen.«

Harald nimmt noch ein Stück Ei, steckt es in den Mund und kaut vorsichtig prüfend, als hätte er Angst, nicht schlucken zu können.

»Da haben sie gesehen, wie krank ich war, und Norman hat zu mir gesagt, ich soll in den Keller ziehen, damit ich den Rest der Familie nicht anstecke. Norman fürchtet alle Arten von Bakterien. Wenn er jemandem die Hand geschüttelt hat, wäscht er sich den Rest des Tages die Hände. Wenn er getanzt hat, hat er sich hinterher mit Handdesinfektion gewaschen. Es war Normans Idee, dass ich da unten liegen sollte. Ich bin in den Keller gezogen, und Norman hat die Tür zugemacht. Ich hatte solches Fieber, dass ich kaum die Augen aufhalten konnte. Ich glaube, ich habe fantasiert. Ida ist mit jemandem, der Klebeband vor dem Mund hatte, heruntergekommen. Zuerst habe ich nicht erkannt, wer es war. Er war gefesselt. Dann habe ich Ida und Norman über ihn sprechen hören und habe begriffen, dass es Vagn war. Norman blieb weiter oben und Ida hat ihn gerufen. Norman wollte nicht herunterkommen. Kurz darauf kamen die Waldleute. Ich hab kaum mitbekommen, was passiert ist. Etwas später hat Ida deinen Bruder mit nach oben genommen und ist verschwunden. Sie wollten zu Svante. Da habe ich dann erfahren, dass Björn tot ist.«

Elin nimmt ein Stück Speck zwischen Daumen und Zeigefinger. Der Speck ist immer noch so heiß, dass sie ihn kaum in den Mund stecken kann.

»Was wollten sie?«

Harald macht es wie Elin, nimmt ein Speckstück zwischen die Finger und beißt hinein. Er verzieht das Gesicht.

»Heiß!«, sagt er und legt die Speckscheibe zurück auf den Teller.

»Was wollten sie?«, wiederholt Elin.

»Das Haus. Sie planen irgendwas, und mit dem

Sturm im Anmarsch konnten sie sicher sein, dass keine fliegenden Beobachter oder Hubschrauber unterwegs waren. Sie wollten das Haus, und haben Ida und Norman weggejagt.«

»Und Vagn?«

»Ida hat Vagn gefesselt, als die Waldleute sich näherten, und dann haben sie ihm Klebeband über den Mund geklebt. Sie haben ihn zu mir nach unten gebracht. Die Waldleute sind nach einer Weile abgezogen, haben aber gesagt, dass sie in einer Stunde zurück sein würden und dass das Haus dann leer zu sein hat. Es gibt drei Mikrofone im oberen Geschoss, deshalb habe ich alles gehört.«

»Wie viele waren es?«

»Vier oder fünf.«

»Also kamen erst vier, fünf Leute, und später wurden es mehr?« Er nickt.

»Ida und Norman haben Vagn hochgeholt und ihn mitgenommen. Ich war zu schwach, um mitzukommen. Ida glaubte, dass die Waldleute mich erschießen würden, wenn sie mich fänden, also blieb ich still und hoffte, dass sie die Tür nicht entdecken würden. Sie sind weggegangen, als ich schlief.«

»Man bemerkt die Tür nicht, wenn man nicht weiß, dass es sie gibt«, sagt Elin.

Er beißt ein winziges Stück einer Speckscheibe ab. Das Kauen scheint so anstrengend, dass er es fast nicht fertigbringt.

»Als die Waldleute zurückkamen, waren es zehn, zwölf. Sie blieben ein paar Stunden. Sie haben Essen gemacht und sich ausgeruht. Ich konnte sie sehen, aber sie haben nicht darüber gesprochen, was sie eigentlich wollten, solange sie im Haus waren. Und plötzlich waren sie weg. Mir ging es elend, und ich hatte die Kanne mit Wasser umgekippt, die Ida heruntergebracht hatte. Ich habe gehofft, dass ich sterben würde. Ich muss mich wieder hinlegen. Ich kann kaum aufrecht sitzen.«

Er steht auf und stützt sich auf dem Tisch ab, wie ein alter Mann, der für sich für ein gutes Abendessen bedankt.

»Eine von ihnen habe ich wiedererkannt. Es war deine Tante. Ich hatte sie in der Fünften, bevor sie entlassen wurde.«

Elin sagt nichts, und Harald geht in sein Zimmer. Sie kann hören, wie er stöhnt, als er sich auf das Bett wirft. Sie isst ihre Eier und sechs Scheiben vom Speck auf, und dann nimmt sie eine Decke und geht zu ihm hinein. Er schläft schon, und sie zieht ihm die Stiefel aus. Er erwacht kurz, doch im Dunkeln kann sie seinen Blick nicht sehen. Sie breitet die Decke über ihn aus und geht in die Küche zurück.

Nach einer Weile holt sie aus Normans Zimmer einen Stapel der alten Comichefte. Sie hat noch nie zuvor ein Heft, das aus Papier gemacht wurde, gelesen. Sie wendet die Seiten so vorsichtig um, als würde sie die Flügel eines farbenfrohen Schmetterlings streicheln.

21

Der Tag kriecht voran, eingehüllt in Sturm und wirbelnden Sand. Als Elin des Lesens müde ist, sammelt sie die Pferdeäpfel auf, öffnet die Tür und wirft sie hinaus, zusammen mit der toten Ratte.

Dann weicht sie den Flickenteppich ein, benutzt ihn als Mopp und wischt den Fußboden. Sie wirft auch den Teppich hinaus und nimmt dann die Matratze und die Laken und geht ins Wohnzimmer. Sie macht das Bett in der hinteren Ecke, schließt die Tür hinter sich, zieht den Tisch mit den Spielkarten heran und blockiert die Tür damit. Die Tür öffnet sich nach innen, und wenn jemand versuchen sollte, sie zu öffnen, würde sie es merken.

Aber Black wird unruhig, und nach einer Weile geht sie in die Küche zurück und das Pferd beruhigt sich. Sie baut das Bett wieder auf dem Küchentisch auf und nimmt dann etwas Schnur aus der Schublade, stellt zwei Stühle an den Seiten von Haralds Zimmertür auf und stellt auf jede Stuhlkante einen Blumentopf. Sie spannt die Schnur von Topf zu Topf, sodass sie herunterfallen, wenn Harald durch die Tür kommen sollte, während sie schläft.

Aber sie kann nicht einschlafen.

Sie liegt wach und lauscht den Geräuschen aus seinem Zimmer. Hin und wieder glaubt sie, dass sie hört, wie er sich bewegt. Sie hält das Messer in der

Hand, und als sie ein paar Stunden dagelegen hat, ohne einschlafen zu können, steht sie auf, klettert über die gespannte Schnur und öffnet die Tür.

Er schnarcht, und sie geht zum Bett, aber kann sein Gesicht in der Dunkelheit nicht ausmachen. Sie stößt gegen einen seiner Stiefel, bückt sich und nimmt beide hoch. Als sie in die Küche zurückgeht, stellt sie sie in einen der Küchenschränke.

Etwas ist anders, als sie erwacht. Licht dringt an den Rändern der Fensterläden herein. Sie steht auf, und mit dem Messer in der Hand geht sie zur Toilette, wäscht sich das Gesicht und begegnet ihrem Blick im Spiegel. Das Haar ist strähnig. Sie greift nach einer Bürste und bürstet sich das Haar.

Dann fällt ihr auf, was anders ist. Es hat aufgehört zu stürmen.

Sie geht in die Küche zu Black, streicht ihm den Rücken und fährt mit den Fingern durch die Mähne. Sie fragt ihn, ob er eine gute Nacht gehabt hat. Er schüttelt den großen Kopf. Sie öffnet die Tür, führt ihn hinaus und bindet ihn an einem der Drahtseile an, wo er am Anfang gestanden hat. Dann geht sie wieder ins Haus hinein, findet eine Tüte Weizenmehl, nimmt ein paar Eier und macht Pfannkuchenteig. Sie gießt etwas Milch in die Schüssel und beginnt zu rühren, als es hinter ihr kracht.

Sie dreht sich um.

»Verdammt!«

Es ist Harald, der die Blumentöpfe heruntergerissen hat. Sie begegnet seinem Blick, als er hinter sich in den Flur zeigt.

»Hast du das hier gemacht?« Elin nickt und Harald keucht.

»Ida hat sie gerade erst aus dem Keller geholt. Begreifst du, was du gemacht hast? Wenn sie zurückkommt, bist du gleich dreifach tot, weil du ihre Pelargonien auf dem Gewissen, ihre Küche zerstört und ihren Vater getötet hast. Hast du meine Stiefel gesehen?«

»Möchtest du Pfannkuchen haben?«

»Wo sind die Stiefel?«, wiederholt Harald.

Elin zeigt mit dem Pfannenwender auf den Küchenschrank, und Harald reckt den Kopf vor wie ein Vogel.

»Warum hast du meine Stiefel weggenommen?«

Er kommt auf sie zu und sie legt die Hand auf das Messer. Er beugt sich vor, öffnet die Schranktür, nimmt die Stiefel heraus und zieht sie an. Sie zeigt mit dem Pfannenwender auf ihn.

»Wo sind sie?«

»Meinst du Ida und Norman?« Sie nickt.

»Und Vagn.«

»Bei Svante, meinem Onkel.«

»Wo wohnt er?«

»Nergården.«

»Wo ist das?«

»Ein Stück den Fluss entlang. Unterhalb der Brücke.«

»Auf dieser Seite?«

»Ja.«

»Wenn ich also Richtung Brücke reite, dann finde ich Nergården?«

»Da bin ich nicht sicher.«

»Warum nicht?«

»Das alte Nergården liegt mit Blick auf den Fluss. Sie sind in ein neues Haus oben im Wald gezogen, so eins, wie ihr habt. Ein alter Pfad führt dorthin. Es ist fraglich, ob du den findest.«

»Wenn das System wieder funktioniert, kannst du es mir auf der Karte zeigen.«

»Klar, wenn das System wieder funktioniert. Aber im Moment ist es tot. Das war das Erste, was ich getan habe, als ich aufgewacht bin, herausfinden, ob die Verbindung geht.«

Sie wird wütend.

»Warum hast du das gemacht?«

»Niemand will gern ohne Verbindung sein, oder? Aber jetzt ist es, wie es ist. Alles ist tot, kein Signal, nichts.«

»Mit wem hättest du gesprochen?«

Er zuckt mit den Schultern und zeigt auf die zerbrochenen Blumentöpfe.

»Warum hast du Idas Blumen kaputt gemacht?«

Sie gießt Teig in die Pfanne. Es zischt und sie dreht die Wärme niedriger. »Ich traue dir nicht.«

Er lacht. »Du traust mir nicht?«

»Nein, warum sollte ich das tun?«

Er lacht wieder.

»Und ich? Soll ich dir trauen? Du hast dein Pferd in unsere Küche gebracht, es hat alles vollgepinkelt und vollgekackt, es sieht aus wie in einem Stall und riecht wie in einem Güllefass. Du hast eine merkwürdige Falle aufgebaut und Idas Blumen zerstört, und du siehst grauenhaft aus, weißt du das? Wie eine Hexe aus einem alten Film. Du solltest dich selbst sehen! Wie soll ich dir trauen, kannst du mir das sagen? Wenn hier jemand Angst haben müsste, dann bin ich das. Guck mal in den Spiegel! So wie du aussiehst, könntest du jeden zu Tode erschrecken!«

Sie wendet den Pfannkuchen.

»Habt ihr irgendeine Marmelade?«

Er starrt sie an.

»Du bist einfach krank, weißt du das?«

»Honig vielleicht? Habt ihr Honig?«

Er niest zweimal hintereinander, laut und intensiv, öffnet eine Schranktür und nimmt ein Honigglas heraus. Er stellt es auf die Spüle neben das Messer. Und niest wieder.

»Stell ihn auf den Tisch.«

Er geht mit dem Glas zum Tisch und verschwindet um die Ecke.

»Du kannst auch den Tisch decken.«

»Darf ich pinkeln?«

»Nur nicht auf den Fußboden. Das darf nur Black.«

Sie hebt den Pfannkuchen aus der Pfanne und legt ihn auf den Teller. Sie gießt mehr Teig in die Pfanne. Der Pfannkuchen wird an den Rändern braun und in der Mitte bildet sich eine Blase. Sie betrachtet den Pfannkuchen, und als Harald von der Toilette zurückkommt, hebt sie die Pfanne hoch.

»Kannst du das hier?«

Elin wirft den Pfannkuchen hoch und fängt ihn

wieder auf, dann stellt sie die Pfanne zurück auf die Platte. »Kannst du das?«

Sie sucht nach einem Teller im Schrank, aber alle Teller sind mit dem Besteck und den Gläsern in der Maschine. Sie nimmt einen Teller heraus und stellt ihn neben die Spüle, steckt das Messer in die Scheide und sieht Harald an.

»Kannst du's?«

Er kommt an den Herd, gibt ein Stück Butter in die Pfanne und gießt Teig dazu, greift die Pfanne am Griff, hebt sie an und lässt den Teig an den Rand laufen. Er dreht die Wärme herunter und stellt die Pfanne wieder auf den Herd.

»Zeig«, sagt Elin.

»Er braucht noch ein bisschen.«

»Ich will sehen, ob du es kannst.«

»Natürlich kann ich es.«

Sie schüttelt den Kopf.

Er benutzt den Pfannenwender und vergewissert sich, dass der Pfannkuchen nicht am Boden der Pfanne festbackt, und dann umfasst er den Griff und wirft den Pfannkuchen hoch. Er landet in der Pfanne, aber ein Stück ist auf den Rand geraten.

»Achtzig Prozent«, sagt Elin. »Etwa achtzig Prozent.«

Sie bringt ihren Teller zum Tisch und gibt einen Klecks Honig auf den Pfannkuchen, rollt ihn zusammen und setzt sich. Sie schneidet ein Stück der Rolle ab und pustet.

»Ich glaube, wir haben irgendwo Käse«, sagt Harald vom Herd her.

»Ich habe der Ratte ein Stück gegeben«, sagt Elin mit dem Mund voll Pfannkuchen.

Harald nimmt unterschiedliche Verpackungen aus dem Kühlschrank und stellt sie auf die Spüle. Dann findet er, was er sucht, und hält den Käse hoch.

»Guck!«

Er holt einen Käsehobel hervor, hobelt Käsescheiben auf den Pfannkuchen und dann gibt er erneut Teig in die Pfanne.

Sie essen jeder fünf Pfannkuchen. Dann backt Elin noch weitere Pfannkuchen, füllt sie mit Käse und gibt einen Klecks Honig darauf. Als sie ein Paket mit sechs Pfannkuchen hat, legt sie es in eine Plastiktüte, die sie bei den Bindfäden gefunden hat.

Sie dreht sich zu Harald um.

»Wie weit ist es?«

»Nach Nergården?«

»Ja.«

»Von der Brücke ist es eine knappe Stunde den Wald hinauf. Aber ich kenne eine Abkürzung.«

Da hören sie es. Das Knattern.

Beide bleiben mit offenen Mündern sitzen. Ein Hubschrauber nähert sich schnell.

Elin zeigt in Richtung des Geräuschs.

»Einer ist an der Vorderseite.« Harald nickt.

»Und einer an der Rückseite.«

Das Geräusch ist gleichmäßig, es wird weder stärker noch schwächer. Harald steht auf und geht zur Tür. Er hat den Riegel in der Hand, als Elin ihn warnt.

»Wenn du öffnest, kann es sein, dass sie schießen. Sie gehen kein Risiko ein.«

Harald lässt die Hand sinken und dreht sich zu ihr um. Sie stehen dicht beieinander und sie kann seinen Schweißgeruch riechen. Dann fällt ihr ein, dass ihr eigener Geruch wohl nur wegen des Gestanks nach Pferdeurin und Pferdeäpfeln und dem anhaltenden Geruch vom letzten Pfannkuchen nicht auszumachen ist.

»Was glaubst du, was sie wollen?«

»Vermutlich sehen, wer wir sind. Hausdurchsuchung. Verhör. Wir hatten sie vor Weihnachten bei uns. Wenn sie glauben, dass die Waldleute hier sind, werden sie das Haus in die Luft sprengen.«

»Was sollen wir also machen?«

»Warten.«

»Auf was?«

»Darauf, dass sie herunterkommen und verlangen, dass wir sie hereinlassen. So haben wir es jedenfalls bisher gemacht.«

Sie gehen zurück zum Esstisch und setzen sich. Elin guckt sich um. Das Geräusch des Hubschraubers wird lauter. Elin beißt sich auf den Zeigefinger.

»Wenn wir alles abwischen, gibt es keine Fingerabdrücke. Sie werden nach welchen suchen.«

»Sie finden keine Abdrücke«, behauptet Harald.

»Woher weißt du das?«

»Soweit ich es sehen konnte, hatten sie Handschuhe an. Die ganze Zeit.«

Elin beißt sich auf die Unterlippe.

»Sie werden uns verhören.«

Harald nimmt ein Stück Pfannkuchen. Er steckt es in den Mund und kaut. Dann schluckt er. Es wirkt, als ob ihm das Schlucken schwerfällt.

»Ich sage, dass ich im Keller lag. Dass ich hohes Fieber hatte und nichts weiß und Ida und Norman nach Nergården geritten sind. Ich erzähle nicht, dass die Waldleute hier waren. Auch nichts von Vagn. Und das ist ja fast die Wahrheit. Ich erinnere mich kaum an das, was passiert ist, als ich im Keller lag.«

Elin steht auf und sieht sich um. Sie geht ins Wohnzimmer und guckt die Spielkarten auf dem Tisch an.

»Wer hat hier gespielt?«, ruft sie.

Er kommt dazu und stellt sich neben sie. Beide betrachten die Karten, und Harald nimmt die, die am nächsten liegen, hoch.

»Die Hand des toten Mannes«, sagt er und legt die Karten wieder hin.

»Wer hat gespielt?«

»Björn, Ida und Norman.«

Harald zeigt auf die Karten, die er gerade weggelegt hat.

Elin beißt sich auf die Unterlippe und wieder nimmt sie seinen Geruch wahr.

»Was meinst du mit ›die Hand des toten Mannes‹?«

»Hast du noch nie von Bill Hickock gehört?« Sie schüttelt den Kopf.

Der Hubschrauber senkt sich zu ihnen herab und das Dach bebt.

22

Harald spült den Grützentopf, und während er ihn mit einem Küchenhandtuch abtrocknet, schaltet sich die Bildwand ein. Der Hubschrauber, der über dem Haus gerattert hat, wird sichtbar. Er fliegt zehn Meter über der Erde, und als er landet, ist er 107 Meter vom Haus entfernt und die Richtung beträgt 18 Grad.

Der Hubschrauber steht neben der Scheune, die Rotorblätter kreisen und Sand und Erde werden aufgewirbelt.

Elin beißt sich auf den Fingernagel ihres Zeigefingers. Harald knöpft einen Hemdknopf zu.

»Sie werden fragen, was du hier machst. Was sagst du dann?«

»Dass ich auf Björn geschossen habe, aber nicht weiß, ob ich ihn getroffen habe. Dass ich hier bin, um zu verhandeln. Deine Familie will ein Rollenlager kaufen. Wenn ich Björn getötet hätte, würde ich mich niemals hierher wagen können, oder? Dass Björn tot ist, davon weiß ich nichts.«

»Du bist ein ungewöhnliches Mädchen.«

Sie bleiben mit dem Blick zur Bildwand stehen. Eine Tür des Hubschraubers wird geöffnet und ein Mann in blauem Overall und blauer Kappe steigt aus. Er trägt eine gelbe Schutzbrille und hebt eine Kiste, groß wie eine Reisetasche, aus dem Hubschrauber auf den Boden. Dann steigt er wieder ein und zieht die Tür zu. Der Hubschraubermotor wird abgestellt und die Rotorblätter hören auf zu kreisen.

Harald vergrößert das Bild, so weit es geht. Die Kiste neben dem Hubschrauber hat handbreite Ketten und zwei Antennen. Der Mann setzt sich in Bewegung, auf das Haus zu.

Harald hält das Bild an und sie sehen die Maschine in der Nahaufnahme. Die Bildwand teilt sich in zwei Teile und die linke Hälfte zeigt den Hubschrauber. Auf der rechten Hälfte sehen sie, wie sich das kleine Kettenfahrzeug mit hoher Geschwindigkeit auf das Haus zubewegt. Es bleibt dreißig Meter vor der Haustür stehen und aus einem lauten Lautsprecher ertönt ein hohl schepperndes Kommando.

»An alle, die sich im Haus befinden: Öffnet die Tür auf der Nordseite und kommt auf allen vieren heraus. Wenn ihr Waffen habt, das gilt auch für Äxte, Messer oder Stichwaffen, bleiben diese im Haus. Wer im Verdacht steht, bewaffnet das Haus zu verlassen, wird erschossen. Falls ihr nicht in zwei Minuten herauskommt, wird das Haus gesprengt! Ich wiederhole: Falls ihr nicht in zwei Minuten herauskommt, wird das Haus gesprengt! Kommt auf allen vieren heraus! Ich wiederhole: Kommt heraus!«

Elin legt das Messer auf den Küchentisch und stülpt die Hosentaschen um. Sie hat ein Feuerzeug und einen Schlüssel dabei, Harald hat ein Taschentuch, zwei Schlüssel und ein Messer. Elin nimmt ihre Armbrust und den Köcher mit den Bolzen und legt alles zusammen auf die Arbeitsplatte in Haralds Zimmer.

Die Stimme auf dem Hof spricht wieder:

»Ihr habt eine Minute, um unbewaffnet herauszukommen, und ihr sollt auf allen vieren kommen. Der Wind kommt von Süden und es sind sieben Grad plus. Zeit herauszukommen!«

Elin geht zur Tür und schiebt den Riegel zurück. Dann fällt sie auf die Knie und fängt an zu krabbeln. Die kleine Maschine spricht:

»Bitte, kommt bis hierher, keine Eile, seht in meine Richtung und lasst Knie und Hände auf dem Boden. Diese Aktion wird von der fünften Polizeieinheit in Zusammenarbeit mit den Streitkräften durchgeführt.«

Elin kriecht auf die Maschine zu, die ein paar Meter zur Seite weicht.

»Du hier vorn, leg dich auf den Bauch mit den Armen zu den Seiten ausgestreckt. Und du dahinter kannst dich danebenlegen. Kopf auf den Boden und zur Seite, Arme ausgestreckt und die Beine auseinander. Uns sind die Unannehmlichkeiten bewusst, aber es geht hier um unser aller Sicherheit.«

Elin und Harald tun, was sie gesagt bekommen, und liegen beide mit der rechten Gesichtshälfte auf Erde und Wintergras. Die Türen des Hubschraubers müssen sich geöffnet haben und jemand muss herausgestiegen sein, denn jetzt sieht Elin ein paar sorgfältig geputzte Stiefel neben ihrem Gesicht.

Die Männerstimme spricht mit auffälligem südschwedischem Dialekt.

»Seid so gut und legt die Hände auf den Rücken.«

Elin sieht ein Knie in einem Overall neben sich und dann werden ihre Handgelenke mit einem schmalen Plastikband aneinandergebunden.

Jemand steht an ihrer anderen Seite und fasst ihre Arme. Sie wird aufgerichtet. Harald steht ein bisschen abseits zwischen zwei uniformierten Frauen mit hellen Pferdeschwänzen. Sie halten seine Arme fest und führen ihn zur Seite. Die Männer, die Elin festhalten, führen auch sie zur Seite, aber in die andere Richtung. In diesem Augenblick sieht sie es.

Black ist verschwunden. Ihr Mund wird trocken.

»Wo ist das Pferd?«

Die Männer antworten nicht.

»Wo ist das Pferd?«

Als niemand antwortet, steigt die Wut in ihr hoch und sie tritt gegen den, der links von ihr steht. Der Tritt trifft ihn unterhalb des Knies. Im gleichen Moment bekommt sie einen Schlag in den Nacken und fällt hin.

Sie bleibt mit Erde auf den Lippen liegen und sieht die kleine Maschine auf ihren Ketten davonfahren. Sie sieht aus wie ein teures Spielzeug.

Als die Maschine die Tür erreicht, fährt sie ein paar Beine aus, die es ihr ermöglichen, in das Haus zu gelangen. Dann verschwindet sie in der Küche.

Sie bleibt einige Minuten weg, bevor sie wieder herauskommt.

»Alles klar!«, ruft jemand. »Wir können reingehen.«

Die beiden Frauen, die mit Harald ein Stück entfernt stehen, bringen ihn ins Haus und verschwinden.

Dann richtet man Elin auf. Der Mann, den sie getreten hat, hält etwas in der Hand, das aussieht wie ein überdimensionierter Fahrradhandgriff. Er schwenkt es ruckartig, und heraus kommt eine halbmeterlange Stahlfeder mit einer walnussgroßen Metallkugel an der Spitze.

»Wenn du irgendetwas anstellst, das mir nicht gefällt, wirst du das hier zu spüren bekommen.«

Er wirkt, als hätte er sich schon entschieden, wohin er sie schlagen würde. Elin kann es trotzdem nicht lassen zu fragen:

»Wo ist das Pferd?«

Der Mann mit dem Schlagstock zuckt mit den Schultern. Dann packt man sie an den Armen und führt sie zum Haus. Als sie an der Maschine mit den Ketten vorbeikommen, sagt diese:

»Vergesst nicht, dass wir alle ein gemeinsames Interesse in dieser Sache verfolgen. Niemand von uns will in einer Welt leben, in der rücksichtslose Menschen die Tagesordnung bestimmen. Vielen Dank für die Zusammenarbeit.«

23

Einer der uniformierten Männer schaltet die Bildwand ab. Harald ist im Wohnzimmer. Von dort hört man Musik. Jemand singt von einem Sommertag auf dem Steg.

Der Mann, den sie getreten hat, zeigt auf den Platz, von wo aus sie die Ratte erschossen hat, und sie setzt sich. Sie hat kein Gefühl mehr in den Händen. Die beiden Männer sehen sich um. Einer der zwei spricht in ein Mikrofon, das er dicht am Hals trägt.

Anhand seines Tonfalls kann Elin schließen, dass er mit einem Vorgesetzten spricht.

»Soll ich in den Keller hinuntergehen?« Und dann:

»Verstanden, wird erledigt.«

Er verschwindet die Kellertreppe hinunter, und sie hört, wie er mithilfe des Funkgeräts Bericht erstattet, aber sie versteht nicht, was er sagt.

Der andere Polizist steht breitbeinig und mit verschränkten Armen da und starrt sie an. Sie begegnet seinem Blick und hält ihm stand.

»Hier drinnen stinkt es«, sagt er. »Wäschst du dich nie?« Sie verdreht die Augen.

»Noch vor einem Moment war jemand hier, ich glaube, er ist jetzt im Keller. Vielleicht ist es sein Gestank, den Sie riechen?«

Der Polizist verzieht den Mund, ohne glücklich auszusehen.

»Tststs, mal nicht so vorlaut.«

Durch die Haustür kommt ein Mann in einer Tarnuniform, kugelsicherer Weste und Brustpanzer herein. Er hat ein Maschinengewehr an einem Riemen um den Hals hängen und scheint Elin nicht zu bemerken. Er spricht zum Polizisten.

»Wir haben das Gelände gesichert. Wie sieht es hier drinnen aus?«

»Grün.«

Der in der Tarnuniform dreht sich auf dem Absatz um und geht wieder hinaus. Bald danach kommt ein älterer Mann in einem blauen Polizeioverall durch die Tür. Er trägt kurz geschnittenes Haar, hat graue Bartstoppeln und eine kleine runde Brille mit grünem Gestell. In der Hand hält er eine handbreite flache Tasche, die er auf den Tisch stellt.

Er wechselt Blicke mit dem Polizisten und nickt in Richtung Tür.

»Du kannst sie hinter dir schließen.«

Der Polizist salutiert und verschwindet nach draußen, die Haustür wird geschlossen und der Mann mit dem Bart setzt sich. Er beobachtet sie eine Weile und richtet sich die Brille, als würde das helfen, Elin besser zu sehen.

»Du lässt dir doch wohl keine Teufeleien einfallen, wenn ich dich losbinde?«

Sie schüttelt den Kopf.

»Nein. Keine Teufeleien.«

Er nimmt einen Seitenschneider aus der Tasche.

»Steh auf.«

Sie steht auf.

»Dreh dich um.«

Elin tut, was ihr gesagt wird, und er schneidet die Plastikbänder durch und deutet mit der Hand zu den Stühlen.

»Du kannst dich hinsetzen.«

Sie setzt sich hin und massiert ihre Handgelenke.

»Kann ich deine Karte sehen?«

Sie hält ihm ihr Mobil hin und er öffnet die Tasche und nimmt einen Kommunikator mit drei Bildschirmen heraus. Er legt ihr Mobil auf die Oberfläche des einen Bildschirms und schaltet ihn an. Einen Moment liest er den Text, der erscheint, und dann stellt er zwei der Bildschirme zwischen ihnen auf. Er gibt ihr das Mobil zurück und betrachtet sie über die aufgerichteten Bildschirme der Kommunikatoren. Es sieht aus, als hätte er eine Mauer zwischen ihnen errichtet. Aus der Tasche nimmt er eine Kamera, so groß wie ein Daumen. Sie steht auf einem zentimeterhohen Stativ auf dem Tisch und die kleine Linse ist auf Elin gerichtet.

»Ich dachte, alles sei niedergerissen worden«, sagt sie.

Er antwortet mit einem Blick auf einen der Bildschirme.

»Es gibt immer irgendeine Leitung, die funktioniert.« Er tippt etwas ein.

»Mein Pferd ist weg. Können Sie herausfinden, wo es ist?«

Er verzieht den Mund, ohne den Blick vom Bildschirm abzuwenden. »Was machst du hier, Elin?«

Sie antwortet nicht und er nimmt sich die Kappe

ab und legt sie auf den Tisch, das kleine goldfarbene Emblem auf Elin gerichtet. Er streicht sich mit einer Hand über das kurz geschnittene Haar.

»Wir können diese Sache einfach regeln oder wir machen es umständlich und schwer. Wenn du den schweren Weg wählst, werden wir deine Familie nicht aus dem Ganzen heraushalten können. Wir fliegen dich hinunter zum Stützpunkt, und wie du vielleicht weißt, haben wir die Möglichkeit, dich zweiundsiebzig Stunden festzuhalten. Im Zusammenhang damit haben wir das Recht, Personen aus deinem Bekanntenkreis miteinzubeziehen, die vielleicht etwas zur Aufklärung des Sachverhalts beitragen können. Wen wir in diesem Fall hinzunehmen müssten, wäre dein Großvater. Er leidet unter …«

Und er beugt sich vor, um etwas von einem der Bildschirme abzulesen.

»… einem kongenitalen atrioventrikulären Herzblock.« Er sieht vom Bildschirm auf und begegnet ihrem Blick.

»Es ist nicht anzunehmen, dass es deinem Großvater guttun würde bei dem mitunter anstrengenden Betrieb im Stützpunkt.«

Elin setzt sich aufrecht im Stuhl hin.

»Was hat Großvater mit der Sache zu tun?«

»Ist nicht er derjenige, der für deinen Hausunterricht zuständig ist?«

»Meine Mutter und mein Vater genauso.«

»Aber er ist verantwortlich, oder nicht? Das steht so in deiner Akte. Dein Großvater verantwortet deine

Schulpflicht und er ist immer noch verantwortlich. Du bist erst sechzehn Jahre alt.«

Ihr Herz beginnt schwer zu arbeiten und jeder Herzschlag ist in ihrem Hals spürbar.

»Was hat Großvater mit der Sache zu tun?«

»Es kann so sein, dass er dich derart beeinflusst hat, dass du heute der Polizei gegenüber feindlich eingestellt bist. Es ist erst ein paar Minuten her, dass du einen Polizisten getreten hast. Ein solches Benehmen kann wohl kaum bedeuten, dass du eine vernünftige Einstellung zu den Behörden entwickelt hast, deren Aufgabe es ist, Leben und Eigentum der Bürger zu schützen.«

»Können Sie mir sagen, wo mein Pferd ist?« Er lehnt sich im Stuhl zurück.

»Wenn du die Zusammenarbeit verweigerst, lasse ich dich nach draußen zum Hubschrauber bringen. Wir fliegen dich hinunter zum Stützpunkt und lassen eine umfassende Untersuchung einleiten, deren Ziel es ist, festzustellen, ob du in die derzeitig vorherrschenden terroristischen Vorkommnisse verwickelt bist. Dein Großvater wird auch dorthin gebracht werden und … nun ja … Ist es wirklich das, was du möchtest?«

»Nein.«

»Gut.«

»Aber es würde mich beruhigen, wenn Sie mir sagen würden, wo mein Pferd ist.«

Sein Tonfall ist scharf, aber er hebt die Stimme nicht.

»Ich dachte, dass du ein intelligentes Mädchen bist,

aber du scheinst schwer von Begriff zu sein. Das nächste Mal, wenn du das Wort ›Pferd‹ benutzt, werde ich dich raus zum Hubschrauber bringen. Wir fliegen dich zum Stützpunkt und vielleicht wirst du dein Pferd während des Flugs sehen, auch wenn ich das für wenig realistisch halte. Ab jetzt lassen wir das ganze Scheißgerede bleiben, denn ich bin hier derjenige, der die Fragen stellt, und du wirst diejenige sein, die antwortet. Wenn du Schwierigkeiten hast, die Anweisungen zu verstehen, dann glaube ich, dass wir unser Gespräch unter anderen Umständen fortsetzen sollten. Hörst du, was ich sage?«

»Ja.«

»Begreifst du, was das bedeutet?«

»Ja.«

»Gut.«

Er drückt eine Taste auf der Tastatur und dreht einen der Bildschirme zu ihr. Das Foto eines Gesichts erscheint.

»Bist du diesem Mann begegnet?«

»Ja.«

»Weißt du, wie er heißt?«

»Fredrikson.«

»Weißt du, was ihm passiert ist?«

»Nein.«

»Er und seine Kameraden, alles Jagdwächter, sind umgekommen, als ihr Hubschrauber abgeschossen wurde, kurz nachdem du mit ihnen gesprochen hast.«

»Ich habe nur mit Fredrikson gesprochen.«

Er tippt etwas ein und sie sieht sich selbst auf Black

sitzend. Es ist die Sequenz, die der Mann von ihr gefilmt hat, der ihr nachgerufen hat. Auf dem Film hört man seine Worte: »Ich hoffe, wir sehen uns mal wieder!«

Der Polizist klappt den Bildschirm zu.

»Fredrikson hatte drei Kinder. Eines der Kinder hat denselben Namen wie du. Es ist vier Jahre alt. Kannst du dir vorstellen, dass wir diejenigen, die den Hubschrauber abgeschossen haben, fassen wollen?«

»Ja.«

Er stellt den Bildschirm wieder vor sie. Neues Foto.

»Weißt du, wer das hier ist?«

»Ja.«

»Wer ist das?«

»Meine Tante Karin.«

Der Polizist, der im Keller war, trampelt die Treppe hinauf und kommt in den Flur. Elin und der Grauhaarige drehen sich beide in seine Richtung.

»Nichts zu sehen da unten«, berichtet er. Der Grauhaarige zeigt zur Tür.

»Mach hinter dir zu.«

Der Mann salutiert, geht hinaus und schließt die Tür hinter sich. Vom Wohnzimmer her hört man eine Frau singen. Radio.

Der Mann hinter den aufgerichteten Bildschirmen singt mit. Obwohl er leise singt, hört man, dass er eine schöne Stimme hat:

»Fremder … warum versteckst du dich vor mir … in deinen dunklen Augen …«

Er sieht fast glücklich aus, aber die Augen lachen nicht.

»Das war eins von Großmutters Lieblingsliedern. Sie sang es an ihrem achtzigsten Geburtstag. Erzählst du mir, warum du hier bist?« Elin nickt, aber schweigt einen Moment zu lange. Der Mann wird ungeduldig.

»Gibt es etwas, worüber du nachdenken musst?«

»Wir waren bei Wongs und haben eingekauft, mein Bruder und ich …«

»Vagn, oder wie?«

»Genau.«

Er gibt ein paar Befehle ein und murmelt etwas, als ob er mit sich selbst sprechen würde.

»Wong … Wong … Wong … hier haben wir es. Ihr habt die Genehmigung bekommen, den Sicherheitsweg zu passieren, seid zu Wong gekommen, habt eine Aufenthaltserlaubnis für sechs Stunden bekommen, eingekauft, Lebensmittel, Lebensmittel … Restaurantbesuch … zwei Campingäxte, zwei Messer, Gewebeband, zwei Pferde rausgeholt … warten müssen, bis der Sicherheitsweg passierbar war … so weit, so gut. Was ist dann passiert?«

»Wir haben Björn Torson und seinen Sohn Norman auf der Rolltreppe gesehen. Es herrscht Unfriede zwischen unseren Familien, also haben wir Angst bekommen.«

»Und da habt ihr euch vor dem Rückweg mit Äxten und Messern bewaffnet? Ihr habt euch bedroht gefühlt, nehme ich an?«

»Ja.«

»Was ist passiert?«

»Wir sind überfallen worden. Björn Torson hat versucht, mich zu erwischen, und ich habe auf ihn geschossen, aber ich weiß nicht, ob der Pfeil ihn getroffen hat. Björn hat die Sehne meiner Armbrust demoliert, das Gleichgewicht verloren und ist aus dem Sattel gefallen. Ida ist hinter mir hergekommen, also war ich gezwungen zu fliehen. Ich konnte Vagn nicht helfen, der von Norman niedergeschlagen worden war. Sie haben Vagn mitgenommen.«

»Warum?«

»Sie waren bei uns gewesen und wollten Rollenlager kaufen. Sie hatten gedacht, dass wir davon einen Vorrat hätten, aber das stimmt nicht. Sie haben Vagn mitgenommen, um eine Tauschware zu haben.«

»Ein paar Lager als Tausch gegen deinen Bruder?«

»Genau.«

»Und warum bist du dann hier?«

»Als wir von Wong weggeritten sind, hatten Vagn und ich jeder ein Pferd. Torsons haben eines davon getötet, als sie uns angegriffen haben. Jemand musste hierherkommen, um zu verhandeln und dafür zu sorgen, dass sie Vagn gehen lassen. Großvater ist zu alt und schwach, meine Mutter und mein Vater wurden zu Hause gebraucht.«

»Und da bist du hierhergekommen?«

»Erst dachte ich, dass das Haus leer war, aber dann habe ich Harald entdeckt, der im Keller lag und Fieber hatte.«

»Yalun?«

»Jep.«

»Es ist seltsam, dass du nicht angesteckt wurdest?«
»Ich bin geimpft.«
Er nickt.
»Was ist dann passiert?«
»Dann kam der Sturm. Ich war gezwungen, das Pferd mit hereinzunehmen. Es war hier in der Küche.«
Der Grauhaarige sieht sich um.
»Du hast aus Torsons Küche einen Stall gemacht.«
»Ja.«
»Das war ja recht schlau. Hast du gesehen, was mit dem Windrad passiert ist?«
»Nein.«
»Eines der Rotorblätter liegt auf dem Dach.« Er zeigt mit dem Finger nach oben.
»Ein anderes liegt am Waldrand. Was hast du vor?«
»Nach Vagn suchen.«
»Weißt du, wo er ist?«
»Vielleicht in Nergården?«
Der Bärtige lehnt sich zurück, mustert sie und richtet sich wieder die Brille. Er verzieht das Gesicht, als ob er sich in das hineindenken würde, was sie sagt, und dabei feststellen muss, dass es ihm nicht gefällt.
»Findest du dorthin?«
Elin klingt entschieden.
»Ich weiß nicht. Aber das ist es, was ich tun muss.«
Er legt den Kopf schief und fummelt an seiner Brille herum.
»Und was machst du, wenn du dort bist?«
»Ein Rollenlager als Tausch gegen Vagn bieten.«

Er kneift die Augen zu und richtet erneut seine Brille.

»Sie sollten zu einem Optiker gehen«, sagt Elin. »Die Brille müsste man wohl anpassen.«

Er kneift die Augen zusammen.

»An was?«

»Ihr Gesicht.«

Er rückt die Brille wieder zurecht.

»Hast du schon daran gedacht, dass sie dich als Gefangene nehmen könnten? Stell dir vor, sie haben sowohl Vagn als auch dich, dann wollen sie vielleicht zwei Rollenlager haben?«

»Das Risiko gehe ich ein.«

»Warum wenden sich deine Eltern nicht an die Ortspolizei? Das ist ein Fall für die Ortspolizei.«

Elin schüttelt den Kopf.

»Niemand im Wald will mit der Ortspolizei reden.«

»Warum nicht?«

Sie schweigt und sie sitzen da und sehen einander an. Nach einer Weile trommelt er mit zwei Fingern auf die Tischplatte und sucht auf seinen Bildschirmen. Dann hebt er den Blick.

»Das, was du bisher erzählt hast, ist das wahr?«

»Ja.«

»Und deine Tante Karin, hast du sie gesehen?«

»Nein.«

»Sicher?«

»Ja.«

»Ich würde gerne einen Test machen, geht das?«

»Was für einen Test?«

»Einen Lügendetektortest.« Sie zuckt mit den Schultern.

»Heißt das Ja?«

»Ja.«

Er reckt sich nach seiner Tasche.

»Na … dann wollen wir mal sehen …«

Er nimmt eine aufblasbare Manschette aus der Tasche, so eine, die man benutzt, um den Blutdruck zu messen. Er schließt sie an einen seiner Bildschirme an und holt dann ein rotes und ein grünes Kabel mit zentimetergroßen Saugnäpfen hervor. Er holt auch eine Tube heraus, die aussieht wie eine Zahnpastatube, und schraubt den Deckel ab. Die Tube ist halb leer.

»Mach ein bisschen von dieser Salbe auf die linke und die rechte Seite des Brustkorbs. Dann drückst du diese Dinger hier auf die Haut, während ich weggucke.«

Er dreht sich zur Seite und schaut zur Haustür. Elin öffnet das Hemd und tut, was ihr gesagt wurde. Als die Plastikknöpfe fest an ihrer Haut sitzen, knöpft sie das Hemd wieder zu. Die Kabel verlaufen unterhalb ihres Kinns.

»Ich bin fertig.«

Er dreht sich auf dem Stuhl und schließt die verschiedenfarbenen Kabel an einen der Bildschirme an. Dann steht er auf und stülpt die Manschette über ihren rechten Oberarm. Mit einem Gummiball pumpt er sie auf.

Er setzt sich wieder.

»Der Test hat keine Beweiskraft vor Gericht, aber

es kann uns trotzdem ein kleines bisschen helfen, wenn wir feststellen, wie glaubwürdig du bist. Bist du bereit, den Test durchzuführen?«

»Ja.«

24

Der Grauhaarige dreht sich zu den Bildschirmen und tippt ein paar Befehle ein.

Mit dem Blick auf den Bildschirm gerichtet sagt er: »Du antwortest Ja oder Nein. Hast du verstanden?«

»Ja.«

»Heißt du Elin?«

»Ja.«

»Wirst du die Wahrheit sagen während dieses Tests?«

»Ja.«

»Hast du Jagdwächter Fredrikson getroffen?«

»Ja.«

»Bist du dreiundfünfzig Jahre alt?«

»Nein.«

»Sitzt du in einer Küche?«

»Ja.«

»Sind dir alle deine Haare ausgefallen?«

»Nein.«

»Ist morgen Heiligabend?«

»Nein.«

»Bist du in Blåtjärn zur Schule gegangen?«

»Nein.«

»Hast du eine Tante, die Karin heißt?«

»Ja.«

»Wohnt deine Tante bei dir und deinen Eltern?«

»Nein.«

»Ist deine Tante Lehrerin gewesen?«

»Ja.«

»Hast du deine Tante Karin während des letzten halben Jahres getroffen?«

»Nein.«

»Weißt du, dass nach deiner Tante Karin gefahndet wird?«

»Ja.«

»Würdest du gerne wissen, wo sie sich befindet?«

»Nein.«

»Weißt du, wo dein Pferd ist?«

»Nein.«

»Arbeitest du mit den Waldleuten oder Nils Dacke zusammen?«

»Nein.«

»Bist du zwei Meter groß?«

»Nein.«

»Hast du wahrheitsgemäß auf die Fragen geantwortet?«

»Ja.«

»Bist du achtzehn Jahre?«

»Nein.«

»Heißt du Elin?«

»Ja.«

»Hast du einen Kommentar zu meiner Brille abgegeben?«

»Ja.«

Für eine Weile beobachtet er die Bildschirme. Dann hebt er den Blick.

»Das System sagt, du seist unsicher, was deinen Namen angeht. Warum ist das so?«

»Keine Ahnung. Ich weiß, wie ich heiße. Vielleicht ist das ein Fehler des Geräts?«

»Hast du einen zweiten Vornamen?«

»Ja.«

»Wie lautet der?«

»Charlotta.«

»Gibt es jemand, der dich Charlotta nennt?«

»Nein.«

»Hat deine Tante Karin dich Charlotta genannt?«

»Nein.«

Er beobachtet sie.

»Warum zweifelst du dann also an deinem Namen?«

»Ich zweifle nicht.«

»Das Gerät sagt, dass du zweifelst.« Sie mustern sich einen Moment.

»Als ich klein war, gab es eine Serie, die ich gesehen habe. Sie hieß ›Ich bin Ellen‹. Ich habe gespielt, dass ich Ellen bin, und fand, dass sie genau wie ich war. Ich habe mich sogar Ellen genannt, und wenn meine Mutter oder mein Vater mich Elin gerufen haben, habe ich nicht geantwortet.«

»Na gut«, sagt er. Dann betrachtet er wieder die Bildschirme.

»Weißt du, wo dein Pferd ist?«

»Nein.«

»Du scheinst zu zweifeln.«

»Da gibt es nichts zu zweifeln. Es stand draußen und hat sicherlich Angst bekommen, als die Hubschrauber kamen. Sie müssen es zu Tode erschreckt haben. Es hat sich losgerissen und ist in den Wald gelaufen. Woher soll ich wissen, wo es ist?«

»Das genügt«, sagt der Mann, klappt die Bildschirme zu und zieht die Kabel heraus.

Er reicht ihr ein Päckchen Papiertücher.

»Falls du die Salbe abwischen willst.«

Er sieht zur Seite, als sie ihr Hemd öffnet. Sie zieht die Saugnäpfe ab und wischt sich die Salbe ab. Er rollt die Kabel zusammen und steckt sie in die Tasche und achtet darauf, dass sie im richtigen Fach liegen. Er starrt auf die Tasche, so als ob er einen Fehler oder einen Riss entdeckt hätte.

»Von Dalälven bis zur Grenze zwischen Östersund und Örnsköldsvik ist der Ausnahmezustand ausgerufen. Ihr könnt natürlich auf den Hof hinaus, um nach den Tieren im Stall zu sehen, aber weiter dürft ihr euch bis sechs Uhr morgen früh nicht fortbewegen.«

Er steht auf und geht zur Wohnzimmertür, klopft, öffnet sie und sagt etwas, das Elin nicht hören kann.

Als die Tür geöffnet wird, ist Musik zu hören. Elin sitzt da und hört der Musik zu, von der sie sicher ist, dass sie sie nie zuvor gehört hat. Der Mann mit dem Bart guckt in die drei Schlafzimmer, verweilt in jedem jeweils einen Moment, bis er wieder herauskommt und in das nächste geht. Als er aus Björns Zimmer heraustritt, hat er ein kleines Radio in der Hand. Er stellt es vor Elin auf den Tisch, sie sieht ihn an und denkt, dass er alt ist, man kann sehen, dass er müde ist.

»Dieses Gerät ist nicht zugelassen.«

Er spricht in ein Mikrofon, das sie vorher nicht gesehen hat, es ist so groß wie ein Stecknadelkopf und an seiner rechten Brusttasche befestigt.

»Kannst du mit einem 29er herkommen?« Und dann dreht er sich zu Elin.

»Rot, schwarz oder weiß?«

»Was meinst du?«

»Wir lassen ein anderes Radio hier. Möchtet ihr rot, schwarz oder weiß?«

»Ich wohne nicht hier. Fragen sie nicht mich.«

»Nimm ein weißes«, sagt der Grauhaarige in das fast unsichtbare Mikrofon.

Etwas später kommen Harald und die beiden Polizistinnen aus dem Wohnzimmer und der Grauhaarige streckt seine Hand aus. Elin ergreift sie. Er hat einen angenehmen Händedruck, fest und ganz trocken.

»Es klingt nicht einfach, all das, was du vorhast. Wenn du willst, kann ich die Ortspolizei informieren.«

Er sieht sie an, so als ob er sie zu einer Tasse Tee eingeladen hätte, an einem richtig kalten Tag.

»Tun Sie das nicht«, sagt sie zu ihm. »Niemand hier oben will mit denen etwas zu tun haben.«

Er zuckt die Schultern und sieht noch müder aus.

»Wie du willst.«

Der Polizist, den Elin getreten hat, kommt mit einem Karton in der Hand durch die Haustür. Er gibt ihn dem Grauhaarigen, der das Paket an Harald weiterreicht.

»Das hier ist ein Radio als Ersatz für das, das wir mitgenommen haben. Es hat einen Nachrichten- und drei Musiksender. Wenn ihr noch mehr nicht zugelassene Radiogeräte im Haus habt, rate ich euch, sie loszuwerden.«

Dann tauscht er Blicke mit seinen Kollegen aus.

»Sind wir fertig?«

»Ja«, sagen sie wie aus einem Munde. »Wir sind fertig.«

Der Grauhaarige geht zur Tür, öffnet sie und verschwindet nach draußen.

Nach einer Weile starten die Hubschrauber, die Rotorblätter wirbeln eine Staubwolke auf, und Elin und Harald stehen an der Tür und sehen zu, wie die Maschinen abheben und über den Baumwipfeln verschwinden.

25

»Was haben sie gemacht?«, fragt Elin, während sie auf dem Hof stehen und zuhören, wie die Hubschraubergeräusche verklingen.

Die Stille ist wie ein Meer aus nichts, nur ein kaum auszumachendes Rauschen des Windes im Gehölz.

»Lügendetektortest. Und bei dir?«

»Das Gleiche.«

Sie gehen weiter auf dem Hof umher und sehen sich um.

Sie betrachten beide den Mast, wo nur noch ein Rotorblatt übrig geblieben ist. Harald rüttelt am Mast, er bewegt sich nicht, aber oberhalb eines der vier Gewindebolzen, mit denen der Mast am Betonsockel befestigt ist, ist er beschädigt.

Harald räuspert sich und spuckt zur Seite.

»Wir haben ein kleines Reserverad mit kurzen Blättern, das wir aufstellen können. Das wird auf jeden Fall fürs Licht reichen, auch wenn wir ohne Heizung auskommen müssen.«

»Wir können den Holzofen benutzen«, schlägt Elin vor.

Harald nickt, und sie gehen zum Stall, wo die Schafe, Hühner und Schweine sich lautstark bemerkbar machen.

»Ich muss ihnen Fressen und Wasser geben«, sagt Harald. Eine gute Stunde sind sie mit den Tieren beschäftigt, bevor sie die Windturbine hervorholen. Sie ist in einer Tüte aus schwarzem Plastik verpackt und die drei Rotorblätter liegen daneben.

Harald und Elin helfen einander, die Turbine und die Rotorblätter in einen Schubkarren zu laden. Dann bringen sie die Fuhre zur Südseite des Hauses. Dort steht ein fünf Meter hoher Dreiecksbalken auf einem Betonsockel, da, wo früher einmal der Waldrand gewesen war. Jetzt ist da nur noch der Rand eines Steilhangs. Wenn man neben dem Balken steht, kann man bis zum Fluss blicken, ein blauer Strich in der Ferne. Harald holt eine Leiter und sie versuchen, die Turbine bis zur Halterung ganz oben auf den Balken zu bekommen, aber es gelingt ihnen nicht. Die Turbine ist zu schwer, und Harald schafft es nicht, sie hochzuwuchten. Sie gehen zurück zum Stall und legen die Turbine zurück.

»Normalerweise hat Norman die Montage übernommen. Er ist stark. Nicht einmal Björn konnte sie draufbekommen.«

»Aber du hast gedacht, du würdest es schaffen?« Er zwinkert ihr zu.

»Man weiß nie, wozu man fähig ist, bis man es versucht hat, oder?«

Sie gehen wieder hinein und tragen Holz aus dem Keller nach oben. Einige der Holzscheite sind dünn wie Bleistifte, und Harald reißt Birkenrinde von einem Scheit ab, füllt den Ofen und zündet das Feuer an. Das Geräusch des Feuers und ein schwacher Rauchgeruch breiten sich in der Küche aus.

Harald zeigt auf den Ofen.

»Der hat einen Wassertank daneben. Der Tank ist isoliert, sodass die Wärme sich im Raum verteilt. Ich schalte alles aus, bis auf einen der Gefrierschränke. Den Kühlschrank jedenfalls stelle ich ab. Wir werden dann nur Licht in der Küche haben. Wenn du duschen willst, ist es das Beste, du tust es jetzt. In einer Stunde wird es kein warmes Wasser mehr geben.«

Sie sieht ihn an.

»Das habe ich bereits getan.«

»Was?«

»Alles ausgeschaltet.«

»Hast du?«

»Hörst du schlecht, oder was? Ich habe das bereits gemacht. Ich brauche ein Handtuch.«

Harald gibt ihr ein Frotteehandtuch und sie nimmt saubere Unterwäsche aus der Satteltasche, Haarbürste, Zahnbürste und etwas Salz zum Zähneputzen. Dann geht sie ins Badezimmer, schließt die Tür hinter sich und zieht sich aus.

Sie seift sich ein und benutzt ein Shampoo, das sie im Badezimmerschrank gefunden hat. Dann duscht sie sich ab und stellt sich vor den beschlagenen Spiegel. Sie wischt den Wasserdampf weg und betrachtet ihr Gesicht, so als wäre sie unsicher, dass es auch ihres ist. Sie bürstet ihr Haar mit der kleinen Bürste mit den Plastikborsten, öffnet die Tür und lässt einen Teil des Dampfes hinaus. Dann zieht sie sich an und geht hinaus in die Küche, während sie weiter ihr langes Haar bürstet.

»Ich habe nicht so viel Wasser verbraucht.«

Harald öffnet die Fensterläden und es wird hell in der Küche. Vom Herd hört man das Knacken des brennenden Holzes. Er zeigt auf ein Hackfleischpäckchen auf der Spüle. Das Fleisch ist gefroren und scheint gerade erst aus dem Gefrierfach genommen worden zu sein. »Elchfleisch.«

Sie verzieht den Mund.

»Kann man wagen, es zu essen?«

»Jedes Mal, wenn wir einen Elch geschossen haben, kam Norman mit seinem Messgerät an. Es findet sich kein Fleisch, Fisch oder Geflügel im Gefrierschrank, das zu hohe Werte hat. Wenn es etwas gibt, wovor Norman sich fürchtet, dann ist es, etwas zu sich zu nehmen, das radioaktiv ist. Man könnte meinen, dass er in einem wissenschaftlichen Labor arbeitet, wenn man ihn mit seinen Messgeräten sieht. Er benutzt sogar verschiedene Instrumente, um nicht einer sogenannten Fehlerquelle aufzusitzen.«

Während Harald über Norman spricht, steht Elin am Fenster, blickt über den Hof und bürstet immer noch ihr Haar, wie in Gedanken versunken.

»Wir können das heute Abend essen«, redet Harald weiter. »Zum Mittag wird es wieder Speck geben. Und Eier haben wir genug.«

Er geht ins Badezimmer und sie hört, wie er dort drinnen herumkramt. Als er herauskommt und in sein Zimmer geht, riecht er nach Apfel. Als er wiederkommt, hat er eine blaue Jeans an, die neu aussieht, und ein moosfarbenes Hemd mit großen Brusttaschen. Das Hemd hat vernickelte Knöpfe, mit etwas in der Mitte, das aussieht wie Perlmutt. Elin steht immer noch vor dem Fenster und bürstet sich die Haare. Sie sind beide barfuß, und keiner von ihnen scheint an den Füßen zu frieren, und der Pferdegeruch stört sie auch nicht mehr.

»Das ist schön«, sagt sie, um zu erklären, warum sie ihr Haar so beharrlich bürstet. »Ich liebe es, die Haare zu bürsten.«

»Die sind hübsch«, sagt Harald. »Deine Haare, meine ich.« Und dann dreht er sich zum Ofen und öffnet die Tür.

»Soll ich den Speck braten?«, fragt er, legt zwei Holzscheite in den Ofen und holt die Bratpfanne hervor.

Sie bürstet weiter die Haare, ohne ihn anzusehen.

»Warum bist du nicht in die Schule gegangen?«, fragt er, während er den Speck nimmt und dünne Scheiben davon abschneidet. »Wir können Speckpfannkuchen machen, möchtest du Speckpfannkuchen haben?«

»Klar«, sagt sie. »Speckpfannkuchen sind gut.«

»Warum bist du nicht zur Schule gegangen?«

Sie geht zur Satteltasche und steckt die Haarbürste und die schmutzige Unterwäsche hinein.

»Meine Mutter und mein Vater wollten nicht, dass ich Cool einnehme.«

Er klingt verwundert.

»Ist das so schlimm?«

»Meine Eltern fanden das schon.«

»Ich habe Cool zwölf Jahre lang genommen. Guck mich an. Siehst du irgendetwas Seltsames?«

»Nein.«

»Nichts Seltsames?«

Er dreht sich zu ihr um und hebt die Arme hoch, als würde er erwarten, dass sie ihn durchsucht. In der rechten Hand hält er das Messer.

»Nein«, wiederholt sie. »Du siehst nicht seltsam aus.«

»Wovor haben deine Eltern dann Angst gehabt?«

»Vielleicht vor den Veränderungen, die man nicht von außen sehen kann?«

»Was soll das sein?«

Sie verdreht die Augen.

»Dass niemand weiß, was mit uns passiert, wenn wir schon als Siebenjährige Beruhigungspillen einnehmen und damit zwölf Jahre lang weitermachen.«

Er stellt sich mit dem Rücken zur Spüle, legt das Messer weg und stützt die Hände hinter dem Rücken auf. Er hat große Hände und seine Arme sind lang und dünn.

»Ich hatte deine Tante, bevor ihr gekündigt wurde.«

»Karin war deine Lehrerin?«

Er nickt und fährt sich mit einer Hand durch das kurze Haar.

»Sie wollte nie, dass wir das ganze Zeug mit der Treue zum Vaterland und so veranstalteten, wie wir es bei unserer vorherigen Lehrerin sollten. Und dann hat sie alles an Cool zusammengeklaut, ein ganzes Halbjahr lang. Stimmt es, dass sie es verkauft hat?«

»Nein.«

»Was hat sie dann damit gemacht?«

»Den Pillen?«

»Ja.«

»Nichts Besonderes, soweit ich weiß.«

»Aber wofür wollte sie es dann haben?«

»Sie wollte das Cool für gar nichts haben.«

»Und warum hat sie es dann geklaut? Von fünfundzwanzig Schülern, die Cool bekommen sollten, ein komplettes Halbjahr lang. Jeden Morgen. Das sind ganz schön viele Pillen. Etwas muss sie mit den Tabletten doch gemacht haben.«

Elin schüttelt den Kopf, als hätte sie Flöhe, die sie loszuwerden versucht. »Es war nicht das Cool, um das es ihr ging. Sie wollte sehen, was passiert.«

Harald sieht aus, als ob er an etwas Saurem lutschen würde, noch unentschieden, ob er ausspucken soll oder nicht.

»Sie ist ins Gefängnis gekommen.«

Elin nickt.

»Ein halbes Jahr. Sie haben gesagt, dass sie die Gesundheit der Kinder riskiert hätte. Sie hat den Kleinen Zuckerpillen gegeben und das Cool die Toilette runtergespült.«

»Warum hat sie das getan?«

Harald dreht sich zum Herd und fängt an, Pfannkuchen zu backen, und der Duft von Speck erfüllt die Küche. Elin riecht an einer Haarsträhne.

»Darf ich eine von deinen Gitarren ausleihen?«

»Klar.«

Elin holt die Zwölfsaitige, setzt sich dahin, wo sie saß, als sie die Ratte erschossen hat, und braucht eine Weile, um das Instrument zu stimmen.

Als sie anfängt zu spielen, schlägt sie ein schnelles Tempo an und ihre Stimme ist klar und hell.

They fuck you up, your mum and dad.
They may not mean to, but they do.
They fill you with the faults they had
And add some extra, just for you.

But they were fucked up in their turn
By fools in old-style hats and coats,
Who half the time were soppy-stern
And half at one another's throats.

Man hands on misery to man.
It deepens like a coastal shelf.
Get out as early as you can,
And don't have any kids yourself.

Die letzten Zeilen wiederholt sie dreimal, beim letzten Mal flüsternd. Dann legt sie die Gitarre vor sich auf den Tisch. Harald hat die Speckpfanne von der Platte gezogen und sich mit dem Rücken zur Arbeitsfläche gestellt.

»Hast du das selbst geschrieben?«

Elin schüttelt den Kopf und fasst sich mit der Hand ins Haar, um zu fühlen, ob es trocken ist.

»Nur die Musik.«

Harald nickt.

»Ich spiele meistens eine Slide.«

»Slide ist schön.«

»Alten Blues.«

»Ich mag Blues.«

Harald wendet die Speckstücke in der Pfanne,

während Elin den Tisch deckt. Keiner von ihnen sagt etwas, bis sie mit den Tellern vor sich einander gegenübersitzen.

26

Als sie aufgegessen haben, zeigt Harald mit der Gabel zum Fenster. Elin hebt den Blick, legt das Besteck weg und steht auf. Vor dem Fenster steht Black und guckt herein.

Sie geht hinaus zu ihm, und er lehnt seinen Kopf an ihre Wange. Sie erzählt von den Hubschraubern und dass sie jetzt weg sind. Harald kommt heraus, und sie streichen dem Pferd über den Rücken und über die Seiten. Dann führt Elin es in den Stall.

Black darf neben den Schafen stehen, sie striegelt ihn mit einer Bürste, die sie gefunden hat, und die ganze Zeit über spricht sie mit ihm. Dann bekommt er Wasser und Futter, und sie verlässt den Stall und geht wieder ins Haus.

Als sie zurückkommt, steht Harald an die Arbeitsfläche gelehnt und zupft einen Blues auf der Gitarre. Er legt die Gitarre auf die Ablage, als sie zur Tür hereinkommt, dreht sich zum Herd, öffnet die Klappe und legt ein Holzscheit hinein.

Elin betrachtet den schmalen Körper, die langen Arme und das verstrubbelte Haar.

»Wie kann man mit Pfeilen auf ein Pferd schießen?«

Er schließt die Herdklappe, dreht sich zu ihr um und stützt sich mit einer Hand auf die Kante der Spüle.

»Was meinst du?«

»Björn und deine Geschwister. Sie haben mit Pfeilen auf unser Pferd geschossen. Wie kann man so etwas machen?«

Harald zuckt mit den Schultern.

»Björn hat das wahnsinnig gemacht, was passiert ist, als er den Rastplatz bei der Brücke haben wollte. Er ist nicht damit klargekommen, dass dein Vater sich in der Gemeindeversammlung gegen ihn gestellt hat. Er hat davon gesprochen, Gunnar wegen Beherbergung von Terroristen anzuzeigen.«

»Wie wollte er das denn anstellen?«

»Deine Tante hätte als Grund genügt. Das wäre zum Problem für euch geworden, während der laufenden Untersuchung. Ida war es, die ihn davon abgebracht hat. Sie wollte nicht, dass Björns Wahnsinn überhandnahm.«

»Wahnsinn?«

»Er schimpfte ganze Tage lang über deinen Vater, während er rumging und das eine und das andere tat. Es war, als ob dein Vater bei ihm wie ein quälender Zahnschmerz im Schädel festsaß. Er dachte die ganze Zeit an ihn, und Norman hat er auch schon damit angesteckt. Ida versuchte, ihn zu beruhigen, aber das ging nicht.«

Da schaltet sich die Bildwand ein. Die junge, gut frisierte Frau, die beinahe immer die Nachrichten vorträgt, sieht genau in die Kamera. » … aus Militär und großen Polizeitruppen. Bei der Attacke kam niemand zu Schaden und die Polizei sagt, sie habe große Hoffnung, dass sie die Terroristen binnen kürzester Zeit umstellt hat. Großen Schaden haben überall im Land Straßen, Brücken und Kommunikationssysteme davongetragen. Erst übermorgen rechne man damit, dass alles wieder seinen gewohnten Gang gehe und die Kommunikationssysteme funktionsfähig seien.«

Die Nachrichtensprecherin dreht sich zur Seite.

»Und nun Sara – wie wird das Wetter?«

»Sie hat es wieder gemacht!«, ruft Elin. »Guck dir ihre Lippen an!« Sara kommt ins Bild.

Sie trägt einen karierten Rock, der zehn Zentimeter über dem Knie endet, und eine rosafarbene, tief aufgeknöpfte Rüschenbluse. Ihr langes braunes Haar trägt sie offen. Ihre Lippen sind voll und in der gleichen Farbe wie ihre Bluse geschminkt.

»Sie hat es auch gemacht!«, schreit Elin und zeigt zum Bildschirm.

»Genau wie die Nachrichtensprecherin. Ich kann nicht begreifen, wie lange sie vorhaben, damit weiterzumachen. Jedes Mal, wenn ich sie sehe, haben sie dickere Lippen!«

Elin schüttelt den Kopf, und Sara zeigt auf die Schwedenkarte.

Im Sektor Stenungsund-Borås-Laholm ist die Karte dunkelblau. Im blauen Gebiet ist an drei Stellen angegeben, wie hoch die radioaktive Strahlung ist. Über Göteborg befindet sich ein Dreieck mit drei Rotorblättern darin.

Sara sieht aus, als ob sie etwas Erfreuliches zu erzählen hätte.

»Ein Gebiet mit starkem Wind nähert sich Schweden von Deutschland aus. Die Winde haben sich über der Sahara gebildet und tragen Sand mit sich. Wenn der Sand nach und nach herunterfällt, entsteht das Phänomen des Blutregens. Dieses Phänomen kann aussehen, als ob der Himmel blutet, aber es hat ganz natürliche Ursachen.«

Sie räuspert sich.

»Es ist weiterhin warm für diese Jahreszeit. Einzig im Gebirge können Minusgrade erreicht werden. In Börtnan rechnen wir mit leichtem Schneefall und nächtlichen Temperaturen von bis zu minus fünf Grad. In Mittelschweden ist die Wetterlage etwas unvorhersehbar. Es kann hier wieder zu Winden in Orkanstärke kommen. Man sollte auf einen plötzlichen Wetterumschwung gefasst sein.«

Sara lächelt und dreht sich zur Nachrichtensprecherin, die auch lächelt und mitteilt, dass nach der Werbung noch mehr Nachrichten folgen.

Harald nimmt die Fernbedienung und macht die Bildwand aus. Elin hat bereits ihr Mobil hervorgeholt und versucht, hineinzusprechen und danach etwas zu schreiben, aber sie kann keine Verbindung aufbauen. Harald probiert es ebenfalls vergeblich und Elin lässt ihr Mobil zurück unter das Hemd gleiten.

»Nichts«, stellt sie fest.

»Irgendeine Attacke«, sagt er.

»Ich kann nicht vor morgen früh weg«, sagt sie. »Derjenige, der mich verhört hat, hat das gesagt. Es herrscht Ausnahmezustand.«

»Ich komme mit dir mit.«

Die Überraschung ist in ihrer Frage hörbar.

»Warum?«

»Du findest es alleine nicht.«

»Wenn du mir eine Karte zeichnest, finde ich es.«

»Das glaube ich nicht.«

Sie klingt gekränkt.

»Glaubst du, ich kann keine Karte lesen?«

»Klar kannst du eine Karte lesen, aber ich bin nicht sicher, ob ich eine Karte zeichnen kann, die brauchbar ist. Ich bin bisher nur einmal in Nergården gewesen, seit sie umgezogen sind.«

»Warum solltest du mit mir kommen?«, fragt sie und ihr Misstrauen ist deutlich spürbar.

Er hört ihren skeptischen Tonfall und weicht zurück.

»Natürlich nur, wenn du möchtest, ich komme nicht mit, wenn du nicht willst.«

»Wir können das morgen früh entscheiden«, sagt sie und ist froh, dass sie eine Möglichkeit gefunden hat, die Entscheidung aufzuschieben.

»Na klar«, sagt er. »Das können wir.«

»Wir haben nur ein Pferd.«

»Ich kann nebenhergehen.«

»Du warst krank. Das schaffst du nicht.«

»Morgen bin ich gesund. Morgen kann ich gehen. Ich habe kräftige Beine.«

Sie betrachtet seine Beine. Sie sind lang und er wackelt ein wenig erst mit dem einen, dann mit dem anderen, als ob er etwas zu verkaufen hätte. Sie sieht auf seine Füße und dann zum Fenster.

»Sollen wir essen?«, fragt sie.

27

Die Pfanne mit den Speckpfannkuchen steht zwischen ihnen, und sie essen alles auf.

»Wer hat dir das Spielen beigebracht?«

»Großvater«, antwortet sie mit vollem Mund. »Momentan spiele ich meistens Geige. Wir haben immer zusammen gespielt, Großvater und ich.«

»Was spielt ihr?«

Sie fängt an zu summen und er stimmt ein. Beide haben den Mund voll Essen. Nach einer Weile fangen beide an zu lachen, und sie lacht so, dass sie das Essen über den Tisch spuckt.

»Das alte Hårgalied«, sagt er.

»Genau«, sagt sie. »Wer hat es dir beigebracht?«

»Mama.«

»Wo ist sie?«

»Abgehauen.«

»Weißt du, wo sie ist?«

»Bei Verwandten im abgesperrten Gebiet.«

»Ist es lange her?«

»Drei Jahre.«

»Meldet sie sich?«

Er zuckt mit den Schultern.

»Sie arbeitet mit den Strahlungskranken.«

»Warum ist sie abgehauen?«

»Björn.«

»War er gemein?«

Er knallt die Gabel auf den Tisch, als ob er eine Delle im Holz hinterlassen will.

»›They fuck you up …‹. Das trifft wirklich auf Björn zu. Oder traf, man muss jetzt wohl ›traf‹ sagen, weil er tot ist.«

Eine Weile schweigen sie. Elin sieht Björn vor sich, wie er daliegt, einen Fuß im Steigbügel, die Pfeilspitze ragt zwischen den Schulterblättern hervor. Es ist, als ob sie gar nicht mehr im Raum ist, sondern auf Black sitzt, mit der Armbrust in der Hand.

»Vermisst du deine Mutter nicht?«

»Ich versuche, nicht an sie zu denken. Spielst du sonst noch etwas?«

»Blockflöte war das Erste, was ich mir beigebracht habe.«

Harald steht auf und geht zum näheren der beiden Gefrierschränke, öffnet ihn und holt eine kleine Tüte heraus.

»Magst du Kaffee?«

»Ja.«

Er hält die Tüte hoch.

»Norman und Ida trinken nur Kräutertee. Der Kaffee ist meiner, weil niemand anderes Anspruch drauf erhebt. Willst du ihn stark?« Sie nickt, und als sie ihn ansieht, denkt sie, dass er eine schöne Art hat, sich zu bewegen.

Er steht mit dem Rücken zu ihr und füllt Wasser in einen Kessel.

»Ich spüre, dass du mich ansiehst.«

»Nein«, lügt sie. »Mache ich gar nicht.«

Als er sich umdreht, betrachtet sie die fast leer gekratzte Pfanne, nimmt die Gabel und pickt die allerletzten Reste auf.

»Warum sollte ich das machen?«, fragt sie. »Warum sollte ich dich ansehen? Wir haben uns ja die ganze Zeit gesehen.«

»Haben wir?«

Da schaltet sich die Bildwand ein.

Eine Frau in weißem Kittel mit einem Stethoskop in der Brusttasche guckt genau in die Kamera.

»Wenn sie niedergeschlagen sind, Schlafstörungen haben, an Stimmungsschwankungen, Antriebslosigkeit, Albträumen, dem Gefühl der Leere leiden oder von häufigen Weinattacken heimgesucht werden, dann brauchen sie möglicherweise Strong Cool. Fragen Sie Ihren Arzt. Die Hälfte der volljährigen Bevölkerung nimmt Strong Cool täglich. Nehmen auch Sie Strong Cool – es hilft.« Und dann geht das Bild über in einen Skihang, an dem Schneekanonen in Betrieb sind. Neben dem Hang liegt kein Schnee. Eine intensive und aufdringliche Männerstimme sagt:

»Hier in St. Anton warten wir auf die Abfahrt der Damen. Als Erste kommen Tanja Fritzel, Maitje Göbbels und Laureen Papon. Wer wird die Sieger …«

Harald drückt auf die Fernbedienung und das Bild verschwindet.

»Mit der Fernbedienung stimmt was nicht. Ich werde das Kabel rausziehen.«

Er geht zum Sicherungskasten im Flur, und Elin hört ihn eine Weile herumhantieren.

Dann kehrt er zurück an den Herd und gießt das heiße Wasser in eine Glaskanne.

»Wollen wir spielen?«

Er tritt mit der Kanne heran und stellt sie auf den Tisch.

»Warum nicht?«

28

Sie wechseln sich mit der Zwölfsaitigen ab und spät am Abend essen sie das Elchfleisch und sprechen dann darüber, wie sie schlafen werden.

»Wir nehmen Björns Matratze«, schlägt Harald vor. »Wenn wir sie auf den Boden vor den Ofen legen, können wir beide dort liegen und müssen nicht frieren.«

Elin lässt ihren Blick über die Wände schweifen, so als ob sie eine Ecke sucht, wo sie ganz allein liegen kann.

»Ich weiß nicht, ob ich in der Küche schlafen will.«

»Am Herd ist es warm.«

Elin sieht sich um und runzelt die Stirn.

»Ich weiß nicht, ob ich hier schlafen will.«

Er beobachtet sie eine Weile. Elin knetet mit den Fingern der rechten Hand die Fingerspitzen der linken Hand.

»Wund gespielt?«

Sie nickt und er fühlt bei seinen eigenen Fingerspitzen nach und untersucht sie.

»Ich liege auf jeden Fall vor dem Herd. Es wird nachts kalt werden, hat die Wetterfrau gesagt.«

Elin lacht.

»In Börtnan.«

Harald sieht verlegen aus.

»Ja, dann kann es hier ja doch auch kalt werden, oder?«

Elin spottet. »Weißt du, wo Börtnan liegt?«

»Nein.« Sie singt:

It is cold, cold, cold in Börtnan.
It is hot, hot, hot in hell …

Harald trommelt mit den Fingern auf den Tisch und singt ebenfalls. Sie wiederholen die Strophe, und Elin stimmt oberhalb Haralds Stimme ein.

»Lass uns noch weiterspielen«, schlägt er vor. Sie schüttelt den Kopf.

»Kann nicht. Die Finger bluten.« Harald singt:

It's a red, red rain, that's gonna fall.
It's a red, red rain, that's gonna fall.

Beide trommeln mit den Händen auf die Tischplatte und nach einer Weile steht Harald auf, geht zum Ofen, füllt ihn mit Holz und geht dann in Björns Zimmer. Als er zurückkommt, schleppt er die Doppelmatratze mit sich.

Elin hilft ihm und sie legen sie auf den Fußboden vor den Herd und holen dann Decken und Kissen.

Harald wirft sich auf die Matratze und streckt sich aus.

»Richtig gemütlich.«

Elin singt, während sie im Badezimmer verschwindet.

It is hot, hot, hot in hell …

Als sie zurückkommt, hat sie die Zähne geputzt und die Jeans ausgezogen. Harald liegt auf dem Rücken, die Hände hinter dem Kopf verschränkt.

»Es ist warm hier«, sagt er.

Sie geht zur Matratze und rückt die Kissen zurecht, sodass sie am weitesten außen auf der Seite am Küchentisch liegen kann. Nach einer Weile kriecht sie unter die Decken, zieht eine Wolldecke zu sich heran und breitet eine andere über sich aus. Die Wolldecken sind dick und vermutlich selbst gewebt. Sie denkt an Annas Webstuhl, das Geräusch des Webbaums, das Muster, das entsteht, und an die Schafe, die in den Vorjahren noch hatten hinausgehen können.

»Jemand sollte das Licht ausmachen«, murmelt sie.

Er steht auf, geht zum Lichtschalter an der Haustür und macht das Licht aus. An den Rändern der Herdklappe ist der Widerschein des Feuers und der Glut sichtbar, und sie liegen beide mit dem Gesicht zum Herd gedreht, den Arm unter dem Kissen.

»Richtig schön«, sagt er.

»Hm.«

Er macht sie nach.

»Hm?«

»Ja, hm.«

»Was meinst du?«

Sie schweigt eine Weile, bevor sie antwortet.

»Ich liege auf Björns Matratze.«

»So what?«

»Er hat darauf noch vor ein paar Nächten geschlafen. Jetzt ist er tot.«

»Möchtest du woanders schlafen?«

Nach einer Weile wiederholt er die Frage:

»Möchtest du?«

»Nein.«

Sie schweigen. Elin schließt die Augen und sieht Björn auf dem Pferd vor sich, nachdem er vom Bolzen getroffen wurde. Sie sieht ihn fallen und öffnet die Augen, um das Bild loszuwerden. Sie liegt da und guckt zum Herd, wo das Feuer am Rand der Herdklappe zu sehen ist. Allmählich kann sie an etwas anderes denken als an das Bild des sterbenden Björn.

Doch die anderen Gedanken sind ebenso beunruhigend. Sie hat Lisa in ihrem weißen Nachthemd mit Vergissmeinnicht vor Augen und einen Moment später Vagn.

Sie haben zusammen Gitarre gespielt, Vagn hat ihr beigebracht, ohne Sattel zu reiten, sie haben gemeinsam Wild aufgelauert, es geschossen und mit nach Hause gebracht. Sie erinnert sich an das erste Mal, wo sie zu ihm gesagt hat, dass sie das Tier selbst tragen kann, sich den Rehbock über die Schulter geworfen und den schweren Körper getragen hat, bis ihre Beine nachgaben und der Rücken schmerzte. Er war es, der ihr das Schwimmen und das Schachspielen beigebracht hat. Und sie hatte ihm das Tanzen beigebracht.

Großvater, Mama und Papa tauchen alle nacheinander wie Filmsequenzen in ihrem Inneren auf, und sie wird immer wacher und das Einschlafen wird immer unmöglicher.

Sie hört Haralds Atem zu und sie versucht, an etwas zu denken, was sie beruhigen könnte, aber es gelingt ihr nicht.

Als es dämmert, ist sie immer noch wach, das Feuer im Herd ist ausgegangen und sie hat sich nicht getraut, Holz nachzulegen, aus Angst, Harald zu wecken.

Sie geht allein über eine sumpfige Wiese, und als sie sich umsieht, entdeckt sie, dass die gelben Blumen Schlangen sind. Sie sieht ihre nackten Füße, und ihr wird klar, dass sie gebissen werden wird und dass alles aus ist. Da rennt Lisa aus der anderen Richtung auf sie zu. Sie ist auch barfuß, und Elin ruft ihr zu, dass sie auf die Schlangen aufpassen soll, aber wie sehr sie auch ruft, Lisa scheint sie nicht zu hören.

Elin erwacht von ihrem eigenen Wimmern. Es ist fast hell in der Küche, und Harald liegt auf der Seite, von ihr weggedreht, und sie liegt dicht an ihm, den rechten Arm auf seiner Hüfte.

Sie rollt auf die andere Seite und wickelt die Wolldecken enger um sich. Er ist krank gewesen und braucht seinen Schlaf, denkt sie. Er braucht allen Schlaf, den er bekommen kann. Später werden sie nach Nergården aufbrechen, und er wird ihr helfen, dorthin zu finden.

Dann kommen die Gedanken an Björn zurück. Wieder sieht sie seinen Körper mit dem einen Fuß im Steigbügel und dem Bolzen in der Brust. Hier liege ich mit dem Sohn desjenigen, den ich erschossen habe.

Das ist Wahnsinn. Ich hätte nie so werden dürfen. Sie schlägt die Decken zur Seite und steht auf. Sie geht zum Tisch und greift sich ihre Strümpfe und die Jeans, während sie aus dem Fenster sieht, kehrt zur Matratze zurück und kriecht wieder unter die Decken. Er hat sich zur Seite gedreht und streckt eine Hand aus, als würde er ihren Körper suchen, aber sie bleibt auf ihrer Seite.

Ohne die Augen zu öffnen, fragt er:

»Ist schon Morgen?«

»Ja.«

»Ist es kalt?«

»Auf dem Gras ist Raureif.«

»Hast du geschlafen?«

»Nicht viel. Und du?«

»Die ganze Nacht.«

»Ich hatte einen Albtraum.«

Er antwortet nicht, und sie vermutet, dass er wieder eingeschlafen ist. Sie steht auf und holt ein paar Birkenscheite, macht die Rinde ab und dann steckt sie alles in den Ofen und zündet es an.

»Wir können Kaffee trinken«, sagt er mit geschlossenen Augen. »Es gibt mehrere Kilo eingefroren.«

29

Sie füllen einen Kanister mit Wasser, die Thermoskanne mit Kaffee und packen Pfannkuchen ein, Extrapullis und Regenjacken. Sie stehen neben dem Pferd. Es stürmt nicht mehr als sechs oder sieben Metersekunden, es ist sonnig und beinahe warm. Sie sind mit der Armbrust gewaffnet und tragen beide einen Gürtel mit Köchern für die Bolzen.

»Ida ist vor vierzehn Tagen hier auf dem Hof von einem Rudel Wildschweine attackiert worden«, sagt Harald und zeigt hinunter zum Waldrand. »Da kamen sie her, und sie haben sie bis zur Tür verfolgt.

Björn und Norman haben sie mit Pfeilen beschossen, und das ist ihnen nicht gut bekommen.«

Elin nickt.

»Solche Vorfälle gab es bei uns auch. Meine kleine Schwester geht nicht mehr allein raus.«

»Du reitest«, sagt er. »Wir nehmen die Abkürzung.«

Sie nickt wieder, setzt einen Fuß in den Steigbügel und schwingt sich in den Sattel.

Sie begeben sich den Hügel hinunter, am Stahlbalken vorbei, wo sie das Windrad montieren wollten, und nach einer Weile sind sie unten im Tal. Der Wald liegt verwüstet da, an vielen Stellen ist er durch die Stürme vollständig kahl.

»Nur jeder fünfte Baum ist stehen geblieben. Das ist unser Wald. Wir sollen die Reste klein hacken und an die Dimethyletherfabrik schicken. Die Einnahmen von diesem Geschäft sind minimal.«

»Wovon lebt ihr?«

Er dreht den Schirm seiner Kappe zur Seite, um den Blick heben und ihr ins Gesicht sehen zu können.

»Björn hat zusammen mit Svante Bagger. Sie haben zwei Jahre lang am Sicherheitsweg mitgebaut. Was machen deine Eltern?«

»Kaufen und Verkaufen an der Börse. Wertpapiere, Rohstoffe. Meine Mutter ist gut darin, mein Vater eher weniger. Aber wir können jedenfalls wohnen bleiben.«

Als er das erste Mal stolpert, sagt sie nichts, aber beim zweiten Mal sitzt sie ab.

»Jetzt bist du an der Reihe.«

Er nimmt im Sattel Platz, und sie geht nebenher.

Ganz unten im Tal ist der Boden sumpfig, und sie reiten den nächsten Hang hinauf, wo wieder mehr Sträucher und Bäume wachsen. Vom Bergrücken sehen sie einige Kilometer entfernt den Fluss. Elin nimmt das Fernglas und richtet es gen Süden.

»Sie arbeiten an der Brücke«, sagt sie und reicht Harald das Fernglas. Black schnaubt und wirft den Kopf zur Seite, und Harald dreht am Okular und beugt sich vor, um besser sehen zu können.

»Beide Bagger sind im Einsatz. Dann noch Hansons aus Mora mit den Autos … die halbe Brücke ist weg.«

Er gibt Elin das Fernglas zurück. Als sie es nach oben richtet, kommen zwei Männer in Tarnuniform aus einem Fichtengestrüpp. Beide richten ihre Maschinengewehre auf sie, und der, der näher ist, ruft:

»Hände in die Luft, Hände in die Luft, lasst die Hände oben!«

Elin und Harald heben die Hände, und derjenige, der den Befehl erteilt hat, ruft noch einmal:

»Du hast etwas in den Händen, lass es fallen!« Elin zeigt, was sie in der Hand hält.

»Das ist ein Fernglas.«

Der Mann ist zwanzig Meter entfernt.

»Lass das, was du in der Hand hast, fallen oder ich schieße!«

Elin lässt das Fernglas los. Es landet im Gras. Der eine der Soldaten geht langsam vorwärts, über seine Waffe gebeugt und mit dem Zeigefinger am Abzug. Wenn er über einen Ast stolpert, könnte er sie aus Versehen erschießen, denkt Elin.

»Du auf dem Pferd!«, ruft derjenige, der etwas weiter weg steht.

»Wirf deine Waffen weg und leg dich auf den Boden!« Er schwenkt seinen Gewehrkolben.

»Du auch! Wirf die Waffen weg und leg dich auf den Boden, Beine breit, Arme ausgestreckt.«

Die beiden Männer stehen ein paar Meter vor ihnen, und einer der beiden spricht in ein Funkgerät.

»Hände auf den Rücken«, kommandiert der andere, und dann spürt Elin die ihr bekannten Plastikriemen, die an ihren Handgelenken zugezogen werden, diesmal fester.

Sie liegt mit dem Gesicht auf einem Fichtenzweig, und Feuchtigkeit dringt durch ihre Jeans. Sie riecht den Harzgeruch der Zweige auf dem Boden. Sie versucht, eine bequemere Liegeposition zu finden, aber einer der Soldaten tritt gegen ihren Fuß.

»Lieg still!«

Nach einer Weile hören sie das Geräusch eines Verbrennungsmotors, dann ist das Kettenfahrzeug da, und der eine der Soldaten hilft ihnen auf die Füße, während der andere seine Waffe zum Abfeuern bereithält. Er hat eine Kamera am Gewehr.

Die hintere Tür des Wagens wird geöffnet. Die Soldaten stoßen sie hinein und schließen die Tür hinter ihnen. Einer der Soldaten riecht stark nach Schweiß. Er atmet mit offenem Mund, und sein Blick wandert nervös hin und her.

Dann rollt der Wagen los. Er schlingert wie ein Boot auf hoher See. Elin und Harald werden hin und her geschleudert und rollen auf dem Boden vor und zurück.

Dann plötzlich fährt das Fahrzeug einen kurzen Moment auf ebenem, fast glattem Boden, und schließlich hält der Wagen. Sie hören Lachen, dann jemanden, der etwas über eine Schlampe sagt, dann wird es still.

»Warum lassen sie uns nicht raus?«, fragt Harald nach einer Weile.

»Vielleicht wollen sie uns woandershin bringen.«

»Es war das Fernglas. Ohne das hätten sie sich nicht für uns interessiert.«

Einen Moment später wird die Doppeltür geöffnet, und zwei Soldaten, andere als die, die sie gefangen genommen haben, ziehen an Haralds Bein. Einer von ihnen reißt am Stiefel, sodass er sich vom Fuß löst. Harald wird herausgezerrt und landet auf der Erde. Dann werden die Metalltüren geschlossen.

Schwaches Licht kommt durch kleine Fenster hoch oben auf jeder Seite. Elin hört einen der Soldaten fluchen. Dann wird es still.

Nach einem weiteren Moment werden die Türen wieder geöffnet und die gleichen Soldaten greifen Elins Füße und ziehen sie grob über den Boden des Kettenfahrzeugs. Ihre Wangen scheuern über den Boden, die Haut schürft auf. Sie lassen sie auf den Boden fallen. Einer der Männer legt eine Hand auf ihren Hintern und schlägt darauf.

Die Soldaten fassen Elin unter den Armen und

schleppen sie zu einem rot gestrichenen zweistöckigen Haus mit weißen Fensterrahmen. Zwei weitere Kettenfahrzeuge parken vor dem Haus. An der Pforte steht eine Gruppe rauchender Soldaten mit umgelegten Maschinengewehren. Sie werfen Elin teilnahmslose Blicke zu, einer sagt etwas, und die anderen lachen.

Das Haus, auf das sie zugehen, ist an der Längsseite mit Metallstreben verstärkt. Um das Haus herum ist ein Metallzaun errichtet, von dem Drahtseile zu Betonsockeln an den Ecken führen. Oberhalb der Tür prangt ein verschnörkelter Text. »Nergården 1888«, blaue Farbe auf weißem Grund.

Dann sind sie drinnen im Vorraum.

30

Es riecht nach Essen und feuchten Kleidern. In Tarnfarben gekleidete, unrasierte Männer sitzen zurückgelehnt auf Holzstühlen, Maschinengewehre liegen auf den Tischen vor ihnen. Das Linoleum ist voller Risse. Vor ihr wird eine Tür geöffnet, und sie bekommt einen Stoß in den Rücken und fällt, aber schafft es zu verhindern, dass sie mit dem Gesicht auf dem Boden aufschlägt. Ihr linkes Knie schmerzt. Dann wird die Tür hinter ihr geschlossen, und jemand macht im Nebenraum Musik an.

Es war Tanz Samstagnacht, ein Lachen und Lärmen,
und es hallte weithin von den lustigen Schwärmen,
ein Juhu! und ein Hopp! und und ein Hej!

Die Musik dröhnt. Die Wände sind nicht dick. Es gibt ein Fenster ohne Gardinen und einen Holzstuhl. Helle Rechtecke auf der Tapete. Bilder wurden abgenommen, drei Stück. Die Musik ist so laut aufgedreht, dass es klingt, als ob sie aus den Lautsprechern in dem Raum kommt, in dem sie sich befindet.

Vor den Holzstühlen liegt eine Frau, nackt, bis auf den Stoffsack über dem Kopf. Die Hände sind mit Plastikriemen auf dem Rücken verbunden und sie liegt zusammengekauert, die Knie an die flache Brust gezogen.

Da war Bolla, das prächtige Takene-Täubchen,
sie ist arm, aber hübsch mit dem reizenden Häubchen
und lustig und geckig und keck.

Elin steht auf und humpelt zu der Frau hin. Die Musik aus dem Nebenraum verstummt. Gelächter, eine Männerstimme: »Frag doch Tunberg!«, tönt es durch die Wand. »Der Teufel weiß doch nicht einmal, wie man richtig scheißt!«

Gelächter.

Elin tippt mit der Stiefelspitze den Fuß der liegenden Frau an. »Du«, sagt sie. »Was ist mit dir?«

Keine Antwort.

»Was ist los?«

Die Frau dreht sich zur Seite und stöhnt.

»Kannst du den Sack wegnehmen?«

»Ich kann es versuchen.«

Elin hockt sich mit dem Rücken neben den Kopf der Frau, passt auf, dass sie das Gleichgewicht nicht verliert, bekommt den Sack zu greifen und richtet sich auf. Sie spürt das Gewicht des Kopfs der Frau. Dann hört sie den Schlag, als der Kopf auf dem Boden aufkommt. Sie hat den Sack in der Hand hinter dem Rücken, geht ein paar Schritte rückwärts und betrachtet die nackte Frau. Sie lässt den Sack zu Boden fallen. Die Frau hat Haare wie Anna, eine mächtige blauschwarze Mähne, und die Augen sind dunkel.

»Ich heiße Elin.«

Nach einer Weile kommt die Antwort: »Syria.«

»Was haben sie mit dir gemacht?«

»Ausgefragt zu Sachen, die ich nicht weiß. Wie viel Uhr ist es?«

»Bald mitten am Tag. Warum haben sie dich mitgenommen?« Die Frau mit Namen Syria antwortet nicht.

Elin ist schwach, und ihre Beine zittern. Sie hat Angst, dass sie umkippen könnte, und geht ein paar Schritte auf den Stuhl zu, tritt wiederholt gegen die Stuhlbeine, und es gelingt ihr, ihn zu bewegen.

Sie setzt sich.

»Was werfen sie dir vor?«, fragt Elin, und ihre Stimme klingt gar nicht wie ihre, sondern als käme sie aus einem Hohlraum, wo es kalt ist und Wasser von der Decke tropft.

»Sie sagen, ich hätte Terroristen im Haus gehabt. Aber das stimmt nicht. Mein kleiner Bruder und seine Kameraden sind die Einzigen, die in einer ganzen Woche bei mir waren. Wahrscheinlich liegt es daran, dass ich nahe der Brücke wohne, dass sie mich mitgenommen haben. Sie denken wohl, nur weil ich in der Nähe wohne, weiß ich irgendwas. Haben sie dich geschlagen?«

»Nein.«

»Du hast eine Wunde an der Wange.«

Elin spürt die Schürfwunde in dem Moment, wo Syria sie erwähnt. Sie hat sie vergessen. Jetzt erinnert sie sich.

Das Kettenfahrzeug und das Holpern. Die Übelkeit, die über sie kam, nach nur ein paar Minuten auf dem wackelnden Metallboden. Das Verlangen, sich zu übergeben.

»Nein«, sagt sie. »Sie haben mich nicht geschlagen. Was haben sie mit dir gemacht?«

»Es sind viele«, sagt Syria und versucht, die Lippen mit der Zunge zu befeuchten. »Ich bin nicht nackt, weil es zu warm ist. Sie halten mich hier, seit ich hergekommen bin. Wenn sie diese Musik anmachen, geht es los, musst du wissen. Manchmal setzen sie dir Kopfhörer auf und drehen die Lautstärke so weit auf, dass du meinst, dein Kopf zerspringt. Manchmal kommt einer und fragt, ob du dich erinnerst, ob sich etwas verändert hat, ob du etwas zu erzählen hast. Wenn du sagst, dass du alles gesagt hast und es nichts hinzuzufügen gibt, drehen sie die

Musik wieder auf und machen weiter. Was hast du gemacht?«

»Nichts.«

Die Frau auf dem Boden schweigt.

»Nichts«, wiederholt Elin, und das Atmen fällt ihr schwer. Es ist, als ob Syrias Erzählung zu einem Band wird, das ihr die Brust zuschnürt. Der Schreck fährt durch ihren Körper und wird zu heißem Eisen in ihren Händen, die langsam taub werden.

Sie schweigen beide.

»Gibt es jemanden, der weiß, dass sie dich gefasst haben?«, fragt Syria nach einer Weile.

»Ja.«

»Wer?«

»Er heißt Harald Torson. Sie haben uns beide gleichzeitig mitgenommen.«

»Dann nützt es dir nichts«, sagt Syria. »Wenn er der Einzige ist, der weiß, dass du hier bist, können sie alles Mögliche mit dir anstellen. Sie können dich mit einer Motorsäge zerstückeln und dich von einem der Kettenfahrzeuge werfen, hier oder im Wald. Später werden sie dann behaupten, dass es die Terroristen waren, dass die Waldleute diejenigen so behandeln, die ihnen abspringen.«

»Warum sollten sie das mit mir machen?«, fragt Elin, und ihr Herz klopft so stark, dass es sich anfühlt, als ob etwas in ihrer Brust zerspringen würde.

»Wenn niemand weiß, dass du hier bist, können sie alles Mögliche mit dir machen.«

»Harald ist hier«, krächzt Elin.

»Um ihn kann es einem leidtun«, murmelt Syria kaum hörbar. Dann schweigen sie wieder. Syria dreht sich zur anderen Seite, sodass Elin ihr Gesicht nicht länger erkennen kann. Ihr nackter Körper zittert. Es sieht aus, als würde sie weinen.

Syria liegt mit dem Rücken zu Elin, fast zwei Meter entfernt, und Elin betrachtet das Plastikband um ihre Handgelenke. Die Übelkeit aus dem Kettenfahrzeug ist wieder da.

»Wenn du etwas weißt«, sagt die Frau, »dann solltest du gleich reden. Sie werden nicht aufgeben. Sie können dich hier zweiundsiebzig Stunden festhalten. Und wenn keiner weiß, dass du hier bist, dann können sie dich eine Ewigkeit festhalten.«

»Ewigkeit?«

»Bis du in der Ewigkeit verschwindest. Weißt du etwas?«

»Nein.«

»Sicher?«

»Ja.«

»Alle wissen etwas«, gibt die Frau auf dem Boden zu. »Hier gibt es keine Geheimnisse. Das Erste, was sie machen, ist, dir den Sack überzuziehen. Dann ziehen sie dich aus.«

Im Zimmer nebenan fängt die Musik wieder an, aber nun mit noch höherer Lautstärke.

Man sah Flaxman vom Torp und Niklas von Swängen
und Pistol, den Rekruten, im Tanze sich drängen –
und Kall-Johan von Skräddareby.

Die Tür wird geöffnet, und ins Zimmer kommt der bärtige Brillenträger im Overall, den Elin gerade erst getroffen hat, wie es ihr scheint. Zwei Soldaten gehen hinter ihm. Sie beugen sich zu der Frau auf dem Boden, ziehen ihr den Sack über und heben sie hoch.

»Syria«, flüstert der Graubärtige. »Was sollen wir mit dir machen?« Dann zeigt er zur Tür, und die Frau namens Syria wird von den Soldaten hinausgeführt, fast getragen.

Der Bärtige stellt sich ans Fenster und guckt hinaus. Aus dem Nebenraum ist ein kurzer Schrei zu hören, die Musik wird aufgedreht und der Bärtige holt die kleine Drahtschere hervor. Dann geht er zu Elin und sie spürt seine Hände an ihren Handgelenken. Dann schneidet er die Riemen ab, auf dieselbe Art wie letztes Mal.

Die Musik im Nachbarraum verstummt.

»So sehen wir uns wieder«, stellt er fest und steckt die Zange weg.

Elin reibt sich die Handgelenke.

»Du solltest dich nicht um sie kümmern«, sagt er und zeigt Richtung Nebenraum.

»Sie hat Steine auf unsere Autos geworfen, sie ist nicht ganz dicht«, und er tippt sich mit dem Zeigefinger an die Schläfe.

»Was habt ihr mit Harald gemacht?«, fragt Elin und reibt sich weiter die Handgelenke. Die Haut ist aufgeschürft. Es brennt.

»Nichts Besonderes«, gibt der Bärtige zu. »Es war ein Irrtum, dass ihr hergebracht wurdet. Wir waren auf einen ganz anderen Fang aus, und ihr seid durch irgendein Versehen ins Netz gegangen. Ihr dürft bald wieder gehen. Willst du irgendetwas haben? Ein bisschen Wasser vielleicht?«

»Danke.«

Er öffnet die Tür und ruft in den Flur.

»Ein Glas Wasser!«

Dann schließt er die Tür wieder.

»Deine Tante ist eine der meistgesuchten Personen im Land, aber du weißt natürlich nicht, wo sie ist?«

»Woher soll ich wissen, wo sie ist?«

»Klar, woher solltest du es wissen? Bist du immer noch unterwegs zu deinem Bruder?«

»Ja.«

Der Bärtige legt den Kopf schief.

»Das hier ist ein Militärposten, und du und deine Begleitung könnt nicht hierbleiben, ihr müsst verschwinden. Wir können es allerdings auch nicht brauchen, dass ihr hier auf unserem Gebiet herumspringt. Ich gucke mal, was wir machen können.«

»Wo ist mein Pferd?«

Er zeigt zur Tür. »Da draußen.«

»Wann dürfen wir gehen?«

»Bald.«

Es klopft an der Tür, und der Bärtige öffnet und nimmt ein Glas entgegen.

Er reicht es ihr. Anscheinend findet er, dass sie das Glas ansieht, als ob etwas Gefährliches drin sein könnte, daher muntert er sie auf zu trinken.

»Das ist ganz normales Wasser.«

Sie leert das Glas und gibt es dem Bärtigen zurück, der die Tür mit dem Glas in der Hand öffnet, während er die andere Hand in die Tasche steckt und das kleine Fernglas herauszieht.

Er gibt es ihr.

»Nimm es nicht heraus, bevor du wieder zu Hause bist. Die Jungs der Jägertruppen mögen es nicht, Zivilisten mit Ferngläsern zu sehen. Sie haben die Erfahrung gemacht, dass das gefährlich werden kann.«

Dann verschwindet er im Flur.

31

Elin zieht den Stuhl zum Fenster und setzt sich. Sie kann den fünfhundert Meter entfernten Fluss sehen und hin und wieder gelingt es ihr, im oberen Teil des Fensters den Umriss eines Baggers auszumachen.

Es ist still geworden im Haus, und sie nimmt das Fernglas hervor, betrachtet den Fluss und sucht nach einer Wuhne in der Eisschicht, aber dafür ist nicht die Jahreszeit, es gibt keine Fische, die dort Luft holen könnten. Sie sucht trotzdem, als würde die Fantasie, dass sie eines schönen Juliabends am Fluss sitzen könnte, etwas von den schrecklichen Erinnerungen und grauenhaften Ahnungen tilgen, die in ihr stecken.

Sie entdeckt etwas, von dem sie erst glaubt, dass es

ein Biber ist, doch dann erkennt sie einen schwimmenden Hund. Er schwimmt nur einen kurzen Moment, dann geht er an Land und verschwindet hinter dem Bewuchs am Flussufer.

Dann wird die Tür geöffnet und sie wundert sich, dass sie gar nicht abgeschlossen ist. Sie guckt zu den Fensterriegeln, sie sehen ganz normal aus, so als ob sich das Fenster öffnen ließe.

Ein Soldat kommt ins Zimmer. Er ist klein und hat einen spärlichen Bartwuchs. Er sieht aus wie ein Junge, denkt sie. In der einen Hand hält er einen tiefen Teller, in dem ein Blechlöffel liegt. Er hält ihn ihr hin. Sie steht auf und nimmt den Teller entgegen. Sein Inhalt dampft.

»Erbsensuppe«, sagt er. »Die ist gut.«

»Hattet ihr schon Mittag?«

Er schüttelt den Kopf. »Die ist von gestern.«

»Hast du meinen Freund gesehen?«

Sein Blick weicht ihr aus. »Ich darf auf solche Fragen nicht antworten. Willst du Wasser haben?«

»Ja, gerne. Wie heißt du?«

Er dreht sich um und geht, ohne zu antworten. Elin setzt sich wieder auf den Stuhl und sieht hinunter zum Fluss.

Die Suppe ist heiß und sie verbrennt sich daran. Sie stellt den leeren Teller auf den Fußboden. Nach einer Weile kommt der junge Soldat mit dem Wasserglas wieder. Elin steht auf. Sie ist größer als der Soldat.

»Ich habe mich um dein Pferd gekümmert. Es hat

ein bisschen von dem Futter bekommen, das wir für unsere eigenen Pferde haben.«

»Wie nett.«

Er reicht ihr das Glas, das bis zum Rand gefüllt ist. Als sie trinkt, rinnt ihr das Wasser über die Finger. Er beobachtet, wie sie das Glas zum Mund führt, und starrt gierig auf ihre Lippen.

Dann dreht er ihr den Rücken zu, als hätte ihm jemand den Befehl dazu gegeben, verschwindet nach draußen und achtet sorgfältig darauf, die Tür hinter sich so lautlos wie möglich zu schließen.

Elin setzt sich wieder ans Fenster und trinkt die Hälfte des Wassers. Sie stellt das Glas vor sich auf den Fußboden und überlegt, wie lange sie hier wohl sitzen muss. Sie hört das Geräusch von Motoren, die auf der anderen Seite des Hauses gestartet werden.

Während sie dasitzt, überkommt sie die Müdigkeit, und es kommt ihr vor, als würden ihre Lider gezwungen zuzufallen. Es durchfährt sie der Gedanke, dass vielleicht etwas im Essen war, dass die Suppe vielleicht mit Schlafmittel angereichert war, aber warum sollten sie wollen, dass sie schläft?

Sie steht auf und geht im Raum umher, vor und zurück, vor und zurück. Als sie am Fenster ist, löst sie die Riegel und drückt eine Seite auf. Der Wind fegt in den Raum und sie hört das entfernte Geräusch der Bagger unten an der Brücke.

Sie atmet die kühle Luft ein, schließt das Fenster und geht zur Tür, öffnet sie und sieht hinaus in den Flur. Ein älterer Mann in grünem Hemd guckt aus einem Raum, der die Küche zu sein scheint. Ihm fehlt sämtliches Haar auf dem Kopf.

»Was willst du?«, ruft er.

»Toilette.«

Der Mann zeigt in eine Richtung und sie geht zur Toilette, öffnet die Tür und guckt hinein.

Sie kehrt zurück zu dem Mann in der Küche.

»Da ist kein Papier.«

Der Mann zuckt mit den Schultern und macht eine schwer zu deutende Grimasse. Sie geht in den kleinen Toilettenraum zurück und schließt die Tür hinter sich. Das Waschbecken ist verschmiert, es sieht aus wie Blut. Der Spiegel über dem Waschbecken ist zerschlagen und es gibt nur ein Spiegelstück, so groß wie eine Kinderhand, in der unteren Ecke. Sie beugt sich vor und betrachtet sich selbst in der Spiegelscherbe, dann setzt sie sich und pinkelt. Als sie fertig ist, geht sie zurück in den Raum.

Gleich darauf wird die Tür geöffnet und der kleine Soldat guckt kurz herein. Dann geht er zur Seite, und Harald kommt in den Raum. Als die Tür geschlossen ist, gehen sie beide einen Schritt aufeinander zu und bleiben ein paar Armlängen voneinander entfernt stehen. Sie gehen wieder ein paar Schritte und strecken sich die Arme entgegen. Er drückt sie an seine Brust.

»Ich dachte, sie würden mich erschießen«, flüstert er.

»Warum?«

»Sie haben behauptet, dass Terroristen im Haus

waren, dass ihre Fahndungsberichte besagten, dass es viele waren … Sie hätten mich mit einem beiläufig abgegebenen Schuss erledigt …«

»Aber …?«, sagt sie, doch er unterbricht sie und legt einen Zeigefinger auf ihre Lippen.

»Wie war es bei dir?«

»Sie haben eine Gefangene hier, Syria. Sie hat gesagt, dass sie die ganze Nacht hier gewesen ist. Vielleicht haben sie sie missbraucht.«

Er legt den Finger wieder auf ihre Lippen. Sie geht ein paar Schritte zurück und zeigt aus dem Fenster.

»Das ist schön«, sagt sie.

Sie stehen beide vor dem Fenster und sehen zum Fluss hinunter, und er legt einen Arm um ihre Schultern und drückt sie an sich.

Bald darauf kommt der Bärtige mit der kleinen Brille.

Er lässt die Tür offen und betrachtet die beiden am Fenster.

»Wir haben einen Schlafplatz für euch heute Nacht. Ihr geht über den Hof zum Tor am Waldrand. Da ist eine Treppe. Wenn ihr der folgt, dann kommt ihr zu Njalla von Noret. Sie hat ein Bett für euch und schickt uns die Rechnung. Es ist einen halben Kilometer entfernt, nicht mehr. Brecht nicht eher von dort auf, bis es morgen hell geworden ist.«

Er dreht sich um, geht in den Flur und sie folgen ihm. Dann kommen sie hinaus auf den Hof.

Es stehen keine Kettenfahrzeuge mehr dort, und die Wachposten am Tor zur Flussseite sind verschwunden. Mitten auf der Wiese steht der Kindersoldat und spielt Fußball. Er hält den Ball oben, indem er ihn vom rechten auf den linken Fuß kickt und das Gleiche wieder rückwärts.

Der Bärtige nickt Black zu.

»Du bekommst dein Pferd zurück. Glück gehabt. Das Tor ist dort.« Er zeigt ihnen die Richtung, dreht sich auf dem Absatz um und kehrt ins Haus zurück. Elin geht zu Black, der an einem der Drahtseile, die das Dach gegen den Orkan schützen, angebunden ist. Das Pferd ist gesattelt, und Elin berührt den Sattelgurt. Über dem Sattel hängen ihre Armbrüste, die Gürtel mit den Messern und die Köcher.

Sie streicht dem Pferd über den Rücken und führt es dann am Halfter mit sich. Elin, Harald und das Pferd gehen auf das Tor zu. Es steht offen und sieht aus, als ob niemand versucht hätte, es in den letzten fünfzig Jahren zu schließen. Es ist mit Moos bewachsen.

Sie gehen zuerst nebeneinander, das Pferd hinter ihnen, aber dann werden die Stufen schmaler und Elin geht voran.

Sie brauchen nicht lange, um zu dem Häuschen zu kommen. Es ist klein und schmal und so niedrig, dass man ausgestreckt an das Dach reichen kann. Wie bei allen Häusern in der Umgebung besteht das Dach aus zusammengeschweißten Metallplatten, die an den Ecken mit Drahtseilen an Betonblöcken befestigt sind. Auf jeder Seite der Tür befindet sich ein schmales Fenster. Ein Stück weiter entfernt steht eine kleine Hütte.

Es dämmert, und der Wind hat sich fast komplett gelegt. Sie sehen einander an.

»Worauf warten wir?«, fragt Elin.

»Keine Ahnung.«

Elin steckt eine Hand in die Tasche.

»Ich habe das Fernglas zurückbekommen.«

Harald hält ihr eine Hand hin.

»Lass sehen.« Elin gibt es ihm.

»Großvater hat es von seinem Vater bekommen, als er konfirmiert wurde. Man kriegt diese Sorte Fernglas heute gar nicht mehr, wenn man nicht gerade Glück hat und es auf einer Auktion entdeckt. Aber da würde es ein Vermögen kosten.«

Harald wendet das Fernglas in seiner Hand. Dann hält er es vor Elin und zeigt auf eine fast unsichtbare Stelle neben dem Fokussierrad. Er verdreht die Augen und gibt Elin das Fernglas zurück. Sie sieht fragend aus, aber er hält den Zeigefinger an die Lippen. Sie schweigt und steckt das Fernglas in die Tasche.

»Dann gehen wir wohl hinein.«

Harald klopft an die Tür. Er klopft mehrere Male, aber niemand öffnet. Er geht ein paar Schritte zurück und betrachtet das Häuschen. Aus dem Schornstein raucht es. Dann geht er zu einem der Fenster und sieht hinein.

»Sie ist da drinnen«, sagt er, geht ein paar Schritte zurück und stellt sich neben Elin.

Da wird die Tür geöffnet.

Auf der Schwelle steht eine Frau in Holzschuhen, langem blauem Wollrock und weißer Baumwollbluse.

Das graue Haar reicht ihr bis zur Taille und sie hat Kopfhörer auf den Ohren. Sie schiebt die Kopfhörer nach hinten und legt den Kopf schief.

»Ihr seid ein schönes Paar. Hat euch das Militär geschickt?«

»Ja.«

Sie zeigt zu der Hütte.

»Da drinnen ist eine Box für das Pferd. Das Haus sieht nicht besonders aus, aber bisher ist es keinem Sturm gelungen, es zu zerstören.« Elin führt das Pferd zur Hütte. Die Frau bleibt in der Tür stehen und sieht zu, wie sie das Pferd wegführt und Harald ihr folgt.

»Ein schönes Paar!«, ruft sie ihnen hinterher. »Seid ihr Geschwister?«

Harald dreht sich im Gehen um.

»Nein, nur Bekannte.«

»Bekannte!«, ruft die Frau. »Ihr seht aus, als ob ihr mächtig bekannt miteinander seid, so seht ihr aus!«

Dann lacht sie, ein tiefes, glucksendes Lachen, das aber freundlich klingt.

Sie stellen Black in die Box und reden eine Weile mit ihm, und die ganze Zeit streicheln sie ihm über den Rücken und die Flanke.

Harald stellt sich neben Elin und steckt seine Hand in ihre Tasche. Sie hört auf, dem Pferd über den Rücken zu streichen, und sieht ihn an. Er zieht das Fernglas hervor, öffnet eine der Satteltaschen und steckt es hinein. Elin steckt eine Hand in die andere Satteltasche und holt die Kaffeetüte heraus.

Dann gehen sie über den Hof. Er neigt den Kopf zu ihr und flüstert:

»Das Fernglas ist präpariert.«

»Wie?«

»Ein Chip.«

»Warum?«

»Vielleicht kommuniziert es mit den Spähern da oben.«

Er zeigt zum Himmel, wo die blassen Sterne sichtbar werden.

»Vielleicht wollen sie wissen, wo wir sind? Vielleicht kann der Chip erkennen, wohin du das Fernglas richtest? Vielleicht ist der Chip sowohl ihr Auge als auch ihr Ohr?«

Elin nimmt seine Hand und sie gehen über den Hof auf das Licht zu, das durch die geöffnete Tür fällt.

32

Die Frau steht vor dem Kamin mit Feuerholz im Arm, öffnet die Kamintür und lässt es hineinfallen. Sie hat die Kopfhörer wieder auf und bewegt sich wiegend zur Musik. Dann dreht sie sich um und schiebt die Kopfhörer von den Ohren, sodass sie an den Wangen hängen bleiben.

Sie zeigt auf eine Schlafbank.

»Da hat heute Nacht ein Oberst geschlafen. Auf

Gotland sagt man, ›nachtens‹ zu der Nacht, die vergangen ist. Es war nachtens, dass er hier geschlafen hat. Ich bin von Visby auf Gotland hierhergekommen, als ich sieben war. Ich bin nicht aus dieser Gegend. Und der Oberst war auch keiner von hier. Er kam von der Ostküste.«

Elin geht zur Schlafbank. Während sie alles betrachtet, nimmt sie ihre Armbrust ab und lehnt sie gegen die Wand. Dann öffnet sie den Gürtel und legt ihn mitsamt Messer und Köcher auf den Boden. Ihr Blick bleibt an der Schlafbank hängen.

»Die sieht schmal aus.«

Die Frau lacht. Sie hat gelbe Zähne und die Lippen sind grau.

»Man kann sie ausziehen. Sie wird einen halben Meter breiter, nicht mehr. Aber das wird ganz behaglich. Der Oberst wollte allein liegen, obwohl ich nichts gegen ein bisschen Gesellschaft gehabt hätte. Der Kamin ist aus Speckstein, aber im Morgengrauen ist er kalt. Ich hätte schon Verwendung für so einen Oberst gehabt.«

Sie lacht und fährt sich mit der rechten Hand durch das krause Haar.

»Ihr habt bestimmt Hunger?« Harald und Elin tauschen Blicke aus.

»Ich sehe schon«, sagt sie, »ich sehe schon! Man wird hungrig beim Militär. Der Oberst hat gegessen, als hätte er in seinem Leben noch kein Essen zu Gesicht bekommen.«

Elin reicht ihr die Tüte.

»Kaffee«, sagt sie. »Ein viertel Kilo.«

Der Frau bleibt der Mund offen stehen und sie macht große Augen.

»In diesem Haus gab es seit dem Weihnachtsabend keinen Kaffee. Nicht mal der Oberst hatte Kaffee. Wo habt ihr den her?«

»Geerbt«, antwortet Harald.

Die Frau macht die Tüte auf, hält ihre Nase hinein und atmet ein.

»Nicht schlecht«, sagt sie. »Nicht schlecht! Ich heiße Njalla. Wie soll ich euch nennen?«

»Elin reicht«, antwortet Elin.

»Harald«, sagt Harald. »Björn Torson war mein Vater, aber jetzt ist er tot.«

»Also Elin und Harald«, sagt Njalla, »dann fange ich mit dem Essen an.«

Sie geht in den anderen Raum, der gleichzeitig die Küche ist. Harald setzt sich auf die Schlafbank und Elin nimmt neben ihm Platz. Im Kamin knistert es und durch seine Glastür sehen sie das Feuer.

»Guck mal«, sagt Harald und streckt die rechte Hand aus.

»Sie zittert«, sagt Elin und streift seinen Handrücken.

»Ich bin so müde, dass mir ganz schlecht ist«, flüstert er.

»Das liegt daran, dass du krank warst.«

Er schüttelt den Kopf.

»Es hätte aussehen sollen wie ein fährlässig abgegebener Schuss, haben sie gesagt. Sie haben mich in den

Hof geschickt und mich gebeten, zum Tor zu gehen. Ich hätte in den Rücken geschossen werden sollen. Aber dann haben sie mir zugerufen, dass ich zurückkommen kann. Einer von ihnen hat mich im Visier gehabt, und ich dachte, jetzt schießt er mir ins Gesicht. Als wir wieder ins Haus gekommen sind, habe ich mich übergeben. Sie haben mich gezwungen, alles aufzuwischen und den Fußboden zu schrubben, und dann haben sie davon gesprochen, dass sie mich zwingen würden, das Putzwasser zu trinken. Aber da bin ich drum herumgekommen. Sie haben gesagt, dass du alles erzählt habest und dass sie meine Geschichte hören wollen. Wenn ich nicht das Gleiche erzählen würde wie du, dann wäre klar, dass einer von uns lügt, und dem Lügner würde es schlecht ergehen.«

»Ich habe nichts gesagt.«

»Sie haben gesagt, dass du alles einer Mitgefangenen erzählt habest.«

»Sie hieß Syria, aber ich habe nichts erzählt.«

»Ich dachte, dass ich nicht mehr lebend da rauskommen würde.«

Er streckt wieder die Hand aus, und sie zittert.

»Was haben sie mit dir gemacht?«, fragt er und dreht ihr das Gesicht zu.

Elin erzählt von Syria und wie viel Angst sie hatte. Dann hebt sie eine Hand und trocknet Haralds Tränen.

Sie sitzen schweigend da und blicken zum Kamin. Nach einer Weile kommt Njalla aus der Küche.

»Das Essen steht auf dem Tisch.«

Sie erheben sich, und Njalla legt noch ein Holzscheit in den Herd. Dann sitzen sie alle drei in der Küche, wo tiefe Teller rund um eine Stearinkerze gedeckt sind, die kaum mehr als ein Stummel ist. Im Küchenherd knistert es, und ein Brot liegt auf einem Handtuch.

»Bitte sehr.«

Elin und Harald setzen sich.

»Ich mag es, mit Nadelholz zu heizen«, erklärt Njalla, während sie zum Herd geht. »Andere ziehen Birke vor, aber ich heize am liebsten mit Nadelholz. Ich liebe das Knistern, manchmal knallt es richtig. Der Duft ist auch besser.«

Sie stellt einen gusseisernen Topf auf ein Schneidebrett mitten auf den Tisch und nimmt den Deckel ab.

»Zwiebel-Kartoffelsuppe und Lammwurstscheiben. Das Brot habe ich heute Morgen gebacken. Es ist Nussbrot. Ich habe eine Freundin, die weiter südlich wohnt. Die versorgt mich mit Haselnüssen. Sie war letzte Woche hier. Ist den ganzen Weg mit dem Rad gekommen. Sieben Meilen. Drei Kilo Haselnüsse auf dem Gepäckträger, obwohl, ein paar von ihnen sind ranzig geworden. Ein Glück für sie, dass sie es noch geschafft hat zurückzufahren, bevor sie die Brücke gesprengt haben.«

Njalla nimmt Elins Teller und füllt ihn mit einer Kelle aus angelaufenem Silber.

»Also«, sagt sie und wirft Harald einen Blick zu, während sie ihm auftut, »du bist ein Torson.«

»Ja.«

»Und nun ist Björn tot, sagst du?«

»Ja.«

»Er war wohl noch nicht alt?«

»Knapp fünfzig.«

»War es die Grippe?«

»Nein.«

Sie reicht Harald den Teller, nimmt den Brotlaib und das Messer und schneidet dünne Scheiben ab, die sie auf der Messerspitze aufspießt und ihnen hinhält.

»Woran ist er dann gestorben?«

»Ich weiß nicht.«

»Vielleicht war es ein Unfall?«

»Vielleicht.«

Njalla tut sich selbst von der Suppe auf und spricht mit vollem Mund weiter.

»Björn hat meiner Tochter den Hof gemacht, als er jung war. Er hat beinahe um sie angehalten, aber nur beinahe. Dann kam etwas dazwischen und es wurde nichts draus. Ingeborg ist weggezogen, was genauso gut war.«

»Ingeborg«, sagt Harald. »Von ihr habe ich gehört.«

Njalla hält den Löffel an die Lippen und pustet mit geschürzten Lippen.

»Was hast du über sie gehört?«

»Vielleicht war es eine andere Ingeborg.«

»Wenn Björn von einer Ingeborg gesprochen hat, dann war es mein Mädchen. Was hat er gesagt?«

»Dass sie beschwingten Fußes war.«

Njalla legt den Löffel hin.

»Das war es, was er gesagt hat?«

»Deswegen ist nie etwas daraus geworden, hat er gesagt. Zwischen ihm und Ingeborg.«

Sie seufzt.

»Jetzt essen wir.«

Dann beugt sie sich über den Suppenteller, und es sieht aus, als wollte sie ihr Gesicht nicht zeigen.

Sie trinken Kaffee im Zimmer vor dem Kamin. Njalla hat Holz nachgelegt, und es ist so warm, dass Harald die Ärmel hochkrempelt und einen Knopf seines Hemdes öffnet.

»Na, warum hat das Militär euch geschnappt?«

»Wir waren auf dem Weg nach Nergården und sind in ihre Razzia geraten.«

»Die Sprengung der Brücke«, sagt Njalla. »Ich habe das Knallen gehört. Dreimal, mitten in der Nacht. Ohne den Sturm wären sie nie dazu gekommen. Und wohin seid ihr unterwegs?« Sie sieht aus, als ob sie vergessen hätte, vorher zu fragen.

»Zu Svante in Nergården.«

»Dieses Schwein. Was wollt ihr denn von dem?«

»Wir müssen einen Handel abwickeln«, antwortet Elin. Njalla bläst in ihren Kaffee.

»Es war Svante, der Ingeborg vergewaltigt hat. Danach hatte sie ihren schlechten Ruf. Sie hat ihn verführt, sagt man. Wenn ich einen Mann im Haus gehabt hätte, wäre Svante nicht lange am Leben geblieben nach dieser Sache, aber ich konnte das nicht selbst machen. Ich hatte auch noch andere Kinder, und es hätte mein Tod sein können, wenn ich mich Svante und Björn entgegengestellt hätte. Aber eine Sache ist sicher, ich bin die Letzte, die um Björn Torson trauert, und ich hoffe, dass Svante bald den gleichen Weg geht. Das Letzte, was ich gehört habe, war, dass sie da oben die Grippe hatten. Es hat sich gezeigt, dass ältere Menschen es schwer haben, mit der Krankheit fertigzuwerden.«

Sie sitzen schweigend da und gucken zum Kamin, und Njalla betrachtet Harald.

»Du hast Björns Augen.«

»Das sagen alle.«

»Deine Mutter war Krankenschwester und hat in Wongs Klinik gearbeitet, aber jetzt ist sie sicher weggezogen.«

»Ja.«

»Wo ist sie?«

»Im abgesperrten Gebiet. Arbeitet mit Strahlungserkrankten.«

Sie schweigen wieder.

Nach einer Weile hören sie das Geräusch eines Hubschraubers, der vorüberfliegt. Dann wird es still.

»Ich gehe früh zu Bett«, sagt Njalla. »Es ist genug Holz da, also lasst das Feuer im Kamin brennen, so lange ihr könnt. Decken sind im Schrank, in der Bettwäsche hat der Oberst geschlafen, man kann sie also als beschmutzt oder aber auch als so gut wie frisch ansehen, je nachdem. Vor der Tür neben der Treppe steht ein Topf. Ihr könnt ihn hereinnehmen, wenn ihr wollt. Man möchte nicht raus in die Kälte, wenn man es vermeiden kann.«

Dann begegnet sie Elins Blick.

»Warum guckst du so? Überlegst du, wie viele Jahre die Alte auf dem Buckel hat?«

»Nicht ganz.«

»Oh doch, ich habe es in deinen Augen gesehen. Ich frage mich, wie alt die Alte ist, das hast du gedacht. Ich erinnere mich an die Zeit, als jeder ein eigenes Auto mit Benzinmotor hatte. Trotzdem wollte man nach Stockholm ziehen, und wir hatten eine richtige Regierung. Ich habe gesehen, wie es hier aussah, bevor der Sturm die Hälfte des Waldes niedergerissen hat, die Häuser Stahldächer bekamen, die Wildschweine sich ausbreiteten und das Wasser anfing zu steigen.«

Sie steht auf.

»Gute Nacht euch. Ihr glaube, ihr schlaft bereits, alle beide.«

33

Als Njalla die Tür zur Küche, die gleichzeitig ihr Schlafzimmer darstellt, geschlossen hat, stehen Harald und Elin auf, und mit vereinten Kräften gelingt es ihnen, die Bank auszuziehen. Sie holen Decken aus dem Schrank und machen das Bett. Sie stehen nebeneinander und betrachten den Schlafplatz.

»Nicht sehr breit«, sagt Elin. »Wer soll innen schlafen?«

»Mach du das«, schlägt Harald vor.

»Ich ziehe mich nicht aus«, sagt sie. »Man weiß nicht, was in der Nacht passiert.«

Er nickt.

»Ich lasse sogar meine Strümpfe an«, sagt sie bestimmt.

»Ich auch.«

Sie wendet ihm den Rücken zu, streckt sich über die Bank und breitet die Decken aus. Sie hört, wie er die Klappe im Kamin öffnet und zwei Holzscheite hineinlegt.

»Das wird warm werden.«

»Für eine Weile«, sagt sie. »Dann wird es kalt.«

Sie liegen nebeneinander und lauschen, wie es im Holz knistert. Er liegt hinter ihr und seine Knie stoßen an ihre Kniekehlen.

Sie beschwert sich.

»Das ist mir zu warm.«

»Ich rück ein Stück.«

»Vielleicht ist es nicht richtig, wenn du morgen mitkommst.«

»Warum?«

»Du kommst mit dem Mädchen dorthin, das das Leben von Svantes Bruder und Idas und Normans Vater ausgelöscht hat. Keine gute Gesellschaft, um herzlich empfangen zu werden.«

Er schnaubt verächtlich.

»Björn war auch mein Vater, auch wenn ich wünschte, er wäre es nicht gewesen. Sie waren nie gut zu mir. Außerdem bist du diejenige, die mit einem Anliegen zu ihnen kommt.«

Er schweigt eine Weile.

»Mochten sie dich nicht?«

»Wenn Björn mich geschlagen hat, sollte Ida das ebenfalls tun. Björn lachte immer nur, wenn ich auf dem Boden lag, sie sich auf mich setzte und in die Wangen kniff. Ich bekam blaue Flecken, aber Björn feixte und fragte, ob ich an die Wildschweine geraten oder einfach nur gegen eine Tür gerannt bin.«

Sie schweigen eine Weile, und Harald zieht ihnen eine der Decken herunter. Elin bewegt sich ein Stück von der Wand weg, sodass Haralds Knie sich in ihre Kniekehlen schmiegen.

»Ich werde mit ihnen verhandeln. Es wird die Sache kaum erleichtern, dass du dabei bist.«

»Es kann übel für dich ausgehen«, meint Harald. »Ida und Björn standen einander nahe. Er hat gesagt, dass in ihr mehr von einem Mann steckt, als in Norman und mir zusammen. Wenn sie die Chance sieht, dir etwas anzutun, dann wird sie es tun.«

»Sie brauchen ein Rollenlager. Darum geht es doch, nicht darum, was wer von wem hält. Außerdem ist ihr Rotorblatt vom Sturm zerstört. Ich kann ihnen erzählen, wie es um ihr Windrad steht, dann haben sie etwas, worüber sie nachdenken können. Vielleicht wird es gar nicht so schwer.«

Sie kneift die Augen zu und beißt sich in die Unterlippe.

»Oder, ich weiß nicht. Und wenn es schwer wird, dann ist das eben so.«

»Du kennst Ida nicht«, murmelt Harald.

Elin streckt die rechte Hand hinter sich und nimmt Haralds Hand in ihre. Sie hebt sie hoch und legt sie auf ihre Hüfte.

»Wessen Kleid ist das, das in deinem Schrank hängt?«

»Hast du in meinen Sachen gewühlt?«

»Ich wollte etwas über die Leute erfahren, die meinen Bruder entführt haben. Wessen Kleid ist es?«

»Sie heißt Helga.«

»Ist das deine Freundin?«

»Jetzt nicht mehr.«

»Ist es vorbei?«

»Sie ist weggezogen.«

»Wohin?«

»Nach Grövelsjö. Ihre Mutter hat Arbeit in einem Restaurant bekommen.«

»Aber dorthin ist es doch nicht so weit. Warum ist es vorbei?«

»Sie war es, die nicht mehr wollte. Sie hat gesagt, dass das eine Gelegenheit ist.«

»Gelegenheit?«

»Schluss zu machen.«

»Magst du sie immer noch?«

»Ein wenig.«

»Wollte sie ihr Kleid nicht wiederhaben?«

Er antwortet nicht, aber nach einer Weile sagt er:

»Einer der Soldaten, der uns mitgenommen hat, war ein Robo.«

»Warum glaubst du das?«

»Man hat es an der Stimme gehört.«

»Sie haben keine Robos beim Militär. Das ist verboten.« Kurz darauf schlafen sie ein.

34

Elin wacht auf und hört, wie drei Holzscheite in den Kamin gesteckt werden. Danach wird die untere Klappe geöffnet und ein Streichholz streift über die Reibefläche der Schachtel.

Sie dreht sich um und sieht Harald halb angezogen vor dem Kamin hocken. Er steht auf und kehrt zur Schlafbank zurück. Elin hebt die Decke an, und er kriecht neben sie, den Rücken ihr zugewandt.

»Hast du geschlafen?«

»Ja«, sagt er.

»Ich auch. Jetzt habe ich Hunger.«

»Glaubst du, sie ist wach?«

»Hab etwas in der Küche gehört vor einiger Zeit.«

Sie hören zu, wie das Feuer wieder zu brennen anfängt. Kurz darauf steht Harald auf und legt Holz nach. Er zieht sich die Stiefel an und geht hinaus, um zu pinkeln.

»Frost«, sagt er, als er wieder hereinkommt. »Klarer Himmel, windstill.«

»Wir können gleich aufbrechen, sobald wir gegessen haben«, sagt sie. »Wir haben Pfannkuchen.«

»Und Haferflocken«, sagt er.

Sie dreht sich um und legt eine Hand auf seinen Rücken.

»Ich finde, du solltest nach Hause zurückgehen. Es kann da oben ungemütlich werden mit deiner Schwester.«

Er schüttelt den Kopf.

»Ich komme mit. Wenn Ida Ärger machen will, ist es gut, wenn ich da bin.«

»Warum?«

»Ich kann vielleicht etwas ausrichten.«

»Was?«

»Ich weiß nicht.«

Elin geht raus auf die Brücke, pinkelt ins Gras und bürstet sich die Haare. Dann geht sie zur Hütte und holt Black heraus. Er schnaubt in ihr Haar. Weit oben kann man den Späher erkennen, wie ein Vogel, der sich nur in Kreisen zu bewegen vermag.

Als sie wieder reinkommt, hat sie die Tüte mit den Pfannkuchen und Haferflocken dabei, die Tür zur Küche ist geöffnet und es duftet nach Kaffee.

Njalla ist genauso gekleidet wie am vorigen Tag und hat die Kopfhörer um den Hals.

»Jetzt gibt es Frühstück«, fordert sie sie auf. Sie setzen sich an den Tisch, wo sie das, was vom Brotlaib übrig ist, aufgedeckt hat. Ein Topf mit Preiselbeermarmelade steht daneben. Sie essen und trinken und niemand sagt ein Wort, bis Elin die Tüte mit den Pfannkuchen hervorholt und fragt, ob sie sie aufwärmen darf.

Während sie essen, streicht sich Njalla mit dem Handrücken über den Mund und wendet sich Elin zu.

»Du hast nicht gesagt, wer deine Eltern sind.«

Elin erzählt von ihnen, und Njalla sagt, dass sie Gunnar zu der Zeit, wo sie selber in der Politik aktiv war, begegnet ist. Dann bittet sie die beiden zu erzählen, was sie bei Svante Torson zu erledigen haben, und Elin antwortet wie am Tag vorher, dass sie einen Handel abwickeln möchten.

Njalla fragt nicht weiter, sondern wechselt zu einem Gespräch über das Wetter und das Feuerholz und darüber, dass bald die Schneeglöckchen an der Südseite herauskommen werden.

Als sie gegessen haben und loswollen, nimmt Njalla den Rest des Brots und gibt es Harald.

»Ein halbes Kilo Kaffee ist ein ganzes Vermögen. Ich habe nicht viel als Gegengeschenk, aber das ist ein gutes Brot.«

Harald bedankt sich und hält ihr die Tüte mit den Haferflocken hin und sagt, dass sie diese nicht brauchen, da sie schnell wieder nach Hause wollen.

Njalla nimmt die Tüte und zeigt auf den Topf Preiselbeermarmelade.

»Wird gut zu den Beeren passen.«

»Du kannst ein bisschen von unserem Milchpulver bekommen«, sagt Elin und Njallas Miene hellt sich auf.

»Milch, das ist eine Weile her. Der Oberst hatte ein paar Krümel, aber die haben nur für ihn selbst gereicht.«

Elin sattelt das Pferd, und sie legen die Satteltaschen über den Rücken des Pferds. Njalla hat sich eine vogelbeerfarbene Wolljacke übergezogen, die an den Ellenbogen geflickt ist. Sie steht auf der Brücke und zeigt ihnen die Richtung.

»Es dauert eine halbe Stunde. Nach einer Viertelstunde werdet ihr es erkennen.«

»Danke«, sagt Elin.

»Kommt ruhig auf dem Rückweg wieder vorbei. Es ist schön, Gesellschaft zu haben, und so bald werden hier keine Oberste mehr auftauchen.«

»Wir sind vielleicht abends zurück«, sagt Elin.

Dann machen sie sich auf den Weg. Elin geht vorneweg und führt das Pferd an den Zügeln und Harald geht hinter ihr. Beide haben ihre Armbrust in der Hand, als wollten sie auf Unvorhersehbares vorbereitet sein.

35

Harald und Elin stehen nebeneinander in einem Birkengebüsch und auf der anderen Seite des Tals sehen sie das Haus. Ein Schwarm Krähen zieht flügelschlagend und krächzend vorbei.

»Können wir das Fernglas benutzen?«, fragt Elin.

»Ich nehme es an. Sie sehen ja ohnehin, wo wir sind.« Harald dreht das Gesicht, blinzelt und zeigt zum Himmel.

»Da oben. Sie kontrollieren uns, und irgendwo sitzt jemand an seinem Bildschirm und sieht, wie wir hier stehen.«

Elin zieht das Fernglas aus der Satteltasche und richtet es auf das Haus auf der anderen Seite. Nach einer Weile reicht sie es an Harald weiter.

»Sie haben die Fensterläden eines Fensters geschlossen und Stützen dagegengestellt. Schätze, da halten sie Vagn gefangen. Es ist die gleiche Art Haus, wie wir es haben, nur etwas größer. Es hat Doppelschornsteine.«

Harald richtet das Fernglas zum Haus und dreht am Fokussierrad.

»Sieht nicht so aus, als ob jemand zu Hause ist. Kein Rauch, die Tür ist geschlossen.«

Er gibt Elin das Fernglas zurück, und sie hält die Okulare an die Augen. Die Armbrust ist gegen ihre Beine gelehnt. Das Pferd wirft den Kopf zur Seite und sie ergreift die Zügel.

»Sollen wir den Weg durch das Tal nehmen oder außen herumreiten?«

»Was macht es für einen Unterschied, auf welchem Weg wir ankommen?«, wundert er sich.

»Wenn wir direkt durchs Tal kommen und auf der anderen Seite wieder hinaufreiten, sehen sie uns von Weitem. Wenn sie einen Bolzen in uns jagen wollen, sind wir leichte Beute. Wir merken nichts, bis wir einen Pfeil im Hals haben. Wenn wir außen herum gehen, können wir uns auf dem normalen Weg nähern. Und wir können das Pferd zwischen uns und ihnen führen. Das ist wahrscheinlich das Beste, das Pferd zwischen uns und ihnen zu haben. Und ein Vorteil ist auch, dass wir so nah sind, dass wir sehen können, was sie machen. Natürlich nur, wenn sie aus dem Haus kommen, es ist ja nicht sicher, dass sie sich zeigen werden. Vor allem nicht, wenn sie uns etwas antun wollen.«

»Du hast wohl recht«, sagt er. »Lass uns zum Fluss gehen. Da ist die Talsenke weniger tief und wir kommen auf den Weg.«

»Es ist nicht nötig, dass sie uns gleich entdecken«, sagt Elin. »Wir können uns durch das Gebüsch schlagen, dann merken sie nicht, dass wir unterwegs sind, bis wir auf dem Hof stehen.«

Es kostet sie beinahe eine Stunde, dem Flusslauf inmitten von Wildwuchs und Gestrüpp bis zum Waldweg zu folgen. Der Waldweg war zwar nicht breiter als zwei Reifenspuren, aber immerhin ein geräumter Weg.

»Wir gehen beide auf der gleichen Seite des Pferds«, schlägt Elin vor. »Wenn wir Black zwischen uns und dem Haus haben, dann müssen sie überlegen, bevor sie schießen. Niemand will ein Pferd verletzen.«

Aber als sie ihre Worte hört, sieht sie vor ihrem geistigen Auge Ronja mit einem Pfeil im Hals zu Boden gehen.

Als sie so nah herangekommen sind, dass sie die Blumen in den Fenstern erkennen können, schlagen die Hunde drinnen an.

Sie bleiben auf dem Hof stehen, ein Stück vor der

Stahltür. Das Pferd steht links von ihnen. Es ist fast warm und der Wind bläst nur schwach.

»Sie sind zu Hause«, sagt Elin und zeigt auf den Schornstein, aus dem Rauch steigt.

»Die Kamera links bewegt sich. Sie beobachten uns. Ihnen ist das Rad geblieben.«

Eine Weile lauschen sie beide dem Rauschen der Rotorblätter am Mast hinter dem Haus.

»Sollen wir sagen, wer wir sind?«

»Sag du es.«

Harald ruft. »Hier ist Harald Torson!«

Nichts geschieht, nur die Hunde im Haus werden stumm.

»Hier ist Harald Torson!«, ruft er wieder.

Da wird die Haustür geöffnet, und ein hochgewachsener Mann mit einer gelben Baumwollhose, rot gestreiftem Hemd und Holzschuhen kommt heraus. Er hat einen knorrigen Stock in der Hand, auf den er sich stützt.

»Komm näher!«, ruft der Große.

Harald und Elin gehen auf ihn zu, und beide halten ihre Armbrust in den Händen, aber keiner von beiden hat die Sehne gespannt.

Fünf Meter vor dem Mann bleiben sie stehen.

Er ist grauhaarig, hat helle blaue Augen und ist groß, fast zwei Meter. Das graue Haar reicht ihm bis zu den Schultern und das linke Auge ist halb geschlossen, als ob er in die grelle Sonne blinzeln würde.

»Aha!«, ruft er. »Der Neffe ist zu Besuch! Das letzte Mal ist lange her! Wen hast du da mitgebracht?«

»Sie heißt Elin.«

Elin tritt vor und stellt sich neben Harald, und der Große spuckt Rotz in den Kies.

»Von dir habe ich gehört. Du scheinst es zu mögen, Leute ins Grab zu bringen.«

»Das ist normalerweise nicht meine Hauptbeschäftigung.«

»Du hast meinen Bruder getötet.«

»Er wollte mich umbringen.«

Der Große schnaubt höhnisch.

»Du siehst ganz lebendig aus.«

»Wenn ich mich nicht verteidigt hätte, wäre ich jetzt tot.«

»Hätte, hätte, hätte. Was willst du hier?«

»Sie haben Vagn.«

Der Große räuspert sich und spuckt wieder aus, dann zeigt er mit dem Stock auf das Pferd.

»Schönes Pferd. Ist das deins?«

»Ja.«

Der Große setzt den Stock wieder auf den Boden und stützt sich auf ihn. Er sieht aus wie ein halb entwurzelter Baum, der im Begriff ist umzufallen.

»Ich hatte schöne Tiere, früher. Jetzt sind nicht mehr viele übrig.« Dann richtet er den Blick auf Harald.

»Du hast eine seltsame Art, das Andenken deines Vaters in Ehren zu halten.«

Harald antwortet mit leiser Stimme.

»Vielleicht.«

»Vielleicht! Bist du taub? Das hat Björn schon immer gesagt, dass du keinen Mumm in den Knochen hast und keinen richtigen Willen zeigst. Und ein schwankendes Rohr im beschissenen Wind bist.«

»Dass ich aus schlechtem Holz geschnitzt bin, hat er mir schon gesagt, als ich ihm gerade bis zur Hüfte ging«, murmelt Harald.

Der Große hält eine Hand hinter das linke Ohr.

»Kannst du nicht so sprechen, dass man dich versteht!«

Harald schweigt.

Da wird die Tür hinter dem Mann geöffnet, und eine Frau, ebenso groß wie er, kommt auf den Hof. Sie trägt ein Kleid, das ihr bis zu den Waden reicht. Es ist rosa und mit faustgroßen braunen Blumen gemustert. An den Füßen hat sie Wollsocken und traditionell bemalte Holzschuhe. Die Frau trägt das graue Haar zu einem Knoten auf dem Hinterkopf, durch den sie eine handgroße Nadel gesteckt hat.

Sie wendet sich an den Mann:

»Was stehst du hier rum und zeterst?«

Er zeigt mit dem Stock auf Harald. »Das ist Björns Junge.«

Sie rümpft die Nase. »Das sehe ich.«

Er zeigt mit dem Stock auf Elin.

»Das ist das Balg, das Björn umgebracht hat. Jetzt steht sie hier und will zu ihrem Bruder. Kannst du vielleicht begreifen, dass ich ein bisschen aufgebracht bin, wenn dieser Lümmel hier auftaucht und ausgerechnet das Gör freundlich anstiert, das seinen eigenen Vater ums Leben gebracht hat?«

Er verstummt und die Frau legt eine Hand auf seinen Rücken.

»Du solltest reingehen, Svante. Du hast Fieber. Es tut dir nicht gut, hier herumzustehen.«

Elin spricht mit lauter Stimme.

»Wir haben ein Rollenlager von guter Qualität zu verkaufen. Das wollte Björn haben, als er zu uns gekommen ist. Wir haben nur dieses eine. Ihr könnt es kaufen, wenn wir meinen Bruder zurückbekommen haben.«

Der Große zeigt mit dem Stock auf Elin.

»Werd nicht auch noch frech, du! Erst bringst du meinen Bruder um und dann willst du auch noch mit uns handeln?«

»Derjenige, der handeln wollte, war nicht ich, es war Björn, der zu uns gekommen ist. Er dachte, wir hätten einen unendlichen Vorrat an Lagern, aber da hat er sich geirrt. Als wir das eine der zwei, die wir besitzen, nicht verkaufen wollten, wurde er ärgerlich. Zornig und rachsüchtig hat er mich und Vagn auf dem Rückweg von Wongs überfallen. Ich habe mich zur Wehr gesetzt, so gut ich konnte, deshalb ist Björn gestorben. Wenn du mir das vorhalten willst, ist das deine Sache, aber dass ein sechzehnjähriges Mädchen sich verteidigt, wenn ein Mann sein Leben bedroht, werden wohl nicht allzu viele seltsam finden.«

»Ich habe etwas anderes gehört«, brummt der Große.

»Wir haben beide etwas anderes gehört«, pflichtet die Frau ihm bei und richtet mit der linken Hand ihren Haarknoten. Sie hat breite Goldringe an dreien ihrer Finger.

Svante dreht sich zu ihr um, und er spricht beinahe flüsternd:

»Es ist wohl am besten, wenn nur einer von uns in dieser Sache das Wort führt. Wenn wir zu mehreren das Wort ergreifen, gibt es rasch ein Durcheinander.«

Die Frau runzelt die Stirn.

»Dann kannst du ja schweigen, Svante! Ich jedenfalls habe keine Lust stillzuhalten, und du hast bereits genug getobt. Mit deinem Fieber solltest du dich besser wieder auf der Bank ausstrecken.«

»Wir wollen den Handel abschließen, den Björn begonnen hat«, sagt Elin. »Wir verkaufen ein Lager, wenn wir Vagn bekommen – sofort. Dass Björn loszog und starb, ist seine eigene Schuld. Niemand außer dir würde mich dafür rügen, dass ich mich verteidigt habe, als ich angegriffen wurde.«

»Du weißt dich auszudrücken«, brummt Svante. »Das muss man schon zugeben. Was willst du denn mal werden?«

»Vielleicht kannst du bei der Sache bleiben?«, sagt die Frau neben ihm.

Und sie beobachtet Harald.

»Du bist jetzt siebzehn?«

»Achtzehn.«

»Achtzehn! Wie die Zeit vergeht. Glaube nicht, dass ich dich in den letzten zwei Jahren gesehen habe. An meinem Geburtstag warst du nicht dabei, auch nicht an Svantes.«

»Ich hatte zu tun«, behauptet Harald.

»Kann ich mir denken«, brummt Svante. »Bist wohl ein beschäftigter junger Mann, was? Sehr beschäftigt. Kannst dich nicht mal von deinem Plastikspielzeug trennen, wenn dein Onkel einen runden Geburtstag hat.«

Svante räuspert sich, spuckt, versetzt den Stock und stützt sich wieder darauf, als drohte er sonst umzufallen.

»Es wäre gut, wenn wir nicht den ganzen Vormittag hier stehen blieben«, sagt Elin. »Vielleicht kann mein Bruder herauskommen, damit wir sehen, dass er unverletzt ist.«

»Unverletzt?«, fragt die Frau. »Drei Mahlzeiten am Tag hat er bekommen und eine Extradecke, als das Fieber kam. Niemand kann behaupten, wir würden ihn nicht gut versorgen.«

»Ist er krank?«, fragt Elin.

»Da ist noch eine andere Sache«, sagt Svante, streckt den Rücken und reckt das Kinn vor.

»Welche Sache?«, fragt Elin.

»Wenn wir dir Vagn geben, woher wissen wir dann, dass Ida das Lager kaufen kann?«

Elin lächelt und sieht beinahe zufrieden aus.

»Du kannst es abholen, wann immer du möchtest.«

Der Große streicht sich über das Kinn.

»Ich hole keine Lager irgendwo ab, Ida und Norman kommen, das ist ihr Geschäft. Aber was sie davon halten, wenn wir Vagn laufen lassen, bevor sie selbst bekommen haben, was sie wollen, das weiß ich nicht.«

Im selben Moment wird die Tür geöffnet und Ida kommt heraus. Sie trägt eine nussbraune Lederhose und eine Lederjacke mit Fransen, einen weißen Wollpullover mit rundem Ausschnitt, Holzschuhe und ein rotes Halstuch, das sie zweimal um den Hals geschlungen hat. Ihr Haar ist zerzaust und sie ist sehr blass. Um die Hüfte trägt sie einen Gürtel mit Messer. Sie stellt sich neben ihren Onkel und stemmt die Hände in die Seiten.

»Was macht ihr denn hier?«, krächzt sie mit wackeliger Stimme.

»Meine Geschäfte mache ich selbst.«

Der große Mann wendet sich zu seiner Nichte:

»Nun ja, nur dein Geschäft ist das wohl nicht mehr. Wenn ich länger darüber nachdenke, fällt mir auf, dass du auf meinem Hof stehst und dass dein Fang in meinem Haus sitzt, während dein Bruder in meinem Bett liegt und vor sich hin fantasiert. Also könnte man sagen, dass ich einen Anteil an deinem Geschäft habe, auch wenn ich keine Verantwortung dafür übernehme, wie das Ganze abläuft.«

»Wir haben Yalun«, krächzt Ida. »Willst du, dass deine Verwandten krank dein Haus verlassen, willst du mir das damit sagen?«

Und sie wendet sich der Frau zu, deren eine Wollsocke bis auf den Holzschuh heruntergerutscht ist.

»Ist es das, was du willst, Sigrid? Dass deine Verwandten von hier fortgehen mit Fieber im Körper?«

Sigrid schüttelt den Kopf, zieht die Nadel aus dem

Haarknoten und lässt das lange Haar bis auf ihre Schultern fallen.

»Ihr bleibt, bis ihr gesund seid, und wohin ihr dann geht, klären wir dann.«

»Wir haben das Haus und den Anteil am Maschinenpark«, krächzt Ida. »Wir kommen schon zurecht, wenn die Krankheit überstanden ist.«

Dann wendet sie sich an Elin:

»Was willst du?« Ihre Stimme reicht knapp bis zu Elin und Harald.

»Den Handel beenden, den Björn begonnen hat.«

Ida legt eine Hand auf den Griff ihres Messers und sucht den Blick des Bruders.

»Und du? Stehst du nicht auf der falschen Seite in dieser Sache?«

»Björns Sache war nicht gerecht«, antwortet Harald.

»Bedeutet dir die Verwandtschaft denn gar nichts?« Harald zuckt mit den Schultern.

»Nicht mehr als für dich, als du mich damals geschlagen hast.«

Da wird die Tür wieder geöffnet, und Norman taucht in der Türöffnung auf. Er trägt Jeans und Pulli, hat eine graue Decke über den Schultern und einen Holzstuhl in der Hand. Er bleibt stehen, auf die Lehne des Stuhls gestützt. Sein Mund steht offen und er keucht. Hinter ihm erscheint ein dunkler Hund.

»Geh rein und leg dich hin, Norman!«, zischt Sigrid.

»Wenn es sich um meine Geschäfte dreht, will ich dabei sein«, zischt er zurück und kommt auf den

Stuhl gestützt näher. Er geht ein paar Schritte vorwärts, stellt den Stuhl in den Kies und lässt sich darauffallen. Die Decke zieht er sich über die Schultern. Er starrt den Bruder wütend an und krächzt mit derselben heiseren Stimme wie seine Schwester, während Sigrid die Tür schließt:

»Björn hat immer gesagt, dass du ein Dreckskerl bist, Harald. Jetzt sehen wir ja, wie recht er hatte. Dass du es wagst herzukommen, zusammen mit der, die unseren Vater erschossen hat, das …«

»Geh ins Haus, Norman«, sagt Sigrid. »Du holst dir den Tod, wenn du hier sitzt und vor Kälte zitterst.«

»Wir wollen Vagn zurück«, sagt Elin. »Von euch kann danach wer auch immer zu uns kommen und das Lager kaufen. Das ist das Geschäft, um das es mir geht, und ich will es jetzt abschließen. Wenn es sich in die Länge zieht, kann es sein, dass ich meine Meinung änder, und ich vermag mir nicht vorzustellen, was passiert, wenn die Verwandten meiner Mutter erfahren, dass ihr Vagn mitgenommen habt. Aber eins ist sicher: Außer Sigrid sieht niemand von euch so aus, als wäre er in der Lage zu kämpfen, falls es darauf hinausläuft, dass ihr euch im Haus einschließt und meinen Bruder nicht laufen lasst. Und auch wenn du, Sigrid, stark und gefährlich aussiehst, so zweifle ich, ob du gegen die Brüder meiner Mutter und meines Vaters ankommst. Und ich selbst habe nicht vor, mich zu verstecken, es wird also einiges auf dich zukommen.«

Die Hunde im Haus fangen wieder an zu heulen. Sigrid dreht sich um, reißt die Tür auf und ruft ihnen zu, dass sie still sein sollen. Als sie die Hunde herumkommandiert, hat sie denselben Tonfall wie vorhin mit Norman.

»Das hier scheint mir komplizierter zu werden als nötig«, krächzt Ida mit einer Stimme, kaum lauter als ein Flüstern.

Im selben Moment macht sie ein paar Schritte nach vorn, zieht das Messer aus der Scheide und dreht es in der Hand, sodass sie die breite Klinge auf Hüfthöhe nach vorne reckt.

Elin weicht zurück.

Mit bemerkenswerter Schnelligkeit geht Svante ein paar Schritte nach vorn, hebt den Stock und schlägt Ida damit in die Kniekehlen. Sie gibt einen kurzen Schrei von sich, ihre Knie geben sofort nach, sie verliert das Messer und fällt rückwärts zu Boden. Sie bleibt neben Haralds Füßen liegen.

36

Svante spuckt aus und wischt sich mit dem Rücken der Hand, die nicht den Stock hält, über den Mund.

»Ida war immer schon etwas hitzköpfig«, sagt er, wie um seine Handlung zu erklären. Norman versucht aufzustehen, aber er sinkt zurück in den Stuhl und starrt vornübergebeugt seine Schwester an, die unbewegt daliegt.

»Es gibt noch eine andere Sache«, sagt Elin, als Svante sich wieder neben Sigrid stellt.

»Hilf ihr hoch!«, bittet Norman mit seiner fast tonlosen Stimme.

»Was meinst du?«, fragt der Mann mit dem Stock und starrt Elin an.

»Es betrifft das Pferd.«

»Welches Pferd?«, will Sigrid wissen.

»Hilf ihr!«, bettelt Norman und versucht wieder, sich aus dem Stuhl zu erheben.

Sigrid legt ihm eine Hand auf die Schulter.

»Setz dich hin, Norman.«

»Es betrifft das Pferd, das erschossen wurde, als man Vagn mitgenommen hat«, sagt Elin. »Es war ein gutes Nordschwedisches Kaltblut, und wir wollen eine Entschädigung dafür, dass es getötet wurde. Ich erwarte von euch, dass ihr so viel dabeihabt, wie ein neues Tier kosten würde, wenn ihr das Lager bei uns abholt.«

»Hilf ihr hoch«, flüstert Norman.

»Wir gehen jetzt rein, Norman«, sagt Sigrid. »Steh auf!«

Sigrid greift Norman am linken Arm und hilft ihm aufzustehen. Er kommt auf die Beine und versucht, den Stuhl mitzunehmen.

»Lass ihn stehen, Norman«, sagt Sigrid.

Dann öffnet sie die Tür und ein riesiger Schäferhund schlüpft heraus. Ein weiterer Hund erscheint hinter dem ersten, aber Sigrid keift ihn an, sodass er knurrend wieder im Haus verschwindet.

Der erste Hund läuft zu Svante und drückt sich an sein Bein. Svante packt ihn am Halsband und weist ihn an, sich zu setzen.

Der Hund setzt sich neben ihn, die Zunge hängt ihm heraus, das Tier keucht, und der buschige Schwanz peitscht auf den Kies, hin und her, hin und her.

»Wir wollen Vagn haben, jetzt.«

Norman steht angelehnt im Türrahmen. Er ruft Svante mit dem kläglichen Rest seiner Stimme zu. Er ist ganz bleich und sein Blick wandert von seinem Onkel zu seiner Schwester.

»Warum hast du sie geschlagen?«

Svante dreht sich zu seinem Neffen um und betrachtet ihn, als ob er überlegen würde, welche Art von Antwort Norman wohl begreifen könnte. Er spricht langsam und deutlich:

»Wenn auf meinem Hof Blut vergossen wird, dann ist eine Sache klar: Ich bin es, der bestimmt, wessen Blut hier fließen wird.«

Dann fasst er den Hund noch fester am Halsband, geht zur Tür und verschwindet nach drinnen.

Ida beginnt sich zu rühren, auf die Handflächen gestützt stemmt sie sich hoch. Als sie sich vorbeugt, um an das Messer zu gelangen, tritt Harald es zur Seite. Sie richtet sich auf, lehnt sich leicht zurück und starrt ihn an.

»Das werde ich mir merken«, sagt sie, und die Worte kriechen wie Insekten über ihre Lippen.

Sie wiederholt:

»Das werde ich mir merken!«

Sie sieht Elin an und schnaubt verächtlich.

»Dich kann ich vergessen.« Danach richtet sie den Blick auf ihren Bruder.

»Aber dich nicht.«

Dann bückt sie sich, hebt das Messer auf, steckt es in die Scheide und wankt zum Haus.

Im gleichen Moment geht die Tür auf und Vagn kommt heraus, gefolgt von Svante, der eine gelbe Decke in der Hand hält. Als sie vor Elin stehen, legt er Vagn die Decke über die Schultern.

»Haut jetzt ab«, sagt Svante, als Vagn Elin umarmt. »Und vergesst nicht, dass wir eine Absprache haben. Wenn Norman und Ida zu euch kommen, um das abzuholen, was ihnen versprochen wurde, rate ich euch, dass sie es auch bekommen. Und wenn ich du wäre …«

Er zeigt mit dem Stock auf Elin.

»Wenn ich du wäre, würde ich um ein totes Pferd kein Aufhebens machen.«

Dann dreht er sich auf dem Absatz um, geht zur Tür und verschwindet im Haus.

Elin hält ihren Bruder an der Taille fest. Seine Wange liegt an ihrer, er zittert und klappert mit den Zähnen. Sein Gesicht hat die Farbe von schmutzigem Schnee und das rote Haar ist zerzaust und fühlt sich nass an.

»Stütz ihn«, sagt Elin und übergibt Harald den Bruder, während sie ein paar Schritte zurückgeht und sich den Wollpullover abstreift. Sie zieht ihn Vagn über den Kopf und hilft ihm in die Ärmel, während

Harald dafür sorgt, dass er auf den zitternden Beinen bleibt.

»Setz den Fuß in den Steigbügel«, weist sie ihn an.

Vagn hebt den Fuß, aber er bekommt ihn nicht weit genug nach oben. Elin nimmt seinen Fuß und platziert ihn im Steigbügel. Danach stemmen Harald und Elin ihn hoch in den Sattel. Vagn hängt vornübergebeugt mit dem Gesicht am Hals des Pferdes. Elin legt die gelbe Decke über seine Schenkel und greift die Zügel. Harald geht neben dem Steigbügel, eine Hand auf dem Fuß des Reiters, bereit, ihn aufzufangen, falls Vagn aus dem Sattel rutschen sollte.

»Wir können so nicht hinunter in die Talsenke«, sagt Elin, als sie den Hof verlassen. »Er wird sich bei dem Gefälle nicht im Sattel halten können. Wir müssen den gleichen Weg nehmen, den wir gekommen sind.«

Sie gehen den Weg zurück, und zweimal fällt Vagn beinahe aus dem Sattel.

»Wir können heute nicht den ganzen Weg nach Hause gehen«, sagt Elin etwas später. »Sollen wir vielleicht dort bleiben, wo wir heute Nacht waren?«

»Wir können dorthin nicht mit deinem Bruder«, wendet Harald ein. »Njalla ist alt, und wenn sie Yalun bekommt, stirbt sie. Wir müssen nach Torp zurück.«

»Ich bin mir nicht sicher, ob er es so weit schafft«, sagt Elin und betrachtet den Bruder.

Vagn flüstert.

»Bring mich nach Hause.«

»Wir werden sehen, was möglich ist«, sagt Elin und sie schlagen sich in das Birkengestrüpp.

Zweimal sind sie gezwungen anzuhalten, damit Vagn sich hinlegen und ausruhen kann. Seine Zähne klappern, und das Sprechen fällt ihm schwer.

»Hohes Fieber«, stellt Harald fest. »Mindestens so hoch, wie es bei mir war, vielleicht schlimmer.«

Als sie auf den Hof von Torp kommen, liegt Vagn vornübergebeugt auf dem Pferd, die Hände in der Mähne. Sein Oberkörper hängt so weit auf der rechten Seite, dass er eigentlich fallen müsste.

Harald und Elin helfen ihm, ins Haus zu kommen. Sie führen ihn, tragen ihn fast zur Matratze vor dem Küchenherd. Er bricht über ihr zusammen und sie ziehen ihm die Schuhe aus und rücken ihn zurecht. Elin breitet einige Decken über ihm aus und stopft sie an seiner Seite fest. Sie fragt ihn, ob er etwas trinken möchte, aber er schläft schon.

Harald hat bereits Birkenscheite in den Ofen geschichtet und das Feuer angezündet. Elin geht nach draußen zu Black, führt ihn in den Stall und nimmt ihm den Sattel ab. Sie spricht mit ihm und sagt ihm, welch gute Arbeit er heute geleistet hat, indem er den Kranken den ganzen Weg hierher getragen hat. Sie gibt ihm Wasser und Futter und füttert danach auch die anderen Tiere.

Als sie wieder auf den Hof tritt, ist es dunkel.

37

Harald hat ein halbes Dutzend Teelichter angezündet, die er auf einen Teller auf den Küchentisch gestellt hat. Im Herd brennt das Feuer, und Elin kniet sich auf die Matratze und streicht dem Bruder über die Stirn.

»Brauchst du irgendetwas?«, flüstert sie.

Aber Vagn ist tief in den Schlaf eines Fiebernden gesunken und hört die Frage nicht.

Sie steht auf und geht zum Wohnzimmer, wo Harald Ordnung macht. Er hat Holz aus dem Keller heraufgetragen. Die zwei Sofas hat er so verschoben, dass sie einander gegenüberstehen und ein Doppelbett ergeben. Er zeigt auf die beiden Sofas, auf die er zwei Matratzen gelegt hat.

»Wir sollten nicht drüben schlafen. Er redet wahrscheinlich im Schlaf, vielleicht fantasiert er. Es ist besser, wenn wir hier für uns bleiben und schlafen. Wir werden unsere Kräfte morgen brauchen.«

Elin nickt.

»Ich habe Hunger.«

Sie gehen zurück in die Küche und Harald holt Eier und geräucherte Lammhaxe aus dem Kühlschrank und sie essen und trinken Kaffee.

»Er sollte auch etwas in den Magen bekommen«, sagt Elin mit Blick auf ihren Bruder.

»Du kannst ihn wecken und ihm Wasser geben. Solange er Flüssigkeit zu sich nimmt, wird er zurechtkommen.«

Also holt Elin ein Glas Wasser und setzt sich neben den Bruder auf die Matratze. Sie rüttelt ihn an der Schulter und nach einer Weile schlägt er die Augen auf.

»Du musst trinken.«

Sie hilft ihm, sich aufzusetzen, legt eine Hand zwischen seine Schulterblätter und spürt, wie er zittert.

»Ich friere«, sagt Vagn und leert das Wasserglas.

Sie lässt ihn wieder zurücksinken und er liegt auf dem Rücken und schläft mit offenem Mund ein.

»Ich bleibe ein bisschen hier sitzen«, sagt sie.

Harald geht ins Wohnzimmer, und Elin hört, wie er Holz nachlegt. Als sie dazukommt, hat er sich auf ihrem neuen Doppelbett ausgestreckt und betrachtet das Feuer durch das Glas der Kamintür. Elin steigt über die Sofalehne und legt sich neben ihn.

»Sie werden auf jeden Fall nicht heute Nacht hier aufkreuzen«, vermutet Harald. »Sie sind zu schwach, um herzukommen, und Svante ist der Meinung, dass er damit nichts zu tun hat.«

»Das stimmt wohl. Aber wir werden Vagn kaum morgen nach Hause bringen können. Es geht ihm zu schlecht. Wir hätten ihn keinen einzigen Meter weiter transportieren können.«

Sie zieht ihr Mobil hervor und versucht, eine Verbindung aufzubauen, ohne Ergebnis.

»Ich frage mich, was da los ist«, sagt sie, während sie das Mobil zurück unter ihr Hemd steckt.

»Holz haben wir ausreichend«, sagt Harald. »Und eine Menge zu Essen. Wir werden hier so lange zurechtkommen, bis sie auftauchen, um sich zu rächen.«

»Sich rächen?«, wiederholt Elin, und es klingt, als ob sie die Worte nicht gerne in den Mund nimmt.

»Ida wird mir nie vergeben, dass ich mich nicht solidarisch mit meiner Familie gezeigt habe. Das war für sie der endgültige Beweis, dass ich ein Stück Dreck bin.«

»Sie werden kommen, um das Haus wieder in Besitz zu nehmen«, sagt Elin. »Was wirst du tun?«

»Versuchen, meinen Teil des Erbes zu bekommen. Wer der Polizei etwas zusteckt, wird womöglich auch Hilfe bekommen.«

»Ida und Norman würden ihr vielleicht mehr zustecken«, meint Elin.

»Die Polizei setzt gerne auf das Siegerpferd. Wenn Ida und Norman es auf einen Prozess ankommen lassen wollen, haben sie keinerlei Trumpf in der Hand.«

»Trumpf«, sagt Elin, legt sich auf die Seite und stützt sich auf den Ellenbogen. »Sollen wir Karten spielen?«

Harald steht auf, klettert über die Sofalehne und geht zum Esstisch. Mit einem Kartenspiel kehrt er zurück und nimmt gegenüber von Elin Platz.

»Was möchtest du spielen?«

»Bring mir etwas bei, das ich noch nicht kenne.«

»Kannst du Poker spielen?«

Elin lacht.

»Poker habe ich noch nie gespielt. Ist es schwer?«

»Wir werden sehen«, sagt Harald und mischt. »Manche haben es im Blut, andere nicht.«

»Hast du es im Blut?«

»Kaum. Ida schon, Björn auch. Norman ist zu langsam.«

Er holt einen fünfarmigen Kerzenleuchter, zündet alle Kerzen an und stellt ihn auf den Tisch neben dem Sofa. Dann teilt er aus und fängt an, die Regeln zu erklären.

»Wir spielen um Streichhölzer«, sagt er und holt zwei Schachteln vom Regal neben dem Kamin.

38

Als sie einige Male gespielt haben, geht Elin in die Küche und legt mehr Holz nach. Sie kniet sich eine Weile neben den schlafenden Vagn und sieht ihn an. Der Fuß und die tätowierte Wade gucken unter der Decke hervor und sie zieht die Decke sorgfältig über das Bein. Dann geht sie zurück, macht einen Satz über die Sofalehne und nimmt wieder da Platz, wo sie vorher lag.

Sie legt die Hand auf das Kinn.

»Das war ja leicht.«

»Man kann es schwerer machen. Ida und Norman machen das normalerweise.«

»Lass es uns schwerer machen«, schlägt Elin vor.

Harald geht zum Tisch und holt die Flasche und zwei kleine Gläser. Er geht zurück und stellt die Flasche und die Gläser zwischen sie.

»Derjenige, der gewinnt, bestimmt, wer einen Schluck nehmen muss.«

Elin schüttelt den Kopf. »Ich trinke nicht.«

Harald verzieht den Mund zu einem Lächeln.

»Ich auch nicht.«

Elin nimmt eins der Gläser.

»Wie viel passt hinein?«

»Zwei Zentiliter.«

»Das ist nicht viel.«

Er schüttelt den Kopf und verdreht die Augen.

»Nur, wenn man viele nimmt.«

»Versuchen wir's.«

Harald teilt aus.

»Wer bestimmt?«

»Erst, wenn jemand gewonnen hat, sagt der Gewinner, wer trinken soll.«

Sie spielen und Harald gewinnt. Elin beobachtet ihn.

»Du bist dran«, sagt er und schraubt den Deckel ab. Elin hält ein Glas hin und Harald füllt es bis zur Kante.

Elin lacht.

»Das läuft gleich über!«

»Wir sollten es vielleicht lassen. Wenn du es widerlich findest.«

»Widerlich!«, ruft sie.

Dann setzt sie das Glas an die Lippen und leert es mit einem Zug. Sie zieht eine Grimasse und er lacht.

»Wir können aufhören, wenn du willst. Es war vielleicht eine blöde Idee.«

»Noch einmal«, sagt sie.

Sie macht den Mund weit auf, wie um die Lippen und den Gaumen zu kühlen. Harald teilt aus, und als Elin die Karten aufnimmt, kann sie sich ein Lächeln nicht verkneifen.

Etwas später lacht sie und legt die Karten aufgedeckt auf die Decke zwischen ihnen.

»Was sagst du zu so einem Blatt?«

»Manche haben eben Glück.«

Sie lacht noch mehr. »Jetzt bestimme ich.«

Sie nimmt die Flasche, schraubt den Deckel ab, gibt das zweite kleine Glas Harald und füllt es. Ein paar Tropfen laufen über den Rand.

»Down the hatch!«

»Was bedeutet das?«

»Bottom up.«

Harald kippt den Inhalt des Glases hinunter und verzieht das Gesicht.

Sie spielen ein paar weitere Runden, aber jetzt gewinnt Harald. Er reicht Elin das Glas und sie leert es. Dann lauscht sie, schwingt sich über die Sofalehne und geht hinaus in die Küche. Vagn liegt noch genauso da wie vorher und sie deckt ihn wieder zu. Dann legt sie zwei große Birkenscheite nach, verriegelt die Haustür und kehrt zu Harald zurück.

Er liegt mit dem Gesicht zum Kamin gedreht da. Elin legt sich neben ihn. Sie liegen da und schweigen, lauschen den Geräuschen des Kamins.

»Ich dachte, sie würden mich erschießen«, sagt er nach einer Weile.

Elin antwortet nicht direkt.

»Ich hatte auch Angst.«
»Ich frage mich, was sie getan haben.«
»Du meinst die Waldleute?«
»Oder Nils Dacke.«
»Mein Vater sagt, dass sie zusammenarbeiten.«
»Ich dachte, sie arbeiten gegeneinander.«
»Jetzt nicht mehr.«

Sie sind einen Moment still, als hätten sie vereinbart, dass sie schweigen und die Flammen hinter der Glastür betrachten sollten.

»Was wirst du machen?«, fragt sie.
»Weiß nicht.«
»Willst du mit uns nach Hause kommen?«

Nach einer Weile hebt sie eine Hand und berührt ihn an der Hüfte. »Möchtest du das?«

Er nimmt ihre Hand.
»Wie warm du bist.«
»Du kannst mitkommen, wenn du möchtest.«

Er rückt ein Stückchen näher.

»Hier kann ich auf jeden Fall nicht bleiben. Wenn ich noch hier bin, wenn Ida und Norman auftauchen, erschlagen sie mich.«

»Komm mit nach Hause. Bald funktionieren die Verbindungen bestimmt wieder normal, und du kannst dich melden und deiner Familie erklären, wie alles ist.«

»Ich habe nur Mama.«

Im Kamin fällt eines der Holzscheite um und landet seitlich in der Glut. Durch das Glas kann man die Funken sehen.

Der Raum ist erfüllt vom Geruch des brennenden Holzes.

»Aber zu ihr gehen kannst du nicht?«

»Nein.«

»Man wird immer noch krank, wenn man dort unten bleibt. Wie lange ist sie schon weg?«

»Viel zu lange.«

»Warum ist sie dort?«

»Sie möchte helfen.«

»Aber du bist so jung«, sagt sie und umfasst seine Hand. »Du solltest nicht dorthin fahren. Du hast bestimmt jemand anderen, zu dem du kannst.«

»Ich wollte immer schon nach Stockholm.«

»Dort kann man nicht mehr wohnen.«

»Es gibt aber welche, die das machen.«

»Dort ist gesetzloses Gebiet.«

»Nicht vollständig.«

»Alles ist überschwemmt.«

»Nicht alles.«

Sie liegen wieder eine Weile still da und Harald seufzt und rückt sein Kissen zurecht. Er streckt den linken Arm aus und schiebt ihn unter Elins Nacken.

»Du bist so warm«, sagt sie, »du glühst fast.«

»Du auch.«

Dann dreht er sich auf die Seite und legt die rechte Hand auf ihre Brust.

Sie summt.

»Ein Lied, das mir gerade in den Sinn gekommen ist.«

Sie summt ein bisschen lauter.

»Gibt es einen Text?«

Sie summt weiter, schiebt seine Hand weg und setzt sich auf. Dann steigt sie über den Spalt der Sofas und verlässt den Raum. Nach einer Weile kommt sie zurück und hat die Zwölfsaitige in der Hand. Sie schließt die Tür hinter sich und ein paar Minuten lang zupft sie vorsichtig die Saiten, so als ob sie vermeiden will, diese zu berühren.

Dann fängt sie an zu singen.

This is the signal
It's not the noise
This is my heart
It's not my voice

Yo hear me
Yo hear me
Yo hear me
I'm dyin.

This is the future
It's not the past
This is my love
It will hardly last

Yo hear me
Yo hear me
Yo hear me
I'm flyin.

This is the wind
On top of the hill
This is my future
We are paying the bill

Yo hear me
Yo hear me
Yo hear me
I'm cryin.

Als die Worte verklingen, beginnt sie wieder zu summen und Harald holt die andere Gitarre. Sie sitzen einander gegenüber, immer wieder spielen sie die Melodie und probieren mit den Worten herum. Sie tauschen hier und da ein Wort gegen ein anderes aus und bald fangen sie an zu lachen. Sie hören auf zu spielen und legen die Instrumente auf den Fußboden.

Sie legen sich Rücken an Rücken hin und sehen zum Kamin. Harald nimmt ihre Hand und streichelt sie.

»Machst du oft Musik?«

»Manchmal.«

»Fällt es dir leicht?«

»Es passiert einfach.«

»Was kommt zuerst, die Musik oder die Worte?«

»Immer die Musik.«

Anschließend liegen sie nackt nebeneinander und er guckt sie an und zeigt auf einen Fleck unter ihrer Brust, so groß wie der Nagel des kleinen Fingers.

»Du hast da eine Narbe.«

»Ich weiß. Hast du auch welche?«

Harald streckt die linke Hand vor und zeigt auf seinen Zeigefingerknochen.

»Siehst du?«

Sie nimmt seine Hand und beugt sich vor.

»Was ist das?«

»Ich habe mir die Haut vom Zeigefinger abgesäbelt, als ich mein erstes Messer bekommen habe. Ich sollte einen Bogen schnitzen und habe mich geschnitten. Ich hatte gehört, dass man die Hand nach oben halten soll, wenn man sich geschnitten hat und blutet, also habe ich die Hand über meinen Kopf gehalten und bin nach Hause gegangen. Ich war oben im Wald und es waren ein paar Kilometer bis zum Haus. Als ich in die Küche kam, wurde meine Mutter ganz weiß. Mein Haar, mein Gesicht, meine Kleider, alles war mit Blut überströmt. Sie konnte nicht begreifen, dass ich das einzig Richtige getan habe, indem ich die Hand hochgehalten hatte. Sie wäre fast ohnmächtig geworden, bis sie erkannte, dass es nur der Finger war, der blutete.«

Dann hebt er seinen linken Fuß.

»Da, unter dem großen Zeh. Ich habe eine Axt hineingehauen. Das war im gleichen Jahr, in dem ich mich in den Finger geschnitten hatte.«

Er zeigt auf den Haaransatz über dem linken Ohr.

»Und hier. Ida hat gesagt, dass wir Wilhelm Tell spielen sollen. Ich hielt den Apfel in der Hand, aber der Pfeil sauste mir durchs Haar und hat eine kleine

Wunde in den Schädel gerissen. Es hat gewaltig geblutet und ich musste ihr versprechen, dass ich Björn nicht erzähle, was sie gemacht hat. Ich habe behauptet, dass ich vom Heuschober gestürzt bin und mich an einem Nagel aufgerissen habe. Björn hat mich ausgelacht und fand, dass er nichts anderes von einem ungeschickten Dummkopf wie mir erwartet habe. Wenn sie ein bisschen weiter danebengeschossen hätte, wäre ich tot gewesen. Es war immer ihr Wunsch, dass ich nicht existiere.«

39

Harald erwacht, als es dämmert, und er steht auf, nur mit einem Hemd bekleidet. Elin liegt auf der Seite und er legt die Decke über ihre nackte Hüfte und stopft die Ränder fest. Dann geht er in die Küche und macht Feuer im Herd, ohne dass Vagn aufwacht. Schließlich macht er noch Feuer im Kamin im Wohnzimmer und kriecht unter die Decken zurück. Er drückt sich dicht an Elin. Nach einer Weile schläft er mit der Hand auf ihrem Oberschenkel ein.

Als er wieder wach wird, sieht er in ihr Gesicht. Sie streicht ihm über das Haar und lächelt.

»Du hast so fest geschlafen.«

»Du auch. Ich war schon vor einer Weile wach.«

»Ich habe dich bestimmt schon eine Stunde lang angeguckt. Du hältst den Daumen an den Mund, wenn du schläfst, weißt du das?«

»Nein.«

»Meine kleine Schwester schläft auf die gleiche Weise.«

Sie streicht ihm noch mal über das Haar und er öffnet den Mund und lauscht.

»Regnet es?«

»Ja.«

»Wie geht es Vagn?«

»Er schläft.«

Er steckt die rechte Hand unter die Decke und fährt damit unter ihr Hemd.

»Du bist heiß.«

»Ich bin wie ein Ofen, wenn ich schlafe.«

Er streift mit den Handknöcheln ihren Bauch.

»War es das erste Mal?«

Sie bewegt den Kopf zu einem fast unsichtbaren Nicken.

»Warst du schon mit vielen zusammen?«

»Nein.«

»Nur sie mit dem Kleid?«

»Ja.«

Er streicht mit seiner Hand etwas weiter nach oben und spürt die Schwere ihrer Brust an seinen Fingern. Sie bewegen ihre Köpfe näher zueinander und sie fühlt seinen Atem an ihrem Gesicht.

»Du bist so weich«, flüstert er und nimmt ihre Brust in seine Hand. Er versucht, ihren Blick zu erhaschen, aber obwohl ihre Augen nicht mehr als eine Handbreit voneinander entfernt sind, gelingt es ihm nicht.

»Was ist los?«

Sie streicht ihm über die Wange.

»Ich habe deinen Vater getötet.«

»Diese Sache steht nicht zwischen uns.«

»Doch.«

»Nein, tut sie nicht.«

»Für mich steht es zwischen uns.«

»Warum?«

»Du hast seine Augen.«

»Habe ich?«

»Du weißt, dass es so ist.«

»Vielleicht nur aus nächster Nähe.«

»Wenn ich dir ins Gesicht schaue, sehe ich Björn.«

»Würdest du auch sagen, dass meine Augen seinen ähneln, wenn du nicht wüsstest, dass er mein Vater ist?«

»Dein Vater *war*.«

»Was meinst du?«

»Er *war* dein Vater, bis ich ihn umgebracht habe.«

»Ich bin nicht er.«

»Wenn du er wärst, wärst du jetzt nicht am Leben.«

Er streichelt ihre Brust und sie schließt die Augen.

»Schließt du die Augen, um mich nicht ansehen zu müssen?«

Sie legt sich auf den Rücken und schiebt seine Hand weg.

»Schließt du die Augen, um mich nicht ansehen zu müssen?«, wiederholt er.

Sie guckt an die Decke und er betrachtet sie.

»Es regnet«, sagt sie. »Ich frage mich, ob Sand dabei ist.«

Er streicht ihr über die Wange.

»Du bist so weich«, sagt er und streichelt jetzt ihren Oberschenkel. Sie öffnet die Beine und er legt die Hand auf ihren Schoß.

Da wird die Tür geöffnet und Vagn erscheint. Sie setzen sich auf und Elin zupft ihr Hemd zurecht.

Vagns Haare stehen wirr vom Kopf ab. Er hält inne und sieht aus, als wollte er am liebsten den Raum wieder verlassen.

»Das Holz ist aus«, murmelt er und guckt auf den Fußboden. Harald wendet sich halb um und blickt zum leeren Holzkorb am Kamin.

»Es ist noch welches im Keller.«

Vagn nickt und streicht sich mit der Hand durch das Haar, ohne Harald anzusehen.

»Ich gehe mich waschen.«

»Es gibt Warmwasser im Tank neben dem Herd.« Vagn nickt wieder.

»Heute kann ich reiten. Ich muss mich nur waschen. Und essen.«

»Du kannst dir etwas zum Anziehen aus meinem Schrank nehmen«, bietet Harald ihm an. »Nimm, was du möchtest.«

»Ich fange mal mit dem Holz an.«

Dann dreht Vagn sich um und schließt die Tür.

»Glaubst du, dass er reiten kann?«
»Weiß nicht.«
»Ich sollte ihm helfen.«
»Lass ihn ruhig, dann sieht er, wozu er imstande ist.«
Da öffnet sich die Tür wieder und Vagn steht im Türrahmen.
»Ich schaffe es doch nicht aufzubleiben«, flüstert er und seine Stimme ist fast nicht zu hören. »Ich lege mich wieder hin.«
Elin steht auf und geht zu ihm.
Im Flur lehnt er sich gegen die Wand, als müsste er diese davon abhalten einzustürzen.

Später macht Elin Frühstück, und Vagn liegt auf der Matratze und isst. Er isst nicht viel, und Elin legt eine Hand auf seine Stirn.
»Ich friere«, sagt er und klappert mit den Zähnen.
Elin gießt warmes Wasser in eine Schüssel und wäscht ihm das Gesicht und hilft ihm dabei, den Oberkörper mit einem nassen Handtuch zu waschen. Sie holt ein sauberes Hemd aus Haralds Zimmer und er legt sich wieder unter die Decken.
Der Regen peitscht gegen die Scheiben.
»Morgen«, verspricht Vagn. »Morgen kann ich reiten.«
Aber er sieht aus, als würde er es selbst nicht glauben. Er greift nach ihrem Handgelenk und legt ihre Hand an seinen Hals.
»Die Kette«, sagt Elin.
Vagn schließt die Augen.

»Ida hat sie mir weggenommen.«

Elin antwortet nicht gleich.

»Du musst mit ihr reden. Wir haben, was sie will.«

Er gibt ein kurzes knurrendes Geräusch von sich, etwas zwischen Husten und Ablehnung dessen, was sie sagt.

»Du schläfst mit ihrem Bruder.«

Elin wird rot und löst die Hand aus seinem Griff. Es ist nicht schwer. Er ist schwach. Sie wird laut, obwohl sie so nah beieinander sind.

»Das ist nicht deine Sache!«

»In dem Fall ist es meine Sache!«

»Warum?«

»Hast du vergessen, was sie getan haben?«

»Er ist nicht wie Björn.«

»Er sieht aus wie Björn.«

»Er war ein Ausgestoßener in seiner eigenen Familie.«

Vagn stöhnt verächtlich.

»Er behauptet alles Mögliche, nur um zwischen deine Beine zu kommen.«

Elin steht auf.

»Lieg doch da, bis du schwarz wirst«, zischt sie, dreht ihm den Rücken zu und geht in den Keller, um Holz zu holen.

40

Harald und Elin liegen auf den Sofas, spielen Karten und trinken Kaffee. Später am Tag hört es auf zu regnen und sie gehen hinaus zum Pferd. Sie holen Wasser, striegeln und füttern es.

Sie versorgen die anderen Tiere, und Elin geht weiter zum Kälber- und Schweineverschlag. Der Geruch des alten Holzes, Staub, Spinnweben, die abgenutzten Geräte und das gedämpfte Licht durch die schmutzigen Fensterscheiben, all das erinnert sie an ähnliche Orte, die sie in anderen Zusammenhängen besucht hat. Kuhställe, andere Ställe, Werkzeugschuppen, jene Orte, wo etwas aufbewahrt wird, das mehrere Jahre lang nicht benutzt wird.

In einer Ecke steht ein Karren. Er hat zwei Räder und eine Ladefläche und stellte früher sicher einen Anhänger für das Auto dar. Das Teil, mit dem man ihn an das Auto hängen konnte, wurde entfernt, anstelle dessen wurde eine Deichsel aus Metall montiert. Auf der Ladefläche liegen Zügel und Pferdegeschirr.

Harald spricht mit den Lämmern.

»Komm her!«, ruft Elin. »Ich habe etwas gefunden!« Sie hebt die Zügel auf und untersucht sie.

»Komm her!«, ruft sie noch einmal.

Als Harald kommt, prüfen sie die Reifen und gehen zurück ins Haus.

Auf dem Hof umgehen sie die großen Pfützen, in denen sich die weißen Wolken spiegeln.

Rechts von ihnen ziehen die Wolken schnell, als verfolgten sie ein bestimmtes Ziel. Die Schatten der Wolken wandern über die baumfreien Flächen wie wogende Schiffe auf der See der Träume.

»Jetzt bist du erledigt!«, lacht Harald und legt ein Full House.

Elin wirft ihre Karten auf die Decke, streckt die Hand über den Kopf, fährt sich durch das Haar und zieht an den Gelenken, sodass es knackt.

»Was habt ihr mit seinem Körper gemacht?«

»Wessen?«

»Björns.«

Harald zeigt nach draußen.

»Er liegt unterhalb des Windrads. Da gibt es einen Baumstumpf, auf dem er immer gesessen und auf den Fluss geguckt hat. Er hat immer gesagt, dass er dort begraben liegen möchte. Vermutlich haben sie ihn dort begraben.«

»Und Ronja?«

Er zieht die Augenbrauen hoch.

»Wer ist das?«

»Das Pferd, das Vagn geritten hat.«

»Sie haben es wohl verkauft.«

»An wen?«

»Jemanden, der Pferdefleisch isst?«

»Wie kann man Pferdefleisch essen?«

»Wer Hunger hat, kann alles essen – Hunde, Katzen, Ratten. Es gibt Gegenden, da sind Schlangen Delikatessen. Ich denke, dass sie euer Pferd an Leute verkauft haben, die am Weg arbeiten. Aber genau weiß ich es nicht, ich lag im Keller.«

»Ida hat Vagns Kette weggenommen.«

Harald schnaubt zornig.

»Überrascht mich nicht. Ist sie wertvoll?«

»Gold. Von meiner Großmutter. Vagn wird sie wiederhaben wollen. Ich habe eine ganz ähnliche bekommen, aber meine verloren, als ich vor zwei Jahren im Ripsee gebadet habe.«

Harald sammelt die Karten ein und mischt.

»Er kann es ja versuchen. Aber es wird nicht leicht. Wenn Ida auf etwas ihr Auge geworfen hat, lässt sie ungern davon ab.«

Elin kratzt sich am Hals.

»Was wolltet ihr eigentlich, als ihr zu uns geritten kamt?«

»Ein Rollenlager kaufen.«

»Ihr saht aber überhaupt nicht so aus, als wärt ihr zum Handeln gekommen.«

»Als wir loswollten, stand Norman auf dem Hof und hat Holzscheite mit der Axt zerteilt. Es war Björn, der vorgeschlagen hat, dic Axt mitzunehmen. Wir sollten gefährlich aussehen. Er wollte euch einschüchtern. Er hat gelacht, als er das gesagt hat: ›Jetzt werden wir den Scheißern mal richtig Angst einjagen.‹«

»Ihr hattet also nicht vor, uns zu töten?«

Er schüttelt den Kopf.

»Björn wollte euch nur erschrecken. Er war so wütend auf Gunnar.«

»Ida hatte die Schnalle ihrer Messerscheide geöffnet. Du hattest die Armbrust gespannt.«

»Ich glaube, die Schnalle war schon lange kaputt, und zu mir hatte Björn gesagt, dass ich schussbereit aussehen solle.«

Harald kneift die Augen zusammen und sieht überrascht aus.

»Habt ihr wirklich geglaubt, dass wir euch verletzen wollten? Björn sitzt im Gemeinderat. So was hätte er nicht gemacht. Habt ihr nicht begriffen, dass wir das nicht ernst meinten?«

»Sie haben Ronja getötet.«

»Das war später. Ich glaube, das haben sie gemacht, weil ihr bewaffnet wart. Hatte nicht einer von euch einen selbst gebauten Speer dabei?«

Harald mischt wieder.

»Vielleicht wurde das Pferd erschossen, weil Björn etwas gesagt hat, das Norman missverstanden hat. Norman kann manchmal ziemlich seltsame Dinge tun. Er spricht viel mit sich selbst, genau wie Björn. Wenn er dachte, er solle das Pferd erschießen, dann kann er es getan haben, auch wenn Björn es gar nicht so gemeint hat. Björn hat seinen Schuss vielleicht abgegeben, als der Schaden schon angerichtet war.«

»Die Bolzen haben Ronja beinahe gleichzeitig getroffen.«

»Ich war nicht dabei und weiß weniger als du. Ich habe im Keller gelegen und das, was ich erfahren habe, habe ich über die Mikrofone mitbekommen.«

Elin beißt sich auf die Unterlippe.

»Wir haben darüber gesprochen, hierher zu reiten und euch fertigzumachen, bevor ihr zurückkommen solltet.«

Sie sehen einander schweigend an, und Harald hebt ab und teilt die Karten aus. Sie spielen eine Weile. Danach gehen sie hinaus auf den Hof und holen Wasser. Die Batterien sind leer, und sie müssen mit der Hand pumpen. Erst ist das Wasser braun, dann wird es klar und sie tragen es hinein und füllen den Wassertank und den für Warmwasser neben dem Herd.

Die ganze Zeit über liegt Vagn mit dem Rücken zu ihnen gewandt da. Es sieht aus, als ob er schläft.

Aber als sie draußen an der Pumpe sind, verrät Elin, dass sie weiß, dass er wach ist.

»Er ist wütend auf mich.«

Ein Schwarm Krähen landet in der Mitte des Hofs, sie fallen sich gegenseitig an und tragen Kämpfe um eine Beute aus, begleitet von heiseren Schreien. Eine von ihnen hebt ab, im Schnabel das ergatterte Fressen, die anderen jagen ihr sogleich hinterher.

»Das ist nicht verwunderlich«, sagt Harald und stellt den Eimer so hin, dass der Wasserstrahl genau hineintrifft, wenn Elin wieder pumpt. »Ich bin ein Teil der Familie, die ihn überfallen und gefangen genommen hat.«

»Immerhin«, sagt Elin, »könnte er mich selbst entscheiden lassen, mit wem ich zusammen sein will. Das geht ihn nichts an.«

»Er scheint das anders zu sehen«, stellt Harald fest und gibt dem einen Eimer einen Stoß, sodass der Strahl noch genauer trifft. »Was glaubst du, wann wir loskönnen?«

»Heute jedenfalls nicht.«

»Hat er noch Fieber?«

»Ich glaube schon. Hast du seinen Husten heute früh gehört?«

Sie gehen ins Haus und öffnen die Fenster an der Hinterseite. Die Scharniere quietschen, es hört sich an wie klagende Tierlaute.

Harald lehnt sich mit überkreuzten Beinen an die Spüle und betrachtet Vagn. Seine Hände sind hinter seinem Rücken auf die Arbeitsplatte gestützt. Vagn liegt auf der Seite, das Gesicht zur Wand.

»Du findest es seltsam, dass ich deine Schwester mag, oder?«

Vagn murmelt etwas in die Matratze.

»Es wäre verwunderlich, wenn ich es nicht seltsam finden würde.«

Harald stemmt sich hoch und setzt sich auf die Spüle.

»Was haben sie mit dir gemacht?«

Vagn antwortet nicht gleich. Schließlich legt er sich auf den Rücken und begegnet Haralds Blick.

»Norman hat mich bewusstlos geschlagen. Als ich wieder aufgewacht bin, lag ich quer über einem Pferd, das Ida führte. Danach durfte ich zu Fuß gehen. Eine Weile war ich im Keller mit dir eingesperrt. Sie haben eine Kette mit Schloss um meinen Hals gelegt und mich an einem Abflussrohr angeschlossen. Ich konnte kaum im Sattel sitzen, als wir zu Svantes Hof kamen. Norman hatte da auch schon Fieber, und es ging ihm ziemlich schlecht. Er hat die ganze Zeit gesagt, dass es deine Schuld sei, dass er krank ist. Dass du ihn angesteckt habest und auf diese Weise töten wolltest. Bei Svante haben sie mich in eines der Schlafzimmer eingeschlossen, aber ich durfte zum Essen mit ihnen herauskommen.«

Er hält inne, offenbar, um Kraft zu schöpfen. Dann spricht er weiter:

»Man hat gemerkt, dass Svante nicht gut auf Ida zu sprechen war. Sobald sie den Mund geöffnet hat, kam er mit einem spitzen Kommentar. Ich habe gefroren, und meine Zähne haben geklappert, und Ida und Norman ging es wohl genauso, sie waren bald so krank, dass sie sich nur schwer auf den Beinen halten konnten. Einer von Svantes und Sigrids Hunden mochte mich und lag oft neben mir und kam sogar mit mir auf die Toilette. Svante und Sigrid haben gesagt, dass keiner von ihnen sich jemals mit Grippe angesteckt hat, dass so ein Dreck sich nicht auf sie überträgt. Vielleicht stimmt das, denn im Nachhinein schien es, als hätten beide Fieber bekommen, aber nicht so wie ich oder Norman. Svante saß den ganzen Tag am Küchentisch und hat Patiencen gelegt. Sigrid hat einen Pullover gestrickt, mit einem Elch vorne drauf.«

Er verstummt.

»Mehr schaffe ich nicht zu erzählen.«

»Aber du findest es seltsam, dass ich mit deiner Schwester zusammen bin.«

»Was würdest du an meiner Stelle wohl finden?«

»Wann kannst du reiten?«

»Heute jedenfalls nicht.«

»Brauchst du etwas?«

»Vielleicht etwas Grütze.«

Sie kochen Grütze und essen zusammen. Vagn beschwert sich.

»Hier drinnen riecht es wie in einem Stall.«

Elin und Harald kehren in das Nebenzimmer zu ihrem Schlafplatz zurück und nehmen das Kartenspielen wieder auf. Elin hebt ab und teilt aus.

»Hast du schon mal Strippoker gespielt?«

»Nein.«

»Wie geht das?«

»Man spielt um die Kleidungsstücke des Gegners.«

»Sollen wir es ausprobieren?«

»Warum nicht?«

Sie spielen schweigend, und als Harald nackt bis auf die Strümpfe ist, wird Elin klar, dass sie wohl recht gut im Poker ist.

Und als er ganz nackt ist:

»Mir kommt es vor, als würde ich dich schon ewig kennen.«

Später schlafen sie einander im Arm haltend ein.

Durch den Keller führen verwinkelte, fensterlose Gänge und durch kleine Löcher in der Decke kommt Licht. Durch die Löcher fallen immer wieder Eichhörnchen mit großen Zähnen. Jemand hinter ihr erklärt ihr, dass es Giftratten sind und man sich nicht beißen lassen darf. Im selben Moment spürt sie den Biss in ihrer Hand und sie weiß, jetzt wird sie krank werden. Sie stößt die Tür zu einem kleinen Raum auf, in dem ein Mann an einer grellen Lampe sitzt. Sie begreift, dass das, was er sagt, wichtig ist, aber sie kann es nicht hören. Im selben Augenblick bemerkt sie, dass sie bis zu den Knien im Wasser steht. Dann hört sie den Mann. Er sagt, dass sie nach draußen muss, weil das Haus jeden Moment den Berg hinunterrutschen kann.

Sie erwacht davon, dass Harald sie an der Schulter rüttelt.

»Elin, du träumst.«

Sie schlägt die Augen auf, und im Zimmer herrscht völlige Dunkelheit. Sie setzt sich auf. Durch die Kamintür sieht sie die rote Glut.

»Ich war in einem Haus«, erklärt sie und legt sich wieder hin. »Im Keller war ein Mann. Ich glaube, es war Björn.«

41

Als sie wach werden, ist Vagn schon aufgestanden und wäscht sich den Oberkörper mit einem nassen Handtuch. Später wäscht Elin ihm die Haare. Sie trägt Haralds grünes Hemd, das ein bisschen zu groß für sie ist, aber sie hat die Ärmel hochgekrempelt und trägt es über der Hose, fast wie ein Kleid.

»Schaffst du es zu reiten?«

»Vielleicht.«

Später legt er sich auf die Matratze vor dem Herd und zittert.

»Warum geht es nicht vorbei?«

»Wir können dich im Karren mitnehmen.«

»Welcher Karren?«

»Es gibt einen im Stall.«

Vor dem Frühstück geben sie Black und den anderen Tieren Futter und Wasser. Sobald sie selbst fertig mit essen sind, schirren sie das Pferd an und spannen es vor den Karren. Sie führen Pferd und Wagen vor den Stall, bringen eine Matratze heraus und legen sie auf die Ladefläche.

Harald packt Kleider in eine Stofftasche. Sie nehmen den Kaffee mit und ein paar andere Lebensmittel und laden alles in den Karren zusammen mit den Gitarren in den Gitarrentaschen.

»Wir sollten die Wassertanks leeren«, sagt Harald auf dem Weg zur Tür. »Falls wir Minusgrade kriegen.«

»Minusgrade«, sagt Elin höhnisch. »Wann hatten wir zuletzt Minusgrade?«

Trotzdem leeren sie die Tanks. Als Vagn sich auf die Matratze legt, zeigt Harald zur Scheune und den Waldrand dahinter.

»Ich habe jemanden gesehen.«

Elin nimmt das Fernglas aus der Tasche.

»Wo?«

»An der Ecke.«

Sie richtet das Fernglas auf die Scheune.

»Ich kann niemanden sehen.«

Sie gibt Harald das Fernglas, der es auch auf die Scheune richtet. Dann lässt er den Blick hoch zum Waldrand schweifen und entdeckt ein paar Krähen.

Elin ergreift die Zügel, schnalzt und geht neben dem Karren zu den Wagenspuren, die hinunter zum Fluss führen. Harald geht hinter ihr. Ab und zu dreht er sich um und blickt den Weg hinauf. In der Hand hält er die gespannte Armbrust.

Vagn liegt auf der Matratze unter zwei Decken und einem Stück Plane. Bald wird der Abstieg steiler, und an dem Punkt, wo er in eine Senke übergeht, steht Wasser in den Wagenspuren. Das Pferd wirft den Kopf zur Seite und ist unruhig. Elin spricht fortwährend auf es ein und versichert ihm, dass sie sich auf dem Heimweg befinden.

»Wir können vielleicht alle darin fahren!«, ruft sie, ohne sich umzudrehen. Sie setzt sich auf den Karren. Genau in diesem Moment wird sie gewahr, dass Harald weg ist. Sie fordert das Pferd auf zu halten und wickelt die Zügel um Blacks Vorderbeine. Als sie sich aufrichtet, wird ihr schwindelig und sie muss sich an dem warmen Pferdekörper abstützen. Vagn hat sich aufgesetzt. Seine Stimme ist schwach.

»Was ist los?«

»Harald ist weg.«

Sie läuft den Weg ein Stück zurück, und als sie auf die kleine Erhebung gelangt, sieht sie ihn. Er liegt in der rechten Wagenspur auf dem Bauch, das Gesicht im Wasser. Er bewegt sich nicht. Die Armbrust liegt neben ihm am Rand des Grabens.

Elin kniet sich zu ihm. Der Bolzen hat seine Brust durchbohrt, die Pfeilspitze ragt dreißig Zentimeter unter der Halsgrube hervor.

Elin schreit und fällt vornüber. Sie legt die Wange auf die blutige Stelle der Jacke und wimmert. Wieder und wieder sagt sie seinen Namen. Dann richtet sie sich auf, packt seine Armbrust und rennt zurück zum Karren.

Vagn hat die Decke wie eine Kapuze über den Kopf gezogen und teilweise um den Oberkörper gewickelt.

»Was ist?«

Von seinem Platz auf dem Karren kann er nicht auf den Waldweg blicken.

»Er ist tot!«

Sie wirft die Armbrust auf Vagns Beine und stützt sich mit den Händen am Karren ab. Ihr Mund steht offen, Tränen und Rotz laufen über ihr Gesicht. Sie krallt sich an die Seitenwände des Karrens, die Fingerknöchel weiß.

»Sie hat ihn getötet!«

Elin lehnt sich über den Karren, ihr Körper wird von Schluchzern erschüttert. Vagn legt eine Hand auf ihren Kopf, gleichzeitig blickt er nach hinten zum Waldrand.

»Was hat sie getan?«

»Ihn mit einem Bolzen erschossen.«

Vagn nimmt die Armbrust und reckt sich nach einem der Bolzen an Elins Gürtel.

»Wir müssen hier weg.«

Ihr Körper zuckt und Vagn legt einen Bolzen vor die gespannte Sehne. Er zittert und blickt nach hinten zum Wald.

»Wir müssen hier weg!«, wiederholt er.

»Die Wildschweine«, sagt sie. »Sie werden den Körper auffressen.«

»Wenn sie ihn erschossen hat, kann sie dasselbe mit dir tun. Wir müssen weg.«

Sie merkt nicht, dass sie schreit.

»Wir können ihn nicht hierlassen!«

Vagn klingt ruhig, als wäre nichts Besonderes geschehen.

»Sie sitzt wahrscheinlich im Gebüsch und wartet. Du warst es, die Björn umgebracht hat. Das kann sie nicht verzeihen. Mich verschont sie, ich bin Teil des Abkommens. Aber bei dir ist die Lage anders.«

Elin wimmert und wankt. Sie löst die Zügel und schnalzt schluchzend dem Pferd zu, das sich langsam in Bewegung setzt. Sie fahren den Abhang hinunter, Vagn liegt im Karren auf dem Bauch und beobachtet den Waldrand und das Gebüsch. Bevor sie unten am großen Weg angekommen sind, sieht er einen Schwarm Krähen zwischen den Birken auffliegen. Die Bäume werden bald austreiben, obwohl es mitten im Winter ist.

42

Sie gelangen auf den asphaltierten Weg, der zum Sicherheitsweg führt. Stacheldrahtrollen wurden als Hindernis ausgelegt und zwischen ihnen und dem Graben steht ein Soldat. Er prüft die Mobile der Passanten, während zwei andere Soldaten mit Maschinengewehren etwas abseits stehen und das Ganze überwachen. Eine Zigarette wandert zwischen ihnen hin und her, ein äußerst kleiner Stummel. Keiner von ihnen scheint derjenige sein zu wollen, der ihm ein Ende bereitet und ihn zu Boden fallen lässt.

Weiter weg steht ein Militärfahrzeug, wo ein schwer bewaffneter Soldat aus einer Luke im Dach blickt. Am Brückenfundament wurde ein beheiztes Zelt aufgebaut und ein Schuppen errichtet. Aus dem Ofenrohr steigt dünner Rauch auf. Auf dem Rastplatz stehen zwei gelb lackierte Bagger. Auf ihren Seiten wurde das Firmenzeichen »Torsons« in Großbuchstaben aufgemalt.

Vor ihnen in der Schlange gehen zwei Männer

mit Fahrrädern. Sie sind beide unrasiert und haben Regenkleidung an. Der eine der beiden trägt einen Gummistiefel am rechten Fuß, am linken einen Schnürschuh.

»Man sagt, dass es jederzeit losgehen soll«, behauptet der Größere.

»Kann man wohl annehmen«, antwortet derjenige, der kleiner geraten ist, ein rosiges Gesicht und weit aus den Höhlen hervorstechende Augen hat.

»Hab's heute früh im Radio gehört«, erzählt der Große. »Sie haben jetzt alles vorbereitet. Nur noch eine Frage von Stunden. Dann wird alles wieder normal.«

»Wir müssen zu einem sechzigsten Geburtstag am Wochenende«, teilt der Kleinere mit.

»Wohin?«

»Zu Holger Ladfjälls.«

»Dieser Teufel! Wusste nicht, dass du ihn kennst. Wir waren auf Elchjagd zusammen, zu der Zeit, als man noch Flinten besitzen durfte.«

»Er war schwer auf Branntwein aus, als er jung war. Jetzt ist er Abstinenzler.«

»Schwer auf Weiber aus ist er ebenfalls«, sagt der andere. »Hat fünf Kinder. Alles Mädchen. Keine verheiratet ... Hast du gehört, dass Norman tot ist?«

»Tot?«

»Wurde im Radio gesagt. Er war doch Vorsitzender vom Volkstanzverein. Hat Yalun bekommen und daraus ist eine Lungenentzündung geworden. Er ist gestern Abend gestorben. Es gab ein Interview mit ein paar Jugendlichen, denen er Tanzen beigebracht hat.«

»Das ist ja ein Elend.«

Derjenige mit dem einzelnen Stiefel wird plötzlich laut, als wolle er alle auf die Umstände aufmerksam machen.

»Ein Mann in seinen besten Jahren!«

Und schon ist der Große vorne bei den Soldaten, zeigt sein Mobil vor und geht sein Rad schiebend weiter bis zum Sicherheitsweg. Dann ist der Kleinere an der Reihe. Auch er geht weiter. Als Elin Black ein paar Schritte vortreten lässt, hebt der Soldat den Stacheldraht zur Seite.

Sie fischt ihr Mobil hervor und hält es ihm hin. Der Soldat macht eine Kopie und fragt, wohin sie unterwegs sind. Sie erzählt, dass sie auf dem Weg nach Hause ist, mit ihrem kranken Bruder. Der Soldat kopiert Vagns Mobil und winkt sie durch.

»Ich möchte einen Polizisten sprechen«, sagt Elin.

Der Soldat sieht sie an. Eben noch war er lediglich an ihrem Mobil interessiert gewesen. Jetzt tritt er einen Schritt näher an sie heran und senkt die Stimme. Er klingt schmeichelnd, beinahe freundlich. Er betastet den Kinnriemen seines Helms.

»Du bist wohl wegen irgendetwas abgehauen?« Elin tritt einen Schritt zurück.

»Ist hier ein Polizist?«

Der Soldat weist ihnen die Richtung, mit gestrecktem Arm und flach ausgestreckter Handfläche.

»Frag im Zelt nach.«

Elin schnalzt Black zu und er setzt sich mit klappernden Hufen Richtung Zelt in Bewegung.

Vagn ist zur vorderen Seite des Karrens gekrochen.

»Wozu willst du die Polizei?«

»Erzählen, dass Harald da oben liegt.«

»Wir reden nicht mit der Polizei.«

»Heute schon.«

»Nein, auch heute nicht.«

»Die Wildschweine werden ihn finden.«

»Wenn du mit der Polizei sprichst, sind wir geliefert.«

»Nicht wegen so einer Sache.«

»Wegen so einer Sache auch. Niemand spricht mit der Polizei.«

»Er kann nicht da liegen bleiben. Er wird erst von den Schweinen und dann von den Krähen gefressen.«

»Ida hat sich bestimmt um ihn gekümmert.«

»Wie denn?«

»Du glaubst doch nicht, dass sie will, dass ihr Bruder so dort liegen bleibt. Sie hat seinen Körper weggeschafft.«

»Wie hätte sie das anstellen sollen?«

»Sie hat ihn auf ein Pferd gelegt.«

»Sie schafft es nicht, ihn hochzuheben. Nicht auf ein Pferd.«

»Sie kann mit Svante zurückkommen und ihn holen.«

Sie sind am Zelt angekommen. Elin legt die Zügel um Blacks Vorderbeine, geht zur Zeltplane und zieht sie zur Seite.

»Ist hier jemand?«, ruft sie in das Dunkel des Zelts,

wo der rote Schein an den Rändern der Ofentür das einzige Licht darstellt.

Das Zelt ist leer.

Als sie sich umdreht, fährt ein Polizeifahrzeug zum Wagen mit dem Soldaten an der Dachluke vor. Zwei Frauen steigen aus, beide tragen die dunkelblaue Uniform der Reichspolizei. Die eine der beiden hat lange blauschwarze Haare, die zu einem Knoten hochgesteckt sind. Sie streicht sich mit einer Hand über das Haar und setzt sich eine Schirmmütze auf.

Syria.

Elin bückt sich und wendet den Blick zum Boden, dann zum Pferd. Sie löst die Zügel und schnalzt. Der Karren rollt los und Vagn ruft:

»Hast du es dir anders überlegt?«

Aber sie antwortet nicht.

43

Ein Stück weiter bergauf steht ein Militärlaster quer auf dem Sicherheitsweg. Ein paar Soldaten halten diejenigen, die von unten von der Brücke kommen, an und nach und nach bildet sich eine Schlange. Die Wartenden stellen Fragen, aber die Soldaten geben keine Antwort.

Viele Zivilisten haben Fahrräder dabei, ein Teil

Kinderwagen, einer schiebt eine Schubkarre mit Reisetaschen. Bald sind es Hunderte vor der Absperrung. Jemand setzt sich müde auf den Asphalt und Kinder treten an Black heran und streicheln ihn.

Fetzen von Gesprächen.

»Sie werden sie heute öffnen.« »Woher weißt du das?« »Habe es im Radio gehört.«

»Heute wird alles in Gang kommen.« »Die versprechen doch alles Mögliche.« »Wie lange sollen wir hier noch stehen?« »Das weiß niemand.« »Frage mich, ob es bei Wongs überhaupt noch etwas gibt.«

»Viele haben gehamstert.«

Ein Polizeifahrzeug mit Blaulicht kommt von der Brücke herauf. Hinter dem Steuer sitzt Syria. Sie hat ihre Mütze abgenommen und kaut Kaugummi. Elin verbirgt ihr Gesicht hinter der rechten Hand, steigt auf den Karren und legt sich neben Vagn.

»Hast du sie gesehen?«

»Wen?«

»Die Polizistin, die am Steuer saß?«

»Wer war das?«

»Sie hat behauptet, dass sie Syria heißt.«

Und dann erzählt Elin, wie Syria nackt auf dem Boden beim Militär lag. Vagn sieht müde aus.

»Sie wollten dich dazu bringen zu reden«, krächzt er. »Sie dachten, vor einer Mitgefangenen würdest du dich öffnen. Deshalb sollte man nie mit der Polizei reden. Man kann ihr nie vertrauen. Merk dir das jetzt endlich: Vertraue niemals einem Polizisten.«

»Ich habe einen getroffen, der ziemlich freundlich

war. Aber er war alt und wirkte müde. Er tat mir leid.«

Vagn krächzt.

»Das ist ihre Methode. Einer ist immer freundlich. Das ist derjenige, von dem sie sich erhoffen, dass man sich ihm anvertraut. Irgendein anderer droht einem mit Folter. Das ist dann der, vor dem man sich fürchten soll. Einer, vor dem man Angst hat, einer dem man sich anvertrauen soll. So arbeiten sie.«

Etwas später kommen zwei verdeckte Militärlaster und ein weiterer Laster mit einem halben Dutzend Freiwilliger. Die Soldaten stellen mithilfe der Freiwilligen vier Zelte und eine Feldküche auf. In einer Stunde sollen alle Suppe bekommen, sagen sie.

Bald danach wird der Weg nach Norden geöffnet und die Menschen hinter der Absperrung ziehen los, den Weg entlang.

Ein etwa siebenjähriges Mädchen geht neben seinem Vater. Er schiebt einen Kinderwagen mit einem zweijährigen Kind darin und auf dem Rücken trägt er einen Rucksack. Sie gehen neben Black und die Siebenjährige fragt, wie das Pferd heißt. Zwischen zwei Zähnen im Oberkiefer hat sie eine Lücke.

»Ihr könnt mitfahren«, bietet Elin nach einer Weile an und stoppt den Karren. »Aber wenn es bergauf geht, müsst ihr zu Fuß gehen.«

Der Mann hebt das kleine Kind und den Kinderwagen in den Karren. Vagn rückt zur Seite. Der Mann legt den Rucksack auf die Ladefläche.

»Wir sind unterwegs nach Grövelsjö«, erklärt er. »Die Mutter der Kinder arbeitet dort. Sie ist eigentlich Betriebswirtin, aber hat dort eine Arbeit als Controller bekommen. Sie programmiert und steuert mithilfe von zehn menschenähnlichen Robos vierhundert Serviceroboter. Sie sagen, dass alle zehn den Turing-Test bestanden haben. Wir hätten gestern den Bus nehmen sollen, aber der war voll. Wenn wir heute nicht ankommen, läuft der Pass ab.«

»Braucht man einen Pass, um nach Grövelsjö zu kommen?«

Der Mann nickt.

»Westlich von Idre darf man sich nicht ohne spezielle Zulassungen bewegen. Und die sind schwer zu bekommen, besonders jetzt.«

»Weißt du, was passiert ist?«

»Sie haben vier Brücken gesprengt und Teile des Sicherheitswegs, fast alle Kommunikation ausgeschaltet und Raketen in Richtung Regierungskomplex gefeuert. Da oben in Grövelsjö hat es wohl Verletzte gegeben, aber man weiß nichts Genaues, alles nur Gerüchte.«

Dann wendet er sich zu Vagn um.

»Was ist mit dir?«

»Fieber«, krächzt er. »Wie heißt du?«

Der Mann sagt seinen Namen, zeigt auf die Kinder und sagt, wie sie heißen.

Elin geht neben dem Pferd, den Blick auf den asphaltierten Weg vor ihr gerichtet. Hin und wieder werden sie von Radfahrern überholt und weit hinter ihnen humpelt eine grauhaarige Frau mit Krücken und einem riesigen Rucksack.

44

Kurz bevor sie bei Wongs ankommen, sagt der Mann, der neben ihnen geht, dass die Mobile jetzt wieder funktionieren.

Er hält seins hoch und zeigt, wie es leuchtet. Er wählt und erreicht seine Frau.

»Wir sind gleich bei Wongs«, erklärt er. »Sie sagen, dass von dort Busse fahren.«

Dann schweigt er.

»Ja, doch. Es geht allen gut. Aber wir haben Hunger.«

Elin nimmt ihr Mobil hervor, bekommt Kontakt mit Gunnar und erzählt, wo sie sind und dass Vagn im Karren liegt.

Bei Wongs trennt sich der Mann mit den Kindern von ihnen. Vor dem eingezäunten Gebiet wurden einige Militärzelte aufgestellt. Direkt beim Weg stehen drei mit einem großen roten Kreuz.

»Möchtest du zu einem Arzt?«, fragt sie, aber Vagn schüttelt den Kopf.

Sie gehen weiter zum Waldweg oberhalb von Wongs, und als sie in den Wald abbiegen, setzt der Regen ein. Er bringt Sand mit sich, der rot ist. Doch der Regen dauert nur ein paar Minuten, und während er fällt, steht Elin beim Pferd und hält seinen Kopf fest und versichert ihm, dass keine Gefahr besteht, dass es nur Sand aus der Sahara ist und dass sie bald zu Hause sind.

Als sie sich das letzte Stück des Berges hinaufquälen, muss Vagn vom Karren steigen, und gemeinsam helfen sie, den Karren anzuschieben, sodass er es über den Bergkamm schafft.

Kurz darauf sehen sie das Haus.

In den Fenstern ist Licht, und als Elin durch das Fernglas blickt, kann sie sehen, wie sich die Rotorblätter am Windrad bewegen. Sie ruft erneut an und erzählt, dass sie sie sehen kann. Gleich darauf wird die Tür geöffnet und Anna, Gunnar, Frans und Lisa kommen mit den Hunden heraus. Sie stehen da und sehen zu, wie der Karren auf sie zukommt.

Dann sind sie zu Hause. Gunnar sattelt Black ab und führt ihn in den Stall. Die Hunde wollen nicht von Elin ablassen. Sie springen unermüdlich an ihr hoch und wollen von ihr gestreichelt werden. Sie essen und Elin erzählt, was sie erlebt haben, und als sie ihren Bericht beendet, übermannt beide die Müdigkeit. Vagn schläft am Tisch ein und muss in sein Zimmer gebracht werden.

»Was ist mit Harald passiert?«, fragt Frans.

In dem Moment bricht das Weinen aus ihr heraus.

45

Am Tag darauf bleibt Elin im Bett. Sie trägt Haralds grünes Hemd. Lisa liegt eine Weile bei ihr und erzählt von zwei Puppen, die sie sich zum Geburtstag wünscht.

Aber Elin sagt nicht viel. Sie antwortet knapp und einsilbig auf Lisas Fragen und später am Vormittag steht Lisa auf und geht hinüber zu Vagn, der ebenfalls im Bett liegen geblieben ist.

Anna kommt zu Elin und setzt sich zu ihr. Sie streicht ihr über die Haare und sagt, dass sie vielleicht die Spitzen schneiden lassen sollte.

Elin hat im Bett gefrühstückt und liegt mit dem Gesicht zur Wand gedreht da. Gunnar kommt etwas später zu ihr und setzt sich an die Bettkante. Er sagt nichts, streichelt nur über die Decke, unter der ihre Füße stecken. Sie fragt ihn, wie es seiner Hand geht. Er hält sie hoch, damit sie den Verband sehen kann, doch er sagt immer noch nichts, bewegt nur ein wenig den Mittelfinger, als würde er jemanden grüßen oder einen alten Kinderreim vorführen: »Das ist der Daumen, der schüttelt die Pflaumen …«

Als es dunkel wird, kommt Frans. Er setzt sich auf den Stuhl, auf den Lisa ihre Kleider legt, wenn sie sich abends auszieht. Es ist so dunkel im Zimmer, dass er Elin kaum noch erkennen kann. Eine Weile sitzt er nur da und schweigt. Dann fragt er Elin, ob es etwas gibt, was er für sie tun kann. Elin antwortet, dass es ausreicht, dass er da ist. Als er glaubt, dass sie eingeschlafen ist, steht er auf und geht hinaus in die Küche, wo Vagn am Küchentisch sitzt.

»Wie war das mit Elin und Harald?«, fragt Frans und lässt sich neben Vagn nieder, der Suppe von einem Löffel schlürft.

»Sie hat sich verliebt.«

»Wie sehr?«

»So sehr man kann.«

Vagn taucht den Löffel in die Suppe, führt ihn zum Mund und pustet.

»Ich war nicht sehr nett zu ihr.«

»Niemand kann immer nett sein.«

»Ich war unnötig gemein.«

Der Großvater legt eine Hand auf Vagns Oberschenkel.

»Wie geht es mit deinem Fieber?«

»Besser.«

»Das ist gut.«

Er klopft Vagn auf die Schulter, stützt sich an der Tischkante ab und erhebt sich.

Etwas später geht Vagn zu Elin. Er setzt sich auf Lisas Bett und räuspert sich.

»Bist du wach?«

»Ja.«

»Es war blöd von mir, all diese Sachen zu sagen.«

»Ich weiß.«

»Ich habe verstanden, dass du in ihn verliebt warst.«

»Hast du?«

»Kann ich etwas für dich tun?«

»Nein.«

Vagn geht zurück in die Küche, wo Lisa mit Kugelschreiber und Papier dasitzt. Sie zeichnet einen Pferdekopf.

»Wir werden zwei Pferde kaufen«, sagt sie, ohne den Blick zu heben.

»Eins davon wird Ronja heißen.«

»Gut.«

»Alles wird wie vorher werden.«

»Ja.«

Sie blickt auf.

»Willst du Schach spielen?«

»Klar, wenn wir in mein Zimmer gehen können. Ich glaube, ich muss mich hinlegen.«

Lisa steht auf.

»Willst du wissen, was ich mir wünsche, wenn ich Geburtstag habe?«

»Gerne.«

»Zwei Puppen, die es bei Wongs gibt. Sie können vier Sprachen sprechen. Meine sollen Zwillinge aus Madrid sein. Sie können Carmen und Carmencita heißen.«

»Du hast im Juni Geburtstag, oder?«

Lisa tut so, als würde sie nach ihrem Bruder schlagen.

»Du weißt, dass ich im Juli habe.«

Dann gehen sie in Vagns Zimmer und stellen das Schachbrett zwischen sich auf das Bett. Vagn hält einen weißen Bauern in der einen Hand und einen schwarzen in der anderen Hand verdeckt. Lisa zeigt auf den weißen und stellt die Figuren auf.

»Was ist mit Elin?«, fragt sie.

»Sie hat sich in Harald verliebt.«

»Arme Elin.«

Lisa beginnt damit, den Königsbauern vorzurücken.

»Glaubst du, er kann sie sehen?«

»Wer?«

»Der Verstorbene. Glaubst du, er kann sehen, wie traurig sie ist?«

»Keine Ahnung, das weiß ich wirklich nicht.«

Vagn rückt ebenfalls den Königsbauern vor und Lisa beißt sich in die Unterlippe und überdenkt den nächsten Zug.

»Es ist schade, dass du Großmutters Kette verloren hast.«

»Ich sorge dafür, dass ich sie zurückbekomme.«

»Das ist gut, denn du hast versprochen, dass ich sie bekomme, wenn ich sechzehn bin.«

46

Zwei Tage später steht Elin auf, rollt Haralds Hemd zusammen und legt es unter das Kopfkissen. Sie duscht, zieht sich saubere Kleider an und bleibt auf der Bettkante sitzen, die Augen auf Haralds Gitarren in ihren Taschen gerichtet, die an die Wand am Fenster gelehnt stehen. Nach einer Weile erhebt sie sich und nimmt eine in jede Hand und bringt sie in die

Abstellkammer, wo sie sie hinter einer Matratze abstellt, die nur benutzt wird, wenn Gäste da sind.

Dann geht sie in den Stall. Sie gibt Black Wasser und Futter und striegelt ihn, während sie ihm erzählt, worüber sie alles nachgedacht hat in den letzten Tagen. Hin und wieder lehnt sie den Kopf an den Pferdekörper und atmet seinen Geruch ein. Sie streicht ihm über den Rücken, kratzt ihn am Hals und vergräbt die Finger in seinem Fell.

Etwas später frühstückt sie in der Küche mit dem Rest der Familie. Lisa sitzt neben ihr und fragt sie, ob sie ihr bei den Spanischaufgaben helfen kann. Elin verspricht, sie abzufragen.

Dann sehen sie die Lokalnachrichten. Ein junger Mann mit dunklen Augen spricht direkt in die Kamera. Deutlich und ohne zu blinzeln. Er sieht aus, als würde er nicht einmal lachen, wenn man ihn mit einer Vogelfeder im Ohr kitzelt.

Zuerst werden Bilder des Sicherheitswegs gezeigt und ein Beamter mit großem Schnurrbart kommentiert den Busverkehr, der jetzt wieder reibungslos funktioniert. Danach kommt ein Bericht darüber, dass die Grippe in zwei Teilen des Distrikts grassiert. Der Bericht geht in einen Beitrag über die Familie Torson über, die nicht nur von der Grippe, sondern auch von einem anderen Unglück heimgesucht wurde.

Der Nachrichtensprecher versucht offenbar so zu wirken, als hätte er die Personen, über die er spricht, persönlich gekannt.

»Der achtzehnjährige Harald Torson wurde dieser

Tage ermordet aufgefunden. Über die Ursache seines Todes möchte die Ortspolizei derzeit noch keine Auskunft erteilen. Aber Harald ist nicht der Einzige in der Familie, dem ein Unglück zugestoßen ist. Der knapp fünfzigjährige Björn Torson wurde vor einer Weile als vermisst gemeldet und konnte bisher nicht ausfindig gemacht werden. Björn Torson war in der Lokalpolitik aktiv und geschätzter Wortführer im örtlichen Verein für Orientierungslauf.

Auch Norman Torson, bekannter Profitänzer, ist ums Leben gekommen. Er starb vor Kurzem an den Folgen einer Yalunerkrankung. Wir sehen hier Norman mit seiner Schwester Ida beim schottischen Volkstanz während eines Tanzwettbewerbs im Folkets Park von Mora vor vier Jahren. Norman Torson, der unserem Nachwuchs so engagiert den Volkstanz beigebracht hat, wurde zweiunddreißig Jahre alt.«

Danach kommt ein Bericht über die Eissporthalle in Leksand, die erneut einem Brand zum Opfer gefallen ist. Dann sind die Nachrichten vorbei.

In diesem Moment werden auf der Bildwand zwei Reiter sichtbar, die sich in südwestlicher Richtung oben auf dem Bergkamm befinden. Einer der beiden ist eine aufrecht sitzende Frau in einer hellblauen Uniform der Ortspolizei. Sie trägt einen Reiterhelm, hat das Haar zu einem Pferdeschwanz gebunden und in einer Satteltasche steckt ein Maschinengewehr.

Der andere Reiter trägt eine grüne Jägerjacke, die zu klein scheint, und auf dem Kopf eine Tweedmütze. Er sitzt zusammengesunken im Sattel.

»Ich glaube, ich weiß, wer das ist«, sagt Elin. »Er gehört zur Staatspolizei.«

»Die Ortspolizei müssen wir nicht reinlassen«, sagt ihr Vater. »Die Staatspolizei allerdings schon, man weiß sonst nie, was sie sich einfallen lässt, um das zu bekommen, was sie will.«

Frans steht auf, geht zur Haustür und zieht sich seine Jacke an.

»Ich empfange sie.«

Er öffnet die Tür, knöpft die Jacke zu und geht hinaus. Er stellt sich vor die Tür mit den Händen in den Hosentaschen.

Innen im Haus sieht man die Reiter näher kommen. Vagn sieht der Frau ins Gesicht.

»Wisst ihr, wer das ist?«

»Schwer zu sagen«, sagt Gunnar. »Kann allem Möglichen angehören. Militär, Staatspolizei oder ganz einfach der Ortspolizei, auch wenn das weniger wahrscheinlich ist. Die Staatspolizei weiß, dass die Ortspolizei Informationen durchsickern lässt und verkauft – an beide Seiten.«

Dann blickt Vagn in das Gesicht des Mannes. In der Nahaufnahme lässt sich erkennen, wie müde er ist. Ein Bart, der sich langsam weiß färbt, und schwere Lider, es wirkt, als hätte er den Blick nach innen zu sich selbst gerichtet, als wäre der Weg, auf dem er zum Haus geführt wird, völlig uninteressant für ihn. Doch in seinem Inneren scheint es zu arbeiten.

Frans geht ein paar Schritte nach vorne und erscheint im Bild. Die Frau reitet ihm entgegen und zügelt das Pferd, das unruhig ist und mit gebeugtem Kopf zu den Seiten trippelt. Die Frau spricht beruhigend auf das Pferd ein.

Der Mann mit der Mütze kommt neben der Frau in Uniform zum Stehen. Sie nimmt jetzt einen Ausweis aus der Tasche und reicht ihn Frans.

»Solveig Haglund«, sagt sie. »Siebte Polizeidirektion.«

Frans gibt ihr den Ausweis zurück und richtet den Blick auf den Mann mit der Mütze. Eine graugrün karierte Tweedkappe mit breitem Schirm.

»Er gehört zu mir«, sagt die Frau und zeigt mit der Hand auf den Mann. »Wir suchen Elin.«

Frans schnaubt verächtlich.

»Wenn Sie etwas von Elin wollen, müssen Sie das über das Amtsgericht regeln. Sie ist sechzehn Jahre alt, war krank und ist noch geschwächt.«

Der Mann mit der Mütze beugt sich vor.

»Hier in der Gegend herrscht immer noch Ausnahmezustand. Wir können sprechen, mit wem wir wollen. Aber – da ist auch noch eine andere Sache.«

Er nimmt sein Mobil hervor und zeigt darauf. Ein Filmausschnitt beginnt. Der Mann mit der Mütze hält das Mobil so, dass Frans es sehen kann.

»Ist das jemand, den Sie kennen?«

»Das ist meine Tochter Karin.«

»Sie hat eine Nachricht hinterlassen.«

Der Mann mit der Mütze stellt den Film aus.

»Für wen?«

»Für denjenigen, der daran interessiert ist.«

Frans macht auf dem Absatz kehrt und geht zur

Tür, öffnet sie und schlüpft hinein. Der Dackel kläfft. Ohne sich die Jacke auszuziehen, setzt sich Frans an den Tisch.

»Er hat einen Film mit Karin. Sollen wir sie hereinlassen?«

»Wenn wir den Film sehen dürfen, kann er natürlich hereinkommen«, sagt Anna und legt die Hand auf den Arm ihres Vaters.

Sie spürt, wie er zittert.

»Karin hat irgendeine Uniform an.«

Vagn steht auf und nimmt Lisa an der Hand.

»Wir gehen in mein Zimmer«, sagt er. Lisa protestiert.

»Ich will das auch sehen.«

»Geh mit Vagn«, bittet Anna sie. Es fällt ihr schwer, ihre Stimme zu kontrollieren. Sie beißt sich auf die Unterlippe, genauso wie Elin und Lisa es manchmal tun.

Vagn führt Lisa hinaus, die sich umdreht und den Eltern finstere Blicke zuwirft, bis Vagn sie auf den Flur bringt.

»Ich gehe nach draußen«, sagt Frans.

Er geht auf den Hof, wo die uniformierte Frau und der Mann mit der Mütze die Pferde am Drahtseil an der Westseite des Hauses angebunden haben. Die Frau nimmt das Maschinengewehr und legt es sich um die Schulter.

»Es dauert nur einen Moment«, versichert der Mann mit der Mütze.

47

Gunnar zeigt zur Bank an der Wand. Die Frau in Uniform hat zwei Knöpfe am Kragen aufgeknöpft. Der Mann hat seine Mütze abgenommen und die Jacke geöffnet. Er nickt Elin zu.

»So sehen wir uns wieder.«

Der Dackel steht breitbeinig vor dem Herd und verfolgt das Geschehen mit offensichtlichem Interesse.

Elin antwortet nicht.

»Bitte.« Gunnar zeigt erneut auf die Bank und die Frau schiebt sich zwischen Tischplatte und Sitzbank unter das Fenster. Sie legt das Gewehr neben sich, während der Dackel an ihren Stiefeln schnüffelt. Der Mann mit der Mütze setzt sich neben die Kollegin, nimmt sein Mobil hervor, richtet es zur Bildwand und gibt ein paar Codes ein. Auf der Wand erscheint das Bild eines Gesichts.

»Ich habe einen kleinen Film dabei, der die Lage ihrer Verwandten vor genau vierundzwanzig Stunden zeigt.«

Der Film geht los.

Die Frau im Bild trägt ein graues Baumwollhemd, eine graue Baumwollhose und Filzpantoffeln. Sie hält die Hände hinter den Rücken und steht an einer weißen Wand. Die Kamera zoomt ihr Gesicht heran. Während sie spricht, leckt sie sich fortwährend über die Lippen. Ihre Stimme ist leise, fast unhörbar.

»Ich kann nicht sagen, wo ich bin, denn das weiß

ich nicht. Sie verhören mich täglich zwölf Stunden, aber ich habe das Zeitgefühl verloren, weiß nie, ob es Tag oder Nacht ist. Es gibt keine Fenster und das Licht ist immer eingeschaltet. In ein paar Monaten ist der Prozess. Ich bin eines terroristischen Vergehens, Mordes und wegen anderer Sachen angeklagt.«

Sie verzieht resigniert das Gesicht.

»Ich bin eine sehr gefährliche Person, es ist also nicht davon auszugehen, dass ich in der Grube lande. Der Anwalt behauptet, dass ich in ein Sicherheitsgefängnis gesteckt werde und dass ich vielleicht …«

Ihre Stimme überschlägt sich. Sie hebt das Kinn und blickt geradeaus in die Kamera.

»… vielleicht nie wieder herauskomme. Nichts, was ich jetzt tue oder sage, kann noch beeinflussen, wie das entschieden wird. Dafür ist es schon zu spät. Nur wie ich behandelt werde, kann noch beeinflusst werden. Wenn ihr ein klein wenig hilfsbereit seid, darf ich vielleicht eine Stunde Radio am Tag hören, irgendwann.«

Der Mann mit der Mütze drückt einen Knopf seines Mobils und das Bild erstarrt.

Das Gesicht füllt die gesamte Bildwand aus, und Anna fängt an, lautlos zu weinen. Gunnar nimmt sie in den Arm und Frans schluchzt auf.

Der Mützenmann steckt eine Hand in seine Jackentasche und nimmt seine Brille heraus. Er zwickt mit zwei Fingern in seinen Nasenrücken, bevor er sie aufsetzt, und kreuzt Elins Blick.

»Meine Kollegin hat ein paar Fragen. Ich habe versprochen, dabei behilflich zu sein, weil ich dich ein bisschen kenne.«

Elin fährt ihn an.

»Sie haben versucht, mich reinzulegen!«

Der Mann mit der Mütze runzelt die Stirn.

»Habe ich das?«

»Ich habe Syria gesehen oder wie sie heißt. Ich habe sie in Uniform an der Brücke gesehen!«

Der Mützenmann lehnt sich zurück und seufzt.

»Natürlich hast du Syria gesehen. Dich führt man nicht so leicht hinters Licht.«

Er begegnet Elins Blick, bevor er weiterspricht.

»Ich habe versucht, dich reinzulegen, aber diesmal wird es keine krummen Sachen geben. Du hast die Möglichkeit, deiner Tante zu helfen. Möglicherweise darf sie dann eine Stunde pro Tag Radio hören, wer weiß? Oder aber sie wird einfach nur dasitzen, ihre Zehennägel anstarren und versuchen, sich zu erinnern, wie es eines schönen Juniabends am Fluss aussah. Wie es für sie ausgeht, wissen wir nicht, aber du kannst ihr vielleicht helfen. Ich sage ›vielleicht‹. Was auch immer du erzählst, ich bin nicht derjenige, der entscheiden darf. Ich kann nur denjenigen, die befugt sind zu entscheiden, erzählen, was passiert ist. Was also soll ich ihnen erzählen? Dass du bereit zur Zusammenarbeit warst, dass deine Familie getan hat, was in ihrer Macht stand, um Klarheit in die Sache zu bringen? Eine Sache, in der jeder rote Faden in einem ganzen Fadensystem mit losen Enden verloren zu gehen scheint. In der man nie weiß, was an dem Faden,

den man gerade verfolgt, alles hängen wird. Du bist es, die entscheidet, was du selbst tun wirst.«

Elin lässt den Blick zwischen Anna, Gunnar und Frans schweifen.

»Ich entscheide was?«

Der Mützenmann spricht weiter:

»Für jemanden, der den Rest seines Lebens hinter Gittern verbringen wird, kann es von hoher Bedeutung sein, Radiomusik und vielleicht ab und zu Nachrichten hören zu dürfen. Diese Dinge können davor schützen, schon im ersten Jahr verrückt zu werden. Diejenigen, die verrückt werden, kommen in medizinische Behandlung, und dann …«

»Karin nimmt keine Medizin.«

»Es gibt Lösungen für diese Art von Problemen.« Anna schluchzt erneut und Elin sieht zu ihr herüber.

Dann richtet sie den Blick wieder auf den Mützenmann.

»Was willst du wissen?«

Er zeigt auf seine Kollegin. Die uniformierte Frau nimmt eine Kamera aus der Tasche, faltet ein kleines Stativ auf und wendet sich an Anna, Gunnar und Frans.

»Ich muss Sie bitten, etwas nach hinten zu rücken. Und du, Elin, kannst dich vielleicht so setzen, dass du mit dem Rücken zu deiner Familie sitzt?«

Elin nimmt an der Längsseite des Tischs genau gegenüber der uniformierten Frau Platz, die Elin jetzt bittet, ihren Namen und ihre Geburtsnummer zu nennen. Als sie die Auskünfte erteilt hat, sagt die Frau ihren Namen und erklärt, wo das Gespräch stattfindet und wer noch weiter anwesend ist. Der Mützenmann wird als »22 14« bezeichnet.

»Haben Sie keinen richtigen Namen?«, faucht Elin, aber sie bekommt zunächst keine Antwort.

Sie mustern sich gegenseitig und nach einer Weile sagt er:

»Du kannst mich Frank nennen.«

Elin schnaubt verächtlich.

»Großvater heißt Frans. Versuchen Sie, mich zu manipulieren?«

Er zuckt mit den Schultern.

»Nenn mich, wie du willst.«

»Ist Frank Ihr richtiger Name?«

Er spielt mit seiner Mütze herum, ohne zu antworten. Elin entdeckt ein Härchen in seinem linken Nasenloch. Es wächst aus der Nase heraus, leicht gekrümmt und fast einen halben Zentimeter lang. Sie überlegt einen Moment, ob sie etwas dazu sagen soll, aber sie schweigt.

Die Frau räuspert sich.

»Kannst du erzählen, was du über Harald Torsons Tod weißt?«

Elin beißt sich auf die Unterlippe und Tränen steigen ihr in die Augen.

»Ich war bei ihm, als er starb.«

»Kannst du die Umstände seines Todes beschreiben?«

Elin zögert und die uniformierte Frau legt den Kopf schief und blickt Elin an.

»Wo ist er gestorben?«

»Wir waren auf dem Weg von Torsons Hof hinunter zur Brücke.«

Sie verstummt, übermannt von der Erinnerung. Der Mann, der Frank genannt werden will, steckt die Hand in die Tasche und holt ein ungeöffnetes Paket Taschentücher heraus. Elin kämpft eine Weile damit, das Päckchen aufzubekommen, bis die uniformierte Frau ihr hilft. Dann wischt Elin sich die Tränen ab und schnäuzt sich.

»Was ist passiert?«, fragt die Frau.

Elin tupft über ihre Wangen. Ihre Augen sind rot unterlaufen.

»Ich ging neben dem Karren, in dem Vagn lag.«

»Wir sprechen von deinem Bruder?«

»Ja.«

»Warum lag er in einem Karren?«

»Er hatte Fieber, schaffte es nicht zu reiten und wir hatten einen Karren gefunden.«

»Wer hat ihn gezogen?«

»Mein Pferd.«

»Und wo befand sich Harald Torson?«

»Er ging hinter dem Karren und hielt Ausschau.«

»Warum sollte er Ausschau halten?«

»Er hatte jemanden am Stall gesehen, bevor wir aufgebrochen sind.«

»Wen hat er gesehen?«

»Ich glaube nicht, dass er das richtig erkennen konnte. Er hat durch das Fernglas gesehen, und ich habe gefragt, ob es Ida sein kann, aber sie war es nicht, behauptete er.«

»Warum hast du gefragt, ob es Ida war?«

»Sie war wütend auf Harald, das war deutlich, als wir bei Haralds Onkel waren.«

»Du meinst Svante Torson?«

»Ja.«

»Du glaubst also nicht, dass es Ida Torson war, die Harald bei Torsons Stall gesehen hat?«

»Das war jedenfalls das, was er sagte.«

»Wer könnte es sonst gewesen sein?«

»Keine Ahnung.«

»Was ist danach passiert?«

»Wir haben uns samt dem Karren auf den Weg gemacht, aber sind nicht weit gekommen. Ich habe mich umgesehen, und da war Harald weg. Ich bin zurückgerannt und dann lag er da, mit einem Bolzen im Brustkorb.«

»Hat er noch gelebt, als du ihn gefunden hast?«

Elin schüttelt den Kopf und nimmt ein neues Taschentuch aus dem Paket. Sie trocknet sich die Wangen und putzt sich die Nase.

»Harald war also tot, als du zu ihm kamst?«

»Ja.«

»Was hast du dann gemacht?«

»Ich bin zurück zum Karren gerannt. Vagn wollte, dass wir weitergehen. Er glaubte, dass die Person, die Harald erschossen hat, es auch auf uns abgesehen hat.«

»Warum sollte es jemand auf euch abgesehen haben?«

»Ich weiß nicht.«

»Aber was glaubst du?«

»Keine Ahnung.«

»Ihr habt Haralds Körper also auf dem Waldweg zurückgelassen?«

»Als wir an der Wegsperrung angekommen waren, wollte ich mit einem Polizisten reden, aber …«

Elin dreht sich zu dem Mann um, der Frank genannt werden will:

»Aber da habe ich eine Polizistin entdeckt, die ich vorher schon einmal gesehen hatte. Als ich sie zum ersten Mal zu Gesicht bekommen habe, lag sie nackt auf dem Fußboden, die Hände auf dem Rücken gefesselt. Jetzt saß sie in Uniform mit einer Waffe in einem Polizeiauto.«

Elin deutet mit dem Finger auf Franks Stirn.

»Sie haben mich hinters Licht geführt. Ich erinnere mich, was mir gesagt wurde, seit ich klein war: ›Sprich niemals mit der Polizei, sie wird dich übers Ohr hauen!‹«

Sie wirft sich im Stuhl zurück, dass die Lehne knarzt. Derjenige, der Frank genannt werden will, sieht aus, als wüsste er plötzlich nicht, wohin mit seinen Händen. Er rückt seine Brille zurecht und sieht müde aus. Die Uniformierte spricht weiter:

»Was hast du an der Wegsperrung getan?«

»Beschlossen, dass es mich einen Dreck kümmert, ob ich mit der Polizei rede. Ich habe mir gedacht, dass die Person, die Harald erschossen hat, vermutlich irgendwo im Gebüsch lag und darauf wartete, dass wir weiterziehen würden. Als wir weg waren, konnten sie den Körper holen.«

»Du glaubst, dass es mehrere waren?«

»Um ihn wegzubringen, hätte man mindestens zu zweit sein müssen. Für eine Person allein wäre es schwer gewesen, den Körper auf einen Pferderücken zu legen. Harald war ziemlich groß.«

»Ida hätte das also allein nicht tun können?«

Elin schnaubt.

»Ich habe nicht gesagt, dass es Ida war.«

»Aber wenn es Ida gewesen wäre, dann hätte sie es nicht geschafft, den Körper alleine fortzubringen?«

Elin wirft das Paket Taschentücher in das Gesicht der uniformierten Frau.

»Legen Sie mir keine Worte in den Mund!«

Die Uniformierte legt das Paket Taschentücher wieder vor Elin auf den Tisch.

»Du hast meinem Kollegen davon erzählt, wie du und dein Bruder von Björn, Ida und Norman Torson überfallen worden seid.«

»Ja.«

»Willst du erzählen, was geschah?«

»Nein.«

»Warum nicht?«

»Weil ich es bereits einmal erzählt habe und Frank hat es auf seiner Kamera gespeichert oder auf einer geheimen Festplatte oder wo auch immer.«

»Du möchtest also deine Erzählung nicht wiederholen?«

Elin antwortet nicht.

Die Uniformierte beobachtet Elin, dann senkt sie den Blick und nach einer Weile hebt sie den Kopf wieder. Sie beugt sich über den Tisch.

»Dann habe ich nur noch eine Frage.«

»Weißt du, wo Björn Torson ist?«

»Nein.«

»Sicher?«

»Sie haben gesagt, dass Sie nur noch eine einzige Frage haben.«

Die Uniformierte nickt und lehnt sich zurück. Der Mann, der Frank genannt werden will, stellt einen Ellenbogen auf den Tisch und stützt sein Kinn auf die Hand.

»Wie kommt es nur, dass deine Tante ihr Leben auf diese Weise wegwirft?«

Elin wird rot und hebt die Stimme:

»Fragen Sie sie doch selbst!«

»Aber was glaubst du?«

»Woher soll ich das wissen?«

Er spielt mit der Mütze herum.

»Nein, natürlich, das kannst du nicht wissen. Darf ich eine letzte Frage stellen?«

»Klar, aber ich sage nicht, dass ich sie beantworten kann.«

»Warum gehst du nicht in die Schule?«

»Ich werde im Herbst damit anfangen.«

»Aber du könntest doch auch jetzt in die Schule gehen. Ein aufgewecktes Mädchen, wie du es bist, sollte nicht bloß hier herumlungern.«

»Es gab in der Nähe keine guten Schulen.«

»Was ist denn eine gute Schule?«

»Eine, wo man Schüler sein kann, ohne Cool zu nehmen.«

»Aber im Herbst …?«

»… werde ich an einer neu eröffneten in Rättvik anfangen. Dort muss man keine Pillen schlucken, wenn man morgens ankommt. Dann werde ich Musikerin.«

»Du machst Musik?«

»Ja.«

»Was?«

»Eigene Lieder.«

Der Mann, der Frank genannt werden will, nimmt die Mütze, dreht sie in den Händen und legt sie zurück auf den Tisch. Dann nimmt er die Brille ab, kneift sich in den Nasenrücken und legt die Brille auf den Tisch. Er wirft der Kollegin einen Blick zu und sie nickt.

»Dann sind wir mit dir fertig, Elin. Jetzt möchten wir mit deinem Bruder sprechen.«

»Wann dürfen wir den Rest des Films sehen?«, fragt Elin.

Der Mann, der sich Frank nennt, drückt auf sein Mobil und das Gesicht an der Bildwand bewegt sich wieder. Karin blickt direkt in die Kamera.

»Helft mir, wenn ihr könnt«, flüstert sie. Dann ist der Film zu Ende.

48

Vagn erzählt die gleiche Geschichte wie Elin über Haralds Tod. Als sich die Polizisten erheben, fragt Elin nach dem Chip.

»Sie haben einen Chip am Fernglas montiert. Hat er nicht funktioniert? Ich meine, wenn der Chip funktioniert hätte, dann hätten Sie doch gesehen, wie wir zum Stall geguckt haben, um herauszufinden, wer sich am Waldrand bei Torp herumschlich?«

Frank ist mit dem Reißverschluss seiner Jacke beschäftigt. Er klemmt und er muss einen Moment probieren, bis er ihn wieder zubekommt. Der Dackel beobachtet ihn, während der Jämthund auf seiner Decke träumt.

»Keine Technik ist perfekt, und nicht immer wird alles so, wie man dachte. Nein, der Chip hat nicht funktioniert. Aber das ist Geheimnis der Polizei und ich bitte dich, es nicht weiterzutragen. Besonders nicht an Mitglieder der Ortspolizei. Wenn es dort die Runde macht, haben wir es bald auf jeder Bildwand.«

Die Polizistin nimmt ihre Waffe und legt sie sich um die Schulter. Sie schüttelt den Kopf und verzieht den Mund, als hätte Frank einen Scherz gemacht.

»Ich habe nichts gehört«, sagt sie und legt den Gewehrriemen an der Schulter zurecht.

Sie streckt Elin die Hand hin und sie verabschieden sich. Dann verabschiedet sie sich von Vagn. Ihr Handschlag ist warm und fest.

Der Mann schüttelt keine Hände. Stattdessen legt er die Hand an den Schirm seiner Mütze, fängt Elins Blick ein und salutiert träge. Etwas später können sie auf der Bildwand sehen, wie sie auf den Bergkamm zureiten. Die Frau reitet vorneweg, und Frank sieht aus, als könnte er jederzeit aus dem Sattel fallen.

Später sitzen sie vor der Bildwand und sehen die Wiederholung des Films mit Karin. Anna weint und Gunnar hält sie im Arm. Frans steht auf.

»Ich halte das nicht mehr aus.«

Er geht mit hastigen Schritten in sein Zimmer, gerade als die Bildwand Bilder aus westlicher Richtung einspielt. Fünfhundert Meter entfernt sehen sie den Mann mit der Mütze. Er reitet zurück, langsam. Seine Begleitung ist nicht zu sehen.

»Was will er?«, fragt Gunnar.

»Hat etwas vergessen«, sagt Elin und geht zur Bank unter dem Fenster. Da liegt die Brille. Sie hebt sie hoch. »Ich gehe raus zu ihm.«

Mit der Brille in der Hand schlüpft sie in Gunnars Jacke. Sie stellt sich vor die Tür, die Arme vor der Brust verschränkt. Nach einem kurzen Moment geht sie Frank entgegen. Sie treffen sich fünfzig Meter vor dem Haus und Elin hält die Brille hoch. Frank beugt sich hinunter und nimmt sie entgegen.

»Da war noch eine andere Sache«, sagt er, als er die Brille in die Jackentasche steckt.

Elin schüttelt den Kopf und verzieht den Mund.

»Wollen Sie mich wieder hinters Licht führen?«

Sein Gesicht ist ausdruckslos. Sie betrachtet ihn

und er schiebt sich die Mütze in den Nacken. »Es war nicht Ida, die Harald getötet hat.«

»Warum sagen Sie das?«

»Ich dachte, es sei gut, wenn du es weißt.«

»Warum?«

»Ihr seid Nachbarn, auch wenn sie etwas weiter entfernt wohnt.«

»Woher soll ich wissen, dass das, was Sie sagen, wahr ist?«

»Das kannst du nicht wissen.«

Elin wendet sich zum Haus. Dann dreht sie sich wieder zu dem Mann mit der Mütze um. Er begegnet ihrem Blick. Sie schweigen einen Moment. Elin bricht das Schweigen.

»Wenn es nicht Ida war, wer war es dann?«

»Das kann ich nicht sagen, aber du kannst es bestimmt erraten.«

»Wie kann ich das erraten?«

»Versuch es.«

»Woher weiß ich, ob ich richtig geraten habe?«

Er nimmt die Mütze ab und setzt sie sich wieder auf den Kopf.

»Dann mache ich so.«

Elin zweifelt. »War es Svante?«

Der Mann, der sich Frank nennt, sitzt regungslos.

»Norman?«

Frank bewegt sich nicht.

»Jemand anderes aus der Familie Torson?«

Frank guckt zum Haus, dann wirft er einen Blick über die Schulter. Elin schweigt.

»Ich muss jetzt aufbrechen«, sagt er.

»Waren es die Waldleute?«

Frank nimmt die Mütze ab und setzt sie sich wieder auf.

»Haben sie doch erfahren, dass sich Harald im Keller befand, während sie in der Küche waren, und sie bekamen Angst, dass er etwas über ihre Pläne gehört haben könne?«

Frank rückt sich die Mütze zurecht. Elin ist aufgebracht, sie atmet mit offenem Mund.

»In dem Haus, wo Sie versucht haben, mich mit Syria reinzulegen, hat Harald demjenigen, der ihn verhört hat, erzählt, dass er krank im Keller von Torp gelegen hat. Jemand vom Militär ist ein Verräter! Jemand von dort hat die Waldleute informiert!«

Frank verschiebt seine Mütze und treibt das Pferd an. Sie ruft ihm hinterher.

»Vielleicht sind Sie es!«

Sie sieht ihn davonreiten und kehrt ins Haus zurück, noch bevor er hinter der anderen Seite des Bergkamms verschwunden ist.

Zu Hause erzählt sie von dem Gespräch, und niemand kann verstehen, welche Motive Frank haben könne, zu verraten, dass es nicht Ida war, die Harald umgebracht hat.

»Vielleicht wollte er uns helfen, die gute Nachbarschaft nicht zu ruinieren.«

»Er will dir helfen«, sagt Gunnar und zeigt auf Elin. »Er will nicht, dass du dich unglücklich machst, indem du Rache nimmst.«

Etwas später fangen sie an, nach einem Pferdehändler zu suchen, und eine Stunde später nehmen sie Kontakt mit einer Frau in Libokvarn auf. Sie bekommen Filme über ein paar Tiere zu sehen und machen mit der Frau aus, dass sie zwei Sechsjährige mitnehmen und vorbeikommen soll, wenn es passt.

Aber bevor die Pferdehändlerin auftaucht, meldet sich Svante Torson.

Er erscheint in der Nahaufnahme und sein Gesicht füllt die komplette Wand aus.

»Ida kommt vorbei und holt das Lager ab, und wir haben ein Pferd als Ersatz für das dabei, das auf dem Rückweg von Wongs eingebüßt wurde. Wann können wir kommen?«

»Wann immer ihr wollt«, sagt Gunnar, während er seine zitternde Hand öffnet und schließt, öffnet und schließt. »Wie wäre es morgen?«

»Morgen ist gut. Wir sind in Trauer zu Hause, aber das sollte die Abwicklung einer solchen Sache wie dieser nicht aufhalten.«

»Ich weiß«, sagte Gunnar. »Wir haben gehört, dass Norman tot ist.«

»Die Mistkerle haben versprochen, einen Hubschrauber zu schicken, aber er kam zu spät. Ich hatte Kontakt mit ihnen am Funktelefon und sie haben gesagt, dass sie auf dem Weg seien. Aber von wegen, auf dem Weg! Sie haben mir sozusagen ins Gesicht gelogen, wenn das übers Telefon möglich wäre.«

»Das tut mir leid«, sagt Gunnar. »Norman schien ein sehr guter Tanzlehrer gewesen zu sein.«

»Du hättest mal sehen sollen, wie er zum Ochsentanz herausforderte. Wenn er austeilte, dann ging es ans Eingemachte. Aber jetzt hat er seinen letzten Halling getanzt und wird nie wieder einen draufmachen. Es ist eine Schande und ein Elend noch dazu. Er hatte noch das ganze Leben vor sich.«

»Ihr seid jederzeit willkommen«, sagt Gunnar. »Wir bleiben zu Hause. Aber es gibt da noch eine Sache, über die Elin und du nicht gesprochen habt, als ihr euch begegnet seid.«

»Was soll das sein?«

»Der Preis.«

Svante schweigt eine Weile.

»Wie meinst du das?«

»Du musst für das Lager bezahlen. Mit zwanzig Prozent Aufschlag auf das, was es gekostet hat.«

Svante wird wütend.

»Ich werde kein Lager kaufen, nur damit du es weißt. Diejenige, mit der du die Geschäfte machst, ist Ida. Und sie ruht gerade. Ich werde hören, was sie dazu meint, und dann werden wir weitersehen … Warte, hier kommt sie gerade.«

Nach ein paar Sekunden erscheint Ida im Bild. Sie trägt eine Jeans und ein Baumwollhemd, das am Hals aufgeknöpft ist. Sie sieht nicht gesund aus.

»Hallo, Ida«, sagt Gunnar. »Ich gehe davon aus, dass du den Preis bezahlen wirst, den das Lager gekostet hat, als wir es von Bullen-Olson gekauft haben. Zwanzig Prozent kommen drauf. Ich hoffe, damit sind wir uns einig?«

Ida murmelt etwas, das man als Ja deuten kann.

»Und noch etwas«, sagt Gunnar. »Ich sehe, dass du die Halskette trägst, die du von Vagn ausgeliehen hast. Die Leihfrist ist abgelaufen.«

Sie schnaubt verächtlich.

»Ich weiß nicht, ob ich noch so sehr an diesem Handel interessiert bin.«

Vagn stellt den Zoom so ein, dass sie ihre Augen besonders scharf sehen. Sie hat dunkle Ringe darunter.

Gunnar spricht weiter:

»Du solltest wissen, dass wir die Polizei hierhatten. Sie wollten wissen, was sich zutrug, als Harald starb, und wo Björn hinverschwunden sein kann. Sie haben nicht allzu viel von uns erfahren. Auch wenn wir unsere Kontroversen hatten, sollten wir zusehen, dass wir das Kriegsbeil begraben und wieder eine gute Nachbarschaft pflegen. Björn hatte ein hitziges Gemüt und traf nicht immer die besten Entscheidungen. Aber jetzt ist er fort, und nichts hält uns davon ab, dass wir uns ab jetzt wie vernünftige Leute und gute Nachbarn benehmen.«

Während Gunnar spricht, betrachtet er ihre Augen. Ida scheint sich nicht bewusst zu sein, dass sie beobachtet wird.

Sie verzieht das Gesicht.

»Ich muss jetzt Schluss machen.«

Dann erlischt das Bild und es wird still.

49

Sie kaufen einen Wallach mit kräftigen Schenkeln, großen Augen und ungewöhnlich dickem Schweif. Erst nach einer knappen Woche lässt Svante von sich hören. Im Morgengrauen, als alle um den Frühstückstisch sitzen, erscheint er auf dem Bildschirm.

»Wir sind krank gewesen. Können wir heute kommen?«

»Natürlich«, sagt Frans. »Ihr könnt kommen, wann ihr wollt.«

Svante verschwindet von der Wand und Frans wendet sich Anna zu.

»Sollen wir sie hereinlassen?«

Sie rührt in der Tasse und pustet in die Milchsuppe.

»Wenn sie die Waffen bei den Pferden lassen«, sagt sie nach einem Moment. »Wir müssen eine vernünftige Gesprächssituation schaffen. Jetzt, wo Björn weg ist, kann alles wieder normaler werden.«

Gunnar wendet sich an Elin.

»Was meinst du?«

»Svante ist groß und du hast eine verletzte Hand. Ida ist feindselig, und wenn wir sie nicht durchsuchen, kann sie alles Mögliche unter dem Hemd verbergen. Das müssen wir bedenken, bevor wir sie hereinlassen.«

Gunnar richtet den Blick auf Vagn.

»Und du?«

»Misstrauen ist keine gute Basis für eine zukünftige Nachbarschaft. Ich finde, wir sollten sie hereinlassen und möglichst freundlich sein. Aber wir müssen absprechen, was wir tun, wenn sie anfangen, Ärger zu machen.«

»Und, Frans, was sagst du?«

»Ich halte die Hunde bereit. Wenn Svante lästig wird, jage ich sie auf ihn. Torsons sind schon immer unzuverlässig gewesen, und wir müssen darauf gefasst sein, dass die Situation kippt. Aber wenn wir sie auf der Bank Platz nehmen lassen, können wir den Tisch gegen sie drücken, falls es zu Problemen kommt. Wenn wir von der anderen Seite dagegenhalten, dürfte es ihnen schwerfallen, sich aufzurichten.«

»Ich verstecke einen Hammer unter dem Pullover«, schlägt Vagn vor. »Wenn Ida Ärger macht, werde ich sie mir vornehmen.«

»Ich setze mich mit Lisa ins Schlafzimmer«, sagt Anna.

Frans guckt sich um.

»Dann wissen wir also, was wir zu tun haben.« Dann guckt er Elin an.

»Oder?«

Sie berührt das grüne Hemd.

»Ich möchte nicht, dass noch jemand sterben muss.«

Gunnar streckt den Arm über den Tisch und legt seine Hand auf ihren Arm.

»Dieses Hemd«, sagt Anna und runzelt die Stirn, »sollte mal gewaschen werden. Es riecht.«

Elin steht auf und verlässt die Runde. Frans folgt ihr mit dem Blick.

»Was ist in sie gefahren?«

»Das ist Haralds Hemd«, erklärt Vagn. »Sein Geruch steckt noch darin. Sie wird es niemals waschen.«

50

Gegen Nachmittag erscheinen Ida und Svante auf der Bildwand. Sie haben zwei zusätzliche Pferde dabei. Eines trägt einen Packsattel. Vagn zoomt es heran.

»Eine Armbrust auf dem Rücken, das Messer von Ida, etwas anderes hat niemand, soweit ich sehen kann. In der rechten Jackentasche steckt etwas, aber das kann alles Mögliche sein.«

Als sie auf den Hof hereinreiten, nimmt Anna ein paar Bolzen und eine Armbrust, geht mit Lisa ins Schlafzimmer und schließt die Tür. Frans zieht sich die Jacke an und geht auf den Hof. Dort steht er, als Ida und Svante herangeritten kommen.

Svante trägt einen schwarzen Hut mit herabhängender Krempe und einigen Metallabzeichen an der Krone. Ida trägt eine schwarze Lederhose und eine Lederjacke mit Fransen am Ärmel. Die beiden Pferde im Gefolge sehen aus, als wären sie vor sehr langer Zeit zuletzt gefüttert worden. Ida ist blass.

Frans hebt die Hand.

»Willkommen!«

Svante führt das Pferd näher heran und streckt die rechte Hand aus. Die Männer grüßen einander, Ida sieht verbissen zu.

»Gut, dich zu sehen, Frans. Es ist eine Weile her.«

Frans nickt Ida zu und zeigt auf das Drahtseil rechts von der Tür.

»Wenn ihr die Pferde hier abstellen wollt, kann ich ein Büschel Heu für sie auslegen.«

»Das ist gut.«

»Wir wollten euch Kaffee anbieten.«

»Kaffee!«, ruft Svante. »Nun nimmt die Gastfreundschaft aber überhand.«

»Ihr könnt die Armbrüste und Messer auf die Sättel legen.«

Svante presst die Lippen zusammen, als wollte er etwas sagen, das er sich verkneift. Dann sagt er:

»Natürlich. Nach allem, was passiert ist, ist es verständlich, dass ihr keine bewaffneten Fremden in eurem Haus haben wollt. Dass ihr selbst bis zu den Zähnen bewaffnet seid, müssen wir wohl hinnehmen, oder, Ida?«

Ida gibt einen kurzen, heiseren Ton von sich, der einem Lachen gleicht. Svante steigt ab und macht die Pferde an den Drahtseilen fest, während Frans Heu holen geht.

Im Vorbeigehen wirft er einen Blick auf die beiden Pferde. Es sind Zugtiere mit durchgedrückten Rücken, struppigem Fell und weißen Wimpern. Er legt vier Armvoll Heu aus und geht zu Ida und Svante, die an der Tür warten. Frans öffnet die Tür und Svante nimmt den Hut ab, duckt sich und tritt als Erster ein.

Drinnen wartet Gunnar, rechts und links neben ihm Vagn und Elin. Die Hunde stehen mit hängenden Zungen neben Frans.

Sie schütteln sich gegenseitig die Hände und Gunnar zeigt zur Bank unter dem Fenster. Svante weist mit der Hand auf Ida, damit sie sich als Erste durchzwängt. Er selbst möchte außen sitzen, und sobald er Platz genommen hat, nimmt Gunnar einen Stuhl und setzt sich dicht neben ihn. Vagn und Elin platzieren sich Ida gegenüber und Frans bringt zwei Thermoskannen Kaffee, eine Kanne mit Wasser, Becher und einen Teller Haferkekse. Svante legt den Hut vor sich auf den Tisch und spielt an der Krempe herum.

»Sieh einer an, dass du so viel Kaffee hast«, sagt er und begegnet Frans' Blick.

Frans bemüht sich, freundlich zu klingen, was ihm nicht besonders gelingt.

»Ihr seid nie hier bei uns drinnen gewesen, obwohl wir Nachbarn sind. Klar kratzen wir unsere Kaffeereste zusammen.«

Ida führt ihre Hände in den Nacken und nestelt eine Weile an etwas unter ihrem Hemdkragen. Schließlich legt sie das Goldkettchen vor Vagn auf den Tisch. Sie schiebt es in seine Richtung und kreuzt seinen Blick.

»Danke fürs Ausleihen.«

Vagn nimmt die Kette und lässt sie durch seine Finger gleiten. Dann lehnt er sich zurück und steckt sie in die Hosentasche. Er bemüht sich zu lächeln.

»Wie gut, dass ich sie zurückbekommen habe. Ich habe sie meiner kleinen Schwester als Geschenk zum sechzehnten Geburtstag versprochen, und sie war etwas besorgt, als ich sie nicht mehr hatte.«

Ida murmelt etwas.

»Ich trinke keinen Kaffee.«

Frans sieht verdutzt aus, übertreibt die Verwunderung und sperrt den Mund weit auf.

»Na, so was! Keinen Kaffee! Was können wir stattdessen anbieten?«

»Falls es Kräutertee gibt …«

Frans steht auf.

»Malventee, wäre das etwas?«

Ida nickt und Frans ist schon bei der Schranktür. Svante nimmt einen Haferkeks, beißt nur ein kleines Stück ab, als müsste er fürchten, von etwas Ungenießbarem zu kosten. Doch als er schluckt, sieht er zufrieden aus.

»Wir haben zwei Pferde dabei. Eines ist dafür da, das Lager zu tragen, das andere überlassen wir euch als Ersatz für jenes, das umgekommen ist.«

Ida greift auch nach einem Keks. Sie spricht mit Nachdruck in der Stimme.

»Es sind keine Jungtiere, aber jemand hat ein Pferd in meine Küche gebracht und der Fußboden ist zerstört. Er muss herausgerissen und neu verlegt werden. Das wird nicht billig. Die Person, die dafür verantwortlich ist, ist mir etwas schuldig, vielleicht nicht so viel, wie ein Sechsjähriges kostet, aber immerhin.«

Ida starrt Elin wütend an, die ihrerseits auch einen Keks nimmt. Sie steckt ihn in den Mund und beißt ein Stück ab, während sie im Gegenzug Ida ebenso wütend anblickt.

Frans fordert die Gäste auf: »Bitte, nehmt euch Kaffee. Idas Tee kommt sofort«, sagt er und tritt an den Küchentisch mit einem Schraubverschlussglas, in dem sich etwas roter Tee befindet.

»Ich fürchte, er hat recht lange im Schrank gestanden«, entschuldigt er sich und stellt die Dose und eine Tasse vor Ida. Sie nimmt sich Wasser, während die anderen sich Kaffee einschenken.

»Es ist bedauerlich, dass es so gekommen ist«, sagt Gunnar und füllt die Kaffeetasse zur Hälfte. »Alles scheint mit der Fehlannahme begonnen zu haben, dass Bullen-Olson uns einen Satz Lager verkauft hat, was nicht zutrifft. Selbst wenn er mehrere davon zu verkaufen gehabt hätte, so wäre es nie unsere Absicht gewesen, Großhändler zu werden. Und dazu beigetragen hat sicher auch, dass Björn und ich Streit im Gemeinderat hatten. Aber nun ist die Sache aus der Welt und hier ist Olsons Rechnung.«

Gunnar nimmt ein doppelt gefaltetes Papier aus der Hemdtasche, beugt sich über den Tisch und reicht es Ida.

»Zwanzig Prozent«, sagt Gunnar, als sie es entgegennimmt, auffaltet und liest. »Zwanzig Prozent ist unser Aufschlag. Die meisten würden wohl sagen, dass das ein angemessenes Angebot ist, nach allem, was passiert ist.«

Ida wirft einen flüchtigen Blick auf das Papier, legt es auf den Teller neben die Haferkekse und starrt Gunnar an.

»Bevor wir einander Rechnungen geben, sollten wir vielleicht besprechen, um was es hier eigentlich geht?«

Sie lässt den Blick den Tisch entlangwandern.

Gunnar nickt und klingt neugierig.

»Um was geht es?«

Svante spielt an seinem Hut herum und befühlt ein Skiabzeichen, als ob er befürchtet, dass es sich langsam ablöst.

Ida nickt Elin zu.

»Die da hat meinen Vater getötet, ihr Pferd in mein Haus gestellt und meinen Küchenfußboden ruiniert. Sie hat sich mit meinem Bruder davongemacht und hat es fertiggebracht, dass er währenddessen getötet wurde, Gott weiß, wie. Dafür ist sie verantwortlich, und das sind keine Kleinigkeiten. Es handelt sich um Mord ...«

»Totschlag«, sagt Svante. »Das, was mit Björn passiert ist, nennt man Totschlag.«

Ida scheint von Svantes Bemerkung unbeeindruckt.

»Ich weiß nicht, wie es vor Gericht genannt wird, aber es handelt sich um eine ganze Menge Geld, die nötig ist, um den Küchenboden neu machen zu lassen. Und dann ist da noch die Sache mit Harald. Niemand wird mich dazu bringen zu glauben, dass er sich freiwillig mit ihr eingelassen hätte ...«

Und Ida zeigt mit einem Daumen auf Elin.

»... und ihm da ...«

Sie zeigt auf Vagn.

»… niemand wird mich so weit bringen, so etwas zu glauben. Harald war nicht Gottes bestes Kind, aber dass er freiwillig von zu Hause wegläuft, mit derjenigen, die seinen Vater umgebracht hat, das weigere ich mich zu glauben …«

Elin unterbricht sie.

»Entschuldigung …«

»Das weigere ich mich zu glauben!«

»Entschuldigung«, wiederholt Elin. »Harald war dabei, als wir zu Svantes Hof gekommen sind, um Vagn nach Hause zu holen, und du hast ihn gesehen! Glaubst du wirklich, er war dort nicht freiwillig?«

Ida schnaubt.

»Du hattest ihn in der Hand, hast ihn irgendwie erpresst.«

Elin fährt sich mit beiden Händen durchs Haar. Es fällt ihr schwer, sich zu kontrollieren.

»Womit hätte ich das tun sollen?«

»Keine Ahnung, aber so wie er sich aufgeführt hat, verhält sich niemand, der die freie Wahl hat. Harald wurde gezwungen, das ist ganz klar. Du hattest ihn fest in deiner kleinen Hand, auf die eine oder andere Weise, das soll begreifen, wer will.«

Svante verdreht die Augen, seufzt und begegnet Gunnars Blick. Er hebt die Stimme:

»Also, Ida, lass uns die Sachen der Reihe nach angehen. Du hast die Bedingungen zu hören bekommen, es kann also nicht allzu schwer sein zu entscheiden, ob du ein Lager kaufen möchtest oder nicht. Wenn der Lagerkauf abgewickelt ist, können wir über die anderen Dinge reden.«

Ida starrt in die Runde.

»Ich kaufe.«

Gunnar schaltet das Bild ein und nach einer Weile sind sie mit Eden Ali von Wongs Bank verbunden. Er setzt einen Kaufvertrag auf und der Handel wird abgewickelt.

Als Eden von der Wand verschwunden ist, ergreift Elin das Wort. Es fällt ihr schwer, ihre Stimme zu kontrollieren.

»Wir kamen von Wongs geritten und sind überfallen worden. Eines unserer Pferde wurde abgeschossen und Vagn gefangen genommen. Gerade klang es, als ob ich diejenige war, die alles zu verschulden hat. Eine seltsame Wahrnehmung hast du, Ida.«

Elin verstummt und schluckt. Als sie die Hand nach ihrer Kaffeetasse ausstreckt, zittert sie. Svante versucht, das Thema zu wechseln. Er zeigt auf Gunnars Hand.

»Hast du dich verletzt?«

Gunnar hebt die Hand und beugt einige Finger. Der Daumen ist unbeweglich.

»Das war Ida, als sie einen Bolzen auf Elin abschoss. Er schnellte durch die geöffnete Tür und ging exakt durch meine Hand. Es war reines Glück, dass niemand ihn in die Brust bekommen hat. Und das ist ebenfalls etwas, das in die Kosten eingerechnet werden sollte. Mein Schaden ist nicht gering. Es fällt mir schwer, die Hand zu benutzen, was beschwerlich für jemanden ist, der oft Hammer, Axt oder Meißel halten muss.«

Svante murmelt etwas und sieht seine Verwandte an.

»Wusstest du, was du da angerichtet hast?« Ida schüttelt den Kopf.

»Du wusstest nichts von Gunnars Hand?«, wiederholt Svante noch einmal.

Ida stimmt zu.

»Mein Bruder Åke konnte sich der Hand annehmen«, erzählt Gunnar weiter. »Ansonsten wäre es kostspielig geworden«, sagt Gunnar.

»Ich hätte einen Transport zur Krankenstube benötigt. Ich hätte ungern das Pferd genommen und ich hätte auch allein reiten müssen, da eins unserer Pferde ja kurz zuvor getötet worden war. Und es wäre auch keine gute Idee gewesen, stark blutend zur Krankenstube zu reiten. Ich hätte es kaum noch bei Helligkeit geschafft, es wäre also ein Hubschrauber nötig gewesen.«

»Pah!«, sagt Svante. »Wir haben vier Stunden darauf gewartet, dass sie kommen und Norman abholen, aber er ist gestorben, bevor sie da waren. Auf diese Krankentransporte gebe ich nichts mehr.«

Vagn räuspert sich und wendet sich an Ida:

»Da ist noch eine andere Sache«, sagt er. »Warum habt ihr mich und Elin überfallen? Ihr habt mich gefangen genommen. Ich war krank. Wer hat euch das Recht dazu gegeben, das zu tun? Niemand. Ihr steht in meiner Schuld.«

Ida nimmt noch einen Haferkeks. Sie beißt die Hälfte ab und legt den Rest neben die Teetasse.

»Das haben wir getan, weil du einen Speer bei dir hattest. Mein Vater war überrascht. Er hat es als einen Angriff gegen ihn aufgefasst und dachte, dass das eine Feindseligkeit gegen ihn war. Gegen ihn persönlich.«

Vagn wird zornig.

»Was ich in der Hand hielt, ging ihn ja wohl kaum etwas an!«

Ida berührt die Teetasse. Dampf steigt aus ihr auf.

»Er wurde wütend darüber, dass ihr euch zu einem Kampf bereit gemacht habt. Es schien ihm, als würdet ihr regelrecht um Ärger bitten.«

Vagn unterbricht sie.

»Es war wohl kaum seine Angelegenheit, uns vorzuschreiben, wie wir uns gegen Angriffe zu schützen haben ...«

Svante dreht den Hut zwischen seinen Händen.

»Björn war schon als Kind leicht zu reizen.«

Vagn wird rot.

»Soll das als Erklärung dafür herhalten, dass in mein Pferd ein Bolzen gejagt wurde und es unter mir wegstarb? Soll das als Grund dafür reichen, dass ich mit einem Knüppel auf den Kopf geschlagen wurde? Soll das als Ursache genügen, dass ich als Gefangener genommen wurde?«

Svante hebt beide Hände und hält sie vor sich, als wollte er sich gegen den Angriff von Vagn schützen.

»Ich habe keine Schuld an all dem«, behauptet er. »Ganz und gar nicht. Ich versuche nur zu helfen. Und vielleicht ist es so, dass wir einen Schlichter benötigen, jemanden, der zu sortieren hilft, wer wofür die Schuld trägt und wer wie viel Schadenersatz bezahlen sollte. Vielleicht sollten wir uns an jemanden wenden, der unser aller Vertrauen genießt?«

Ida hebt ihre Teetasse und kostet von der roten Flüssigkeit. Dann stellt sie die Tasse ab und wendet sich an Svante. Sie klingt, als hätte sie den Mund voller Salz und Sand.

»Und wer sollte das sein?«

Svante spielt an seinem Hut herum und pult mit einem Fingernagel an einem der Abzeichen.

»Wie wäre es mit Bullen-Olson?«

Frans hebt die Stimme, ihm gefällt der Vorschlag.

»Das Gute an Bullen-Olson wäre, dass er unter keinen Umständen an die Ortspolizei weitergeben würde, worüber wir sprechen. Nicht einmal, wenn wir einen Mord planen, würde er plaudern. Er hasst sie, und er würde ihnen noch nicht einmal zu Hilfe kommen, wenn sie allesamt im dritten Stock eines brennenden Hauses säßen. Selbst in diesem Fall würde er es vorziehen, weiterzugehen und sich unter der Treppe zu verstecken.«

»Da seht ihr es«, sagt Gunnar. »Das klingt, als wären wir uns einig. Ich kann übernehmen, Bullen-Olson zu kontaktieren. Sobald ich etwas weiß, melde ich mich.«

»Da ist noch eine andere Sache«, sagt Elin. »Wann wird Harald begraben?«

Svante antwortet, bevor Ida den Mund öffnen kann.

»Er ist vor Kurzem unter die Erde gekommen.

Sowohl er als auch Norman liegen in Sörvålen. Sie liegen nicht direkt nebeneinander, aber es ist nicht weit vom einen Grab zum anderen.«

»Wisst ihr etwas darüber, wie es passiert ist?«, fragt Ida und sieht erst Vagn an, dann Elin und dann wieder Vagn.

Elin erzählt, was auf dem Weg von der Brücke passiert ist, und Ida nimmt den letzten Haferkeks. Sie steckt den ganzen Keks in den Mund und alle stehen auf. Als sie stehen, steckt Ida die Hand in die gewölbte Jackentasche. Als sie die Hand wieder herauszieht, hat sie das weiße Handtuch in der Faust. Sie legt es neben ihre Teetasse.

»Das habe ich in meinem Haus gefunden. Ich nehme an, es gehört euch.«

Sie nimmt einen letzten Schluck vom Tee und zwängt sich hinter dem breiten Tisch hervor. Svante ist schon draußen auf dem Hof und hat sich den Hut aufgesetzt.

Frans und Gunnar werfen aus Höflichkeit einen Blick auf die beiden Pferde, aber kommen zu dem Schluss, dass es nicht die Art Tier ist, die auf dem Hof benötigt wird, und dass man den Ersatz von Ronja weiter besprechen sollte, wenn ein Schlichter gefunden wurde. Das Lager wird geholt und auf das Lastpferd gelegt. Dann machen sich Ida und Svante auf den Weg. Ida reitet, ohne sich umzusehen, voran, aber Svante dreht sich im Sattel um und ruft: »Gute Kekse hast du da gebacken, Frans! Ich werde Sigrid sagen, dass sie sich von dir das Rezept geben lassen soll!«

Dann reiten sie in südöstlicher Richtung davon, und als die anderen schon hineingegangen sind, steht Elin noch immer da und sieht ihnen nach.

Als sie sich die Zähne geputzt und Haralds grünes Hemd angezogen hat, kocht sie einen Tee für Frans und bringt ihm die Tasse ins Zimmer. Er liegt auf dem Bett und liest ein Papierbuch mit weichem Einband. Elin lässt sich auf der Bettkante nieder.

»Was ist das?«

Frans legt ein Lesezeichen in das Buch und gibt es Elin, die es in der Hand wendet und an der markierten Stelle aufschlägt.

»Von Gunnar Hamundsohn auf Hlidarende«, liest sie und begegnet dem Blick des Alten. »Warum liest du das?«

»Manchmal ist es leichter zu verstehen, was der richtige Weg ist, wenn man darüber nachdenkt, was hinter einem liegt. Wenn man sich erinnert, was man erlebt hat, kann das die Orientierung erleichtern.«

Elin gibt ihm das Buch zurück.

»Das gilt wahrscheinlich nur, wenn der Rückspiegel nicht so groß ist, dass er die Sicht nach vorne versperrt«, sagt Elin.

Frans stimmt ihr zu.

»Da hast du recht. Aber das Schlimmste ist immer noch, nicht zu begreifen, dass etwas hinter einem liegt. Dann wird es sehr schwer, sich zu orientieren.«

Elin zeigt auf das Buch.

»Wie alt ist die Erzählung?«

»Neunhundert Jahre, vielleicht älter.«
»Neunhundert, das ist eine lange Zeit.«
Frans lächelt.
»Die Dinosaurier lebten vor zweihundert Millionen Jahren. Neunhundert Jahre sind absolut keine Zeit.«

51

Als die Schneeglöckchen, die reihenweise die Südseite säumen, bereits ihre Köpfe hängen lassen, fragt Elin Vagn, ob er mit ihr nach Sörvålen reiten möchte. Ein paar Tage später hat sie eine Zeit mit Åke verabredet. Es ist so warm, dass Elin nur in Hemd und dünner Wolljacke reitet. Vagn trägt eine dicke Jacke, aber er klagt bald über die Wärme. Er rollt die Jacke zusammen und klemmt sie hinter den Sattel.

Sie kommen zur Kirche von Sörvålen und stellen die Pferde an der Friedhofsmauer ab. Elin bittet Vagn, ihr seine Jacke zu leihen, und sie gehen hinein. Die Gräber liegen an der Hinterseite und die beiden neuen finden sie ganz am Rand. Die Erde liegt immer noch in einem Hügel obenauf und provisorische Holzkreuze, auf denen Name und Datum stehen, säumen die beiden Gräber. Elin sagt, dass sie einen Moment allein sein möchte, und Vagn kehrt zu den Pferden zurück.

Elin breitet die Jacke auf dem Boden vor Haralds

Grab aus. Sie sitzt so dicht, dass sie mit den Fingern in der Graberde spielen kann, und sie spricht mit ihm, als könnte er sie hören. Sie erzählt, dass sie auf dem Heimweg Åke besuchen und er nach ihr sehen wird, weil es ihr jeden Morgen schlecht geht und sie sich manchmal übergeben muss. Sie beide wissen, was das bedeutet.

Sie sitzt ziemlich lange da, und bevor sie aufsteht, nimmt sie eine Handvoll Erde, die sie sich in die Tasche steckt, als sie steht.

Åke wohnt ein Stück hinter Sörvålen und sie kommen am Nachmittag dort an. Elin unterzieht sich den Untersuchungen, die gemacht werden müssen, und hinterher sitzt sie mit Åke auf der Bank in der Sonne. Er erklärt ihr, dass sie tun kann, was sie möchte, dass es ihre Entscheidung ist und dass sie genug Zeit hat. Sie trinken Kaffee, und alle begreifen, welche Frage im Raum steht, aber niemand sagt etwas darüber, sondern sie sprechen über das Wetter und über den Schulbeginn im Herbst und die Cousinen, von denen es einige gibt.

Auf dem Heimweg möchte Elin, dass Vagn vorausreitet, und er tut, was sie sagt. Er hält sich auf dem neuen Pferd ein paar Hundert Meter vor ihr. Elin reitet ein Stück hinter ihm her, ohne ihn richtig zu sehen, völlig in sich versunken. Und als sie anfängt zu weinen, ist das, was sie fühlt, eine unendliche Freude.

ENDE